옛날 옛적 어느 마을에
시체가 있었습니다

むかしむかしあるところに、死体がありました。

옛날 옛적 어느 마을에 시체가 있었습니다

아오야기 아이토 지음 ─ 이연승 옮김

한스미디어

차례

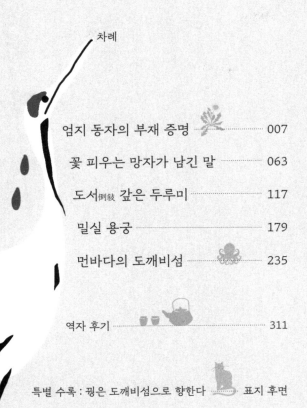

엄지 동자의
부재 증명

일본 전래 동화 원작, 『엄지 동자』

한 작은 마을에 엄지손가락만 한 아이, 엄지 동자가 태어난다. 작은 모습 때문에 놀림을 당하며 컸지만 곧 어엿한 청년으로 자란 엄지 동자는 국그릇과 젓가락, 바늘과 지푸라기를 들고 먼 길을 떠나게 된다. 그러다 예쁜 아가씨를 위협하는 도깨비를 물리쳐서 얻은 요술 방망이 덕분에 엄지 동자는 몸이 커지게 된다.

도깨비의 습격으로부터 아가씨를 지킨 엄지 동자.
요술 방망이의 힘으로 몸이 커진 그는
남몰래 어떤 계획을 세우는데…….

이

　도깨비가 나타난 것은 하루 아가씨가 존생제存生祭의 참배를 마치고 돌아오는 길이었습니다. 매년 9월 7일 열리는 존생제는 신 앞에서 생명의 기쁨을 감사하면서 서로의 생을 축복하는 한편, 그날 하루 죽음에 관한 언급을 일절 금하는 오래된 의식입니다. 예년 같았으면 조금 더 일찍 귀갓길에 올랐겠지만 올해는 신관에게 붙잡혀 있느라 조금 늦어져 버렸습니다.

　예로부터 시모쿠리 마을이라고 불리던 그 일대는 지금은 낡은 가옥과 황야가 되어 버린 논밭만 남아 있었습니다. 전부터 요괴 등이 출몰한다는 소문이 돌아서 저를 포함한 산조 우의정 대감댁에서 일하는 가신들도 주변을 경계하고는 있었습니다.

도읍 쪽에서 신삼각申三刻(오후 4시)을 알리는 종소리가 울렸을 때 별안간 비릿한 바람이 불었습니다. 순식간에 하늘이 흐려지고 살갗에 소름이 돋을 만큼 주위가 싸늘해졌습니다. 그러다가 마치 벼락이 치는 것처럼 요란한 웃음소리가 들리는가 싶더니 어느새 눈앞에 호랑이 가죽으로 만든 샅가리개 하나만을 몸에 두른 도깨비가 나타났습니다. 소처럼 돋은 뿔. 통방울처럼 큰 두 눈. 바위처럼 울퉁불퉁한 몸은 부어오른 것처럼 새빨갰습니다.

"등나무 향에 이끌려 나와보니 아주 맛있어 보이는 여인이 있구나. 이 몸이 머리부터 한입에 덥석 집어삼켜 주마."

입을 쩍 벌린 도깨비가 시뻘건 팔을 하루 아가씨에게 뻗었습니다. 우리 열 명의 가신은 일제히 검을 뽑았습니다.

"하루 아가씨, 몸을 피하십시오."

저는 도깨비의 다리를 향해 검을 겨누고 덤벼들었습니다. 그러나 검은 도깨비의 강철 같은 피부에 닿자마자 맥없이 뎅겅 부러져 버렸습니다. 도깨비는 "크하하하"하고 요란하게 웃음을 터뜨렸고, 그 기세에 주변의 말라붙은 나무와 폐가가 당장에라도 날아가 버릴 것 같았습니다.

하루 아가씨의 주머니에서 그 녀석이 튀어나온 건 바로 그때였습니다.

"야, 이 도깨비 자식아!"

그는 닷새 전부터 우의정 대감 저택에서 일하기 시작한 사내로 키가 겨우 손가락 한 마디 정도여서 '엄지 동자'라고 불렸습니다. 몸은 밥그릇 안에 쏙 들어갈 정도로 작은 주제에 목소리만은 귀가 아플 정도로 걸걸해서 그가 처음 저택에 모습을 드러냈을 때 우리 가신들은 별로 달갑게 여기지 않았습니다. 그러나 하루 아가씨께서 그를 귀여워하자 우의정 대감께서도 마음에 드셨는지 가신으로 받아 주셨지요. 오늘 참배에 온 그를 신관이 보고 신기해하며 붙잡아 이렇게 시간이 늦어져 버린 것입니다.

"누구냐? 목소리는 들리는데 어딨는지 안 보이는구나."

도깨비는 주변을 두리번거리다가 발밑을 내려다봤습니다.

"엄지 동자, 뭘 하느냐? 얼른 이리로 돌아오거라!"

우리는 입을 모아 외쳤지만 엄지 동자 녀석은 우리의 말에 귀 기울이지 않았습니다.

"어디를 보고 있어? 여기다. 네놈의 엄지발가락 옆!"

"오오, 넌 뭐냐. 아주 콩알만 한 자식이로구나."

"몸은 작아도 무사 백 명의 힘과 기개를 지녔지. 도깨비 자식아, 이 엄지 동자님이 상대해 주마!"

그러자 도깨비는 자못 즐거운 듯이 "크하하! 크하하핫!" 하고 너털웃음을 터뜨리고는 허리를 숙여 손가락으로 엄지 동자의 뒷덜미를 콕 집어 들어 올렸습니다. 엄지 동자는 바늘 검을 붕붕 휘둘렀지만 도깨비의 몸에 닿을 리 없었습니다. 도깨비는 더욱 즐거워하며 입을 쩍 벌리더니 엄지 동자를 입안에 집어넣고 꿀꺽 삼켜버렸습니다.

"요 한 입 거리도 안 되는 녀석이!"

하루 아가씨는 너무나도 잔인한 상황에 울음을 터뜨렸지만 우리가 할 수 있는 일은 없었고 그보다 하루 아가씨만은 어떻게든 지켜야 한다고 생각했습니다.

"자, 다음은 어느 놈을 먹어주랴?"

저는 검을 겨누고 도깨비를 노려봤지만 다리가 후들거려서 가만히 서 있기 힘들 지경이었습니다.

"에이, 한 번에 모조리 먹어주마!"

그렇게 말하며 도깨비가 저희를 향해 손을 뻗는 순간이었습니다.

"아야얏!"

돌연 도깨비가 배를 움켜잡더니 허리를 숙이고 몸을 웅크렸습니다. 무슨 일이 일어난 건지 의아해하며 지켜보고 있자 그 배 속에서 조금 전에 도깨비가 집어삼킨 엄지 동자의 목소리가 들렸습니다.

—이 도깨비 자식아, 날 한입에 집어삼킨 걸 후회하게 될 거다. 난 지금 네놈 배 속에서 바늘 검을 겨누고 있다. 이놈!

"아야야야얏!"

도깨비는 육지에 끌려 나온 고래처럼 몸부림치기 시작했습니다.

"제기랄, 이 건방진 녀석이……."

도깨비는 욕지거리를 내뱉었지만 또다시 배 속에 있는 엄지 동자가 바늘로 내장을 찔렀는지 고통을 호소했습니다. 일부러 자신을 집어삼키게 하여 배 속에서 바늘 검으로 찌르다니, 이 얼마나 영리한 수법입니까.

도깨비는 계속 고통스러워하다가 마침내 "아, 알겠다. 내가 잘못했다, 잘못했어!" 하더니 고개를 젖혀 하늘을 보며 항복을 선언했습니다. 눈에서는 눈물, 입에서는 침이 질질 흐르고 있었습니다.

― 도깨비 자식아, 네놈은 지금껏 수없이 많은 악행을 일삼아 왔다. 이 정도로는 아직 한참 부족해. 조금 더 고통을 맛보거라. 이얏! 이얏!

"아야야야얏! 그만! 그만해! 그래, 내가 가장 아끼는 보물을 넘길 테니 그만해라!"

― 보물?

"그래. 이 세상에서 단 하나뿐인 요술 방망이를 주마!"

― 요술 방망이? 그래, 좋아. 에구치 나리, 제 목소리가 들리십니까?

배 속에 있는 엄지 동자가 대뜸 제 이름을 불렀습니다.

"그래, 들린다. 무슨 일이냐?"

"수고스러우시겠지만 지금부터 모두 힘을 모아 도깨비의 배꼽부터 가슴 언저리까지를 손으로 문질러 주시겠습니까? 움직이는 위장을 따라 올라가 입으로 나가려 합니다."

"좋다. 그러마."

저는 다른 가신들과 함께 쓰러진 도깨비의 배를 문지르기 시작했습니다. 도깨비는 저항하지 않았고 이제는 엄지 동자의 공격에 지쳐서 꼼짝 못 하는 것처럼 보였습니다.

엄지 동자가 밖에 나오기까지는 상당한 시간이 걸렸습니다. 도깨비는 몹시 괴로워하며 연신 헛구역질을 했지만 "아직이야" "조금만 더" 하는 엄지 동자의 목소리만 들리고 그는 좀처럼 모습을 드러내지 않았습니다. 그러는 동안 어느덧 해가 져 주위가 어둠에 휩싸였고 도깨비와 우리가 모두 녹초가 됐을 즈음, 도읍에서 유삼각酉三刻(오후 6시)을 알리는 종소리가 들렸습니다. 그제야 엄지 동자가 도깨비의 송곳니 부근에서 얼굴을 쏙 내밀었습니다.

"이런, 죄송합니다. 목뼈 부근에 옷이 걸려서요."

도깨비의 위액과 침으로 온몸이 뒤범벅된 채 생선 비린내 같은 냄새를 폴폴 풍기며 엄지 동자는 천연덕스럽게 미소 지었습니다.

02

    저택에서는 우의정 대감께서 하루 아가씨가 돌아오기만을 이제나저제나 기다리고 계셨습니다. 우리가 문을 열고 집 안에 들어가자 우의정 대감은 여종들과 함께 뛰어나와 기침을 콜록거리며 하루 아가씨의 손을 붙잡았습니다. 하루 아가씨의 다리에는 귀여운 흰 고양이가 다가와 야옹야옹 울며 몸을 비볐습니다.

    "얘야, 걱정했다. 지금껏 어디서 무얼 하다가 왔느냐?"

    우의정 대감은 지병으로 요사이 건강이 좋지 않습니다.

    "아버님, 어디 다른 곳에 들렀다 온 건 아닙니다. 참배를 다녀오는 길에 시모쿠리 마을에서 도깨비의 습격을 받았습니다."

    그러자 평소에도 낯빛이 창백한 우의정 대감께서 몸을 부르르 떨었고 주변에 있는 여종들도 술렁거렸습니다.

    "하지만 안심하셔요. 저는 상처 하나 없답니다. 엄지 동자가 구해준 덕분에요."

    하루 아가씨는 우의정 대감께 도깨비의 습격과 보물을 건네받기까지의 모든 자초지종을 설명했습니다. 우의정 대감은 자신의 다리 옆에 있는 키 작은 남자를 내려다보며 "고맙네!" 하고 외쳤습니다.

    "이 집의 가신으로서 당연한 일을 했을 뿐입니다."

엄지 동자가 고개를 꾸벅 숙였습니다.

"그것참 믿음직스러운 사내로구나. 그런데 그 보물이라는 게 대체 무엇이더냐?"

"이것이에요."

하루 아가씨가 우의정 대감 앞에 작은 방망이를 내밀었습니다. 엄지 동자를 입에서 뱉어낸 도깨비는 "자, 가져가라!" 하고 이것을 집어던지고는 산속으로 도망쳐 버렸습니다.

"도깨비는 이게 요술 방망이라고 했어요."

"음, 이것에 관해서는 나도 들어본 적이 있다. 살아 있는 것의 몸을 크게 키우거나 작게 줄일 수 있다고 하더구나. 하지만 자기 자신한테는 쓸 수 없다고 하던데."

우의정 대감은 갑자기 엄지 동자에게 "잠깐 저기 좀 서 있거라" 하고 지시하더니 하루 아가씨에게 뭔가를 속삭였습니다. 하루 아가씨는 고개를 끄덕이고 엄지 동자를 향해 요술 방망이를 휘두르며 이렇게 읊조리기 시작했습니다.

"커져라, 커져라."

순간 우리는 눈을 의심했습니다. 방망이에서 노란빛이 뿜어져 나오더니 그 빛에 휩싸인 엄지 동자의 몸이 쑥쑥 커지기 시작한 것입니다.

"커져라, 커져라."

그러나 커진 것은 몸뿐이고 엄지 동자가 입고 있던 옷

은 갈기갈기 찢어졌습니다.

이제 눈앞에 엄지손가락만큼 작은 남자는 더는 존재하지 않았습니다. 우리 앞에는 듬직한 체격을 가진 알몸의 미청년이 서 있었습니다.

"이럴 수가……."

하루 아가씨는 요술 방망이를 내던지며 쑥스러운 듯이 얼굴을 가렸습니다.

"누가 옷을 좀 가져다주려무나. ……엄지 동자여, 넌 이제 늠름하고 용맹한 사내가 됐다. 그 요술 방망이는 네가 가지도록 해라."

"예?"

"그리고 네게는 내 딸을 구해준 대가로 또 원하는 것을 주마. 그래. 원하는 게 있으면 말해봐라."

그러자 알몸의 남자는 얼굴을 붉히며 하루 아가씨 쪽을 돌아봤습니다.

"그렇다면 저는 하루 아가씨를 원합니다."

그 말에 가신을 비롯한 여종들까지 모두 소스라치게 놀랐습니다. 우의정 대감은 병마 때문에 시름 가득한 얼굴로 턱 주변을 잠시 손으로 쓰다듬더니 "그래, 좋다"하고 고개를 끄덕였습니다.

"앞으로 내 여생도 그리 길지 않을 듯하여 마침 후계를 심각하게 고민하던 참이었다. 너 같은 용맹한 사내에게는 내 딸을 맡겨도 되겠지."

갑작스러운 경사에 여종들이 기뻐했습니다. 하루 아가씨는 얼굴이 새빨개져서 고개를 푹 숙였습니다. 두 사람이 서로를 마음에 들어 하는 것은 누가 봐도 명백했습니다.

"모든 건 빠를수록 좋다. 혼례는 이틀 뒤에 치르도록 하여라."

우의정 대감이 소리 높여 그렇게 지시했습니다.

03

이틀이 지난 9월 9일.

결혼식 연회가 시작됐습니다. 저택 안은 피리와 북소리, 유쾌한 웃음소리로 가득했지만 저는 문지기 임무를 맡는 날이었습니다. 아무리 경사스러운 날이어도 누군가는 문을 지켜야 합니다.

고을의 치안을 담당하는 검비위사檢非違使의 수하를 자처하는 남자가 불쑥 찾아온 것은 미일각未一刻(오후 1시)이 될 무렵이었습니다.

"안녕하십니까. 저는 구로 미카즈키라고 합니다."

야비해 보이는 미소와 굽은 허리가 눈에 띄는 남자였습니다. 나이는 아직 어려 보였는데 열대여섯 정도 됐을까요.

"검비위사의 수하가 대감댁에 무슨 볼일이 있어서?"

"도읍에서 동쪽으로 가는 길목에 가미쿠리라는 마을이 있다는 걸 아십니까?"

"강 쪽에 있는 마을 말이로군."

"예, 제 동료가 그 가미쿠리 마을에서 존생제 날 저녁 무렵에 살인 사건이 일어났다는 소식을 전해줘서 조사를 맡았습니다. 그날 죽은 사람은 후유키치라는 이름의 남자인데 올해 나이 서른이고 평소에는 밭을 일구며 가끔 장아찌 등을 시장에 내다 팔며 살았습니다. 그 장아찌의 맛이 실로 절묘해 주변 마을에서 은근히 입소문이 돌았다고 하더군요."

"그런 사내의 죽음을 왜 검비위사가 쫓나?"

그러자 구로 미카즈키는 제게 얼굴을 가까이하더니 소리 낮춰 말했습니다.

"여기서만 드리는 말씀입니다만, 그 후유키치가 실은 신분이 아주 고귀한 분과 서민 여인 사이의 자식이라더군요. 비밀이 드러나는 걸 두려워한 누군가가 그를 죽인 게 아니냐는 소문이 돌고 있습니다."

"그 고귀한 분이 대체 누구……?"

구로 미카즈키는 입을 다물고 제 어깨너머에 있는 저택을 가리켰습니다.

"설마 그분이 산조 우의정 대감이라는 말인가?"

"우의정 대감께서 병에 걸려 앞으로 오래 살지 못할 거라는 소문은 이미 도읍 밖에까지 퍼져 있습니다. 이대로라면 하루 아가씨와 결혼하는 자가 대감의 뒤를 잇게 되겠지요. 그때 후유키치가 나타나 자신이 우의정 대감의 진정한 후계자라고 주장하면 일이 꼬일 수가 있습니다."

그게 사실이라면 분명 큰일이지만…… 과연 이 남자를 믿어도 되는 것일까요. 비열해 보이는 미소도 거슬리지만 옷이 왠지 꾀죄죄하고 몸에서는 묘한 냄새까지 풍기는 남자입니다. 우의정 대감 저택에 이자를 들여서는 안 된다는 생각에 한 발짝 앞으로 나아가자 구로 미카즈키는 순간 몸을 낮춰 저택 문을 쪼르르 지나 어느새 제 뒤에 섰습니다.

"금방 끝날 겁니다."

그는 한 손을 쓱 들고는 그대로 저택 안으로 뛰어들었습니다. 뒤쫓으려 했지만 어째서인지 다리가 말을 듣지 않더군요. 그대로 잠시 기다리고 있자 구로 미카즈키가 저택 바깥으로 다시 나왔습니다.

"하루 아가씨는 역시나 아름다운 분이십니다. 호리카와 소장少將이 부러울 따름입니다."

요술 방망이의 신통한 힘으로 이제는 평범한 무사가 됐으니 '엄지 동자'라고 부를 수 없다며 우의정 대감은 그에게 '호리카와 소장'이라는 멋들어진 이름을 선사했습니다.

"그리고 음식들도 하나같이 진미더군요. 도미와 고등어

도 맛있어 보였지만 그렇게 큰 은어는 생전 처음 봤습니다. 어느 강에서 잡았을까요?"

　그 말을 듣고 저는 오늘 아침 부엌에서 여종들이 시끄럽게 굴었던 것을 떠올렸습니다. 부엌 안을 들여다보니 호리카와 소장이 요술 방망이로 은어의 크기를 키우고 있었지요. 그러자 여종들이 "도미도 크게 키워주세요" 하고 보채서 호리카와 소장이 다시 방망이를 휘둘렀지만 도미는 조금도 커지지 않았습니다. 호리카와 소장은 강에서 막 잡아 온 은어는 살아 있었으니 크기가 커졌지만, 도미는 이미 죽어서 안 되는 것 같다고 설명했습니다. 그러고 보니 호리카와 소장도 방망이의 힘으로 옷은 그대로였지만 몸만 커진 바 있습니다. 요술 방망이의 신통한 힘은 살아 있는 것의 몸에만 효력을 발휘하는 것 같았습니다.

　……그렇게 이 남자에게 설명해 봐야 소용없겠지요.

　"그런데 다들 술에 곤드레만드레 취해서 제 말에 귀 기울여주지 않더군요. 곤란하게 됐습니다."

　"오늘은 그냥 포기하게. 돌아가는 게 좋을 거야."

　그러자 구로 미카즈키는 헤헤 웃더니 제 얼굴을 빤히 들여다봤습니다.

　"그나저나 에구치 나리. 나리는 그 남자에게 하루 아가씨를 빼앗겨도 괜찮으신지요?"

　"그게 무슨 말이지?"

"좋아하시잖습니까, 하루 아가씨를."

순간 가슴이 덜컥했습니다.

저는 열두 살의 나이에 산조 우의정 대감 저택에서 일하기 시작한 지 올해로 13년째입니다. 어렸을 때부터 하루 아가씨를 지켜봐 왔으니 그녀가 소녀에서 아리따운 아가씨로 자라서 기쁘기도 합니다. 그 벚꽃같이 환한 웃는 얼굴을 보고 마음이 흔들린 게 어디 한두 번이던가요. 하루 아가씨를 내 아내로 맞을 수만 있다면. 그렇게 떠올린 적도 여러 번 있었습니다.

"하루 아가씨도 그 남자를 좋아하는 것 같던데."

"그러시면 안 됩니다. 애초에 그 호리카와 소장이라는 남자가 어디서 온 누군지 정확히 알고 계신 것도 아니잖습니까. 그 남자에 대해 지금 아시는 것만이라도 좋으니 좀 알려주시겠습니까?"

왠지 저를 부추기는 듯한 말투였습니다. 결국 저는 호리카와 소장 즉, 엄지 동자가 처음 저택에 온 날부터 이틀 전 도깨비를 퇴치했을 때까지 모든 경위를 설명했습니다.

"흐음."

구로 미카즈키는 턱에 손을 갖다 댔습니다. 잠시 고민하는 듯하다가 그는 문득 뭔가 떠올린 것처럼 입을 열었습니다.

"저택에 처음 온 날이 9월 2일이라. ……고작 닷새 만에 하루 아가씨뿐 아니라 우의정 대감의 마음도 빼앗다니. 그는 단순히 매력 넘치는 미남이 아니라 요괴가 아닐까요?"

구로 미카즈키는 고개를 이리저리 두리번거리더니 진지한 표정으로 제 얼굴을 쳐다봤습니다.

"실은 살해되었다는 그 후유키치라는 사내 말입니다만, 9월 초하룻날 밤 자기 집에 누군가를 묵게 했다고 합니다. 같은 가미쿠리 마을에 사는 요네라는 이름의 열두 살 여자아이가 강 상류에서 접시를 타고 떠내려온 웬 난쟁이를 건져 올렸는데 후유키치가 그를 손바닥 위에 얹은 채 집에 데려갔다더군요."

"뭐라고? 그럼 그 우의정 대감의 숨겨진 자식일 수 있다는 후유키치와 엄지 동자가 전에 만난 적이 있다는 말인가?"

"예, 심지어 그뿐만이 아니라."

구로 미카즈키는 제 쪽으로 한 발짝 다가왔습니다.

"이틀 전 밤에 후유키치의 시신을 처음 발견한 사람도 그 요네였는데, 그때 후유키치의 방 미닫이문은 안쪽에서 버팀목이 받쳐져 잠겨 있었다고 합니다. 방 뒤쪽에도 창문이 하나 있는데 그곳에는 격자가 달려 있었고요. 방을 드나들 수는 없었습니다. 요네의 이야기로는 버팀목 길이가 보통 것보다 약간 짧아서 문은 아주 조금 열려 있었고 그 이상은 열 수 없었다고 합니다. 그런데 그 틈새가 *정확히*

엄지 정도였다고······."

그제야 저는 비로소 이 남자가 이곳에 왜 왔는지 깨달 았습니다. 그는 엄지 동자를 의심하는 것입니다.

"후유키치가 목숨을 잃은 정확한 시각이 언제지?"

"9월 7일 신삼각 종소리가 울리자 강에서 물을 긷는 요 네에게 후유키치가 다가와서 '무장아찌가 맛이 아주 잘 뱄으니 조금 나눠주마. 유삼각쯤에 우리 집으로 오너라' 라고 했답니다. 그래서 요네가 그 시간에 맞춰 집에 가보 니 방 안에서 후유키치가 죽어 있었다고 하네요."

"흐음, 그렇다면 엄지 동자가 범인일 수는 없네."

"왜요?"

처음으로 뜻밖이라는 듯한 표정을 짓는 그에게 저는 말 해줬습니다.

"9월 7일 신삼각부터 유삼각. *그 사이에 엄지 동자는 도 깨비의 배 속에 있었으니까.*"

구로 미카즈키는 멍한 얼굴로 제 설명을 듣다가 잠시 후 껄껄 웃음을 터뜨렸습니다. 저택 안에까지 웃음소리가 들리지 않을까 걱정될 정도였습니다.

"이야, 이거 흥미롭군요. 아주 걸작입니다!"

"뭐가 흥미롭다는 말인가?"

"에구치 나리, 이 문을 언제까지 지키시는 겁니까?"

구로 미카즈키는 제 질문에는 답하지 않고 되물었습

니다.

"이제 곧 끝나네만."

"그럼 이 앞에 있는 스가와라 나리의 저택 앞에서 시간을 보내고 있을 테니 교대하면 와주십쇼. 가미쿠리 마을에 함께 가시지요. 결혼식 연회 따위보다 훨씬 재미있는 일이 기다리고 있습니다."

그렇게 말하고 구로 미카즈키는 제 대답도 듣지 않고 곧 자취를 감춰버렸습니다.

04

그 수상한 남자의 이야기는 그냥 무시해도 상관없겠지만 연회가 열리는 큰방에 가보니 모두 술에 잔뜩 취해서 제가 들어온 것조차 눈치채지 못했습니다. 애초에 술을 마시지 못하는 저는 흥이 식어서 저택 뒷문으로 나가 스가와라 님의 저택으로 향했습니다. 저를 기다리던 구로 미카즈키는 기뻐하며 손을 번쩍 들었고 저희 둘은 곧장 가미쿠리 마을로 향했습니다.

"그런데 에구치 나리."

발걸음을 떼고 시간이 얼마나 흘렀을까요. 구로 미카즈키가 느닷없이 제게 물었습니다.

"신삼각부터 유삼각까지라면 일각—刻(두 시간)이나 됩니다. 그동안 엄지 동자는 계속 도깨비 배 속에 있었던 겁니까?"

"그래. 틀림없네. 신삼각 종소리가 들린 직후 도깨비가 나타났고 그 뒤 얼마 안 돼서 놈이 녀석을 집어삼켰지. 그가 배 속에서 날뛰기 시작하자 도깨비는 곧장 항복했지만, 그 뒤로 입을 지나 밖에 나오기까지 시간이 꽤 오래 걸렸어. 유삼각 종소리가 들릴 무렵이었네."

"시모쿠리 마을에서 가미쿠리 마을까지는 그리 멀지 않습니다. 걸어서 오간다고 해도 반각(한 시간)도 걸리지 않을 겁니다."

아무래도 이 남자는 엄지 동자를 범인으로 만들고 싶은 듯했습니다.

"아무리 가까운 곳이더라도 도깨비 배 속에 있는 한 무리 아니겠나?"

"도깨비의 몸에서 출구는 비단 한 곳이 아닙니다. 엉덩이에도 구멍이 있지 않습니까?"

그때 우리가 엄지 동자를 꺼내려 도깨비 배를 문지르는 동안 엄지 동자가 도깨비의 똥구멍으로 나와 가미쿠리 마을까지 달려갔고, 후유키치가 있는 방의 아주 작은 문 틈새로 들어가 후유키치를 죽이고 다시 돌아왔다. 구로 미카즈키는 지금 그런 이야기를 하는 것입니다.

"도깨비는 호랑이 가죽으로 만든 샅가리개 하나만을 두르고 있었다지요? 똥구멍을 통해 나오기가 그리 어렵지는 않았을 겁니다. 에구치 나리 일행은 그때 도깨비의 입 쪽만을 바라보고 계셨을 거고요. 그러지 않아도 어두운 저녁 시간, 엄지 동자가 도깨비 똥구멍으로 나가는 걸 눈치채지 못했어도 이상하지 않습니다."

그야말로 진지하게 말하는 구로 미카즈키를 보고 저는 어처구니가 없었습니다.

"창자를 지났다는 말인가? 냄새가 진동할 텐데."

"후유키치를 죽이고 돌아온 다음, 엄지 동자는 다시 똥구멍으로 들어가 창자를 지나 위장과 목을 지났겠지요. 그때 그 비린내에 창자의 악취가 묻혀버린 게 아닐까요?"

분명 도깨비 입을 지나 나왔을 때 엄지 동자의 온몸에서는 생선이 썩은 듯한 악취가 잔뜩 풍겼습니다. 그러나 저는 순순히 수긍할 수 없었습니다.

"우리가 도깨비 배를 문지르는 동안 도깨비는 계속 몸부림을 치며 괴로워했네. 게다가 배 속에서는 간헐적으로 엄지 동자의 목소리가 들렸고."

"그런가요……."

구로 미카즈키는 잠시 생각에 잠겼지만 또다시 그 으스스한 미소를 지어 보였습니다.

"역시 재밌어지겠군요. 자, 가시지요."

참으로 기묘한 남자입니다.

···

가미쿠리 마을은 강 옆에 있어서 그런지 작은 규모에 비해 주민이 많다고 했습니다.

후유키치가 사는 곳은 마을의 외딴 변두리에 있었습니다. 집이라기보다 오두막이라고 부르는 게 더 나을 법해 보였지만 혼자 살기에는 충분했겠지요. 집 옆에는 작은 화덕도 있습니다. 집 밖에서 밥을 짓거나 음식을 만들었던 것으로 보입니다.

덧문짝이 부서져 있는 문 앞에 다가가자 제 다리 옆으로 뭔가가 쪼르르 달려왔습니다. 제 얼굴을 올려다보는 그것은 지금 막 늪에서 건져 올린 짚신처럼 행색이 초라한 고양이 한 마리였지요. 제가 손을 휘휘 내젓자 고양이는 야옹 하고 힘없이 울고는 도망쳐 버렸습니다.

"에구치 나리, 뭐 하십니까. 어서 들어오셔요."

구로 미카즈키의 재촉에 저는 방 안에 들어갔습니다.

토방 위에는 싸구려 돗자리가 두 장 깔려 있었습니다. 앞쪽에 있는 한 장에는 양 끝에 기다란 끈이 묶여 늘어져 있었지요. 그 밖에 눈에 띄는 물건이라고는 역시 싸구려 도기 안에서 다 녹아버린 양초와 바닥에 떨어진 술병, 구석에 놓인 낡은 찻장, 더러운 냄비, 이 빠진 밥공기 정도였습니다. 물동이 정도는 있을 법도 한데 바로 옆에 강이 흐르니 필요 없었을지도 모릅니다.

"후유키치는 여기서 이렇게 위를 바라본 자세로 쓰러져 있었다고 합니다."

돌아보니 구로 미카즈키가 돗자리 위에 드러누워 있었습니다. 머리가 문, 다리가 창문을 향해 있습니다. 저는 그 돗자리가 깔린 아랫부분이 웬지 신경 쓰였습니다. 거기에 삼나무로 만든 듯한 제법 튼튼한 널빤지가 보였기 때문입니다.

"그건 뭐지?"

"아무래도 뭔가를 덮은 뚜껑 같네요. 아래에 뭐라도 있는 걸까요?"

구로 미카즈키는 몸을 폴짝 일으키더니 돗자리를 치우고 나무 뚜껑을 열었습니다. 그 안에는 토방 바닥을 파서 만든 구멍에 장독 세 개가 나란히 놓여 있었고 겨된장 냄새가 코를 찔렀습니다.

"하하, 후유키치가 장아찌를 팔며 먹고살았다고 말씀드렸지요? 아마도 그걸 담은 장독 같네요."

"그렇군."

그렇다면 딱히 확인할 필요도 없다고 판단해 저는 다시 부서진 문 쪽을 봤습니다. 문 뒤에는 버팀목이 바닥에 떨어져 있었습니다.

"엄지 동자가 정말 후유키치를 죽였다면 왜 문에 이 버팀목을 받쳐놓고 갔을까?"

그러자 구로 미카즈키는 제 질문의 뜻을 모르겠다는 듯이 고개를 갸웃거렸습니다.

"문에 그렇게 작은 틈새를 만들면 꼭 자기가 범인이라고 하는 거나 마찬가지 아닌가?"

"흐음, 그건 그렇군요."

"혹시 엄지 동자를 범인으로 만들려는 다른 누군가의 소행 아닐까?"

"하지만 그렇다면 그 누군가는 후유키치와 엄지 동자가 접점이 있다는 걸 알고 있어야 하지 않겠습니까?"

"저……."

그때 열두어 살 정도 되는 여자아이가 방문으로 얼굴을 불쑥 들이밀었습니다.

"혹시 네가 요네니?"

구로 미카즈키가 물었습니다.

"네, 후유키치 씨 일을 조사하시는 건가요?"

"그래. 이쪽은 검비위사인 에구치 가게스에 나리. 난 부하인 구로 미카즈키라고 한단다."

저를 검비위사라고 소개한 것은 복잡한 상황이 만들어지는 것을 피할 목적이겠지요.

"후유키치 씨의 시신을 처음 발견한 분이 요네 너라고 들었다만."

"네, 맞아요."

"괜찮다면 당시 상황을 에구치 나리께 말해주겠니?"

"아, 네. 괜찮긴 한데……."

요네의 대답을 듣고 저는 순간 의아했습니다. 구로 미카즈키는 사건에 대해 알려준 다른 동료가 있다고 했습니다. 요네는 그 사람에게도 후유키치의 시신을 발견했을 당시 상황을 설명했을 것입니다. 그러나 이 여자아이는 그날의 상황을 마치 처음 설명하는 것처럼 보였습니다.

"아, 그래."

제 의문을 어디론가 날려 버릴 기세로 구로 미카즈키가 느닷없이 손뼉을 짝 쳤습니다.

"그럼 초하룻날 밤 후유키치 씨 집에 묵었다는 그 작은 남자 이야기부터."

요네는 고개를 끄덕이고 이야기를 시작했습니다. 저는 뭔가 석연치 않았지만 일단 이야기에 귀를 기울였습니다.

"9월 초하룻날 오후 무렵이었어요. 제가 저 강에서 빨래하고 있을 때 강 위쪽에서 웬 접시 하나가 떠내려오는 게 아니겠어요? 키가 엄지손가락 정도 되는 작은 남자가 그 접시에 올라탄 채 젓가락 노를 열심히 저으며 제게 다가왔지요. 남자가 '절 건져주세요'라고 해서 하던 빨래를 멈추고 곧바로 접시를 물에서 건져 올렸답니다."

그러자 남자는 요네에게 "여기가 도읍입니까?"라고 물었고, 요네가 도읍까지는 조금 더 가야 한다고 대답하자 "오늘 하룻밤만 신세를 질 수 있을까요?"라고 청했다고 합니다. 그래서 요네가 자기는 어머니와 둘이 가난하게 살아서 대접해 드릴 수 없다고 하자 문득 등 뒤에서 후유키치가 다가와 말을 걸었습니다.

"제가 상황을 설명하니 후유키치 씨는 '그럼 우리 집으로 가세' 하고 남자를 손바닥 위에 얹더니 함께 집으로 돌아가셨어요."

"후유키치는 그 작은 남자를 보고 기묘하다고 생각하지 않은 건가?"

"아마 귀엽다고 느끼셨겠지요. 후유키치 씨는 평소에도 개구리나 도마뱀붙이 같은 작은 동물을 좋아하셨거든요."

엄지 동자도 그런 부류로 봤다는 뜻일까요. 요네는 설명을 이어갔습니다.

"그러고 나서 날이 어두워지자 전 왠지 그 작은 남자가 신경 쓰여서 후유키치 씨 집에 가봤답니다. 집 바로 옆까지 갔을 때 후유키치 씨와 작은 남자의 목소리가 들렸지요. 이러면 안 된다는 걸 알면서도 저도 모르게 방문에 귀를 갖다 대고 대화를 엿들었답니다. 그때 후유키치 씨는 무시무시한 말을 입에 담으셨어요."

"무시무시하다니?"

"자기가 산조 우의정 대감의 숨겨진 자식이라고……."

구로 미카즈키가 제게 눈을 찡긋해 보였습니다.

"우의정 대감의 건강이 좋지 않아서 오래 못 사실 거라는 소문은 이 가미쿠리 마을에서도 돌고 있답니다. 만약 우의정 대감이 돌아가시면 후계자가 없어서 곤란해질 수 있다. 정실의 딸인 하루 아가씨에게는 아직 배필도 없다. 우의정 대감이 돌아가신 다음 내가 그 집에 나타나 그 집 안을 통째로 손아귀에 넣을 수는 없을까. 후유키치 씨는 그런 말을 하셨어요."

후유키치는 이 집에 살면서 남몰래 야망을 불태우고 있었던 걸까요.

"작은 남자는 이렇게 대답했답니다. '자네가 나서면 내가 돕겠네. 하지만 보다시피 몸이 이래서 도움이 못 될지도 몰라'라고요. 그러자 후유키치 씨는 시모쿠리 마을의 도깨비가 가진 요술 방망이 이야기를 꺼내셨어요."

"뭐?"

저는 화들짝 놀랐습니다. 엄지 동자는 저택에 오기 전부터 이미 시모쿠리 마을에 도깨비가 나타난다는 것과 요술 방망이에 대해 알고 있었다는 말이 아닙니까.

"그 작은 남자는 그 이야기를 듣고 몹시 기뻐했답니다. 그리고 도깨비를 불러낼 좋은 수가 없을지 묻자, 후유키치 씨는 등나무 향 이야기를 해줬어요."

"등나무 향?"

"이 일대에 사는 분들은 다 아는 이야기인데, 시모쿠리 마을의 도깨비는 등나무 향을 아주 좋아한대요. 그래서 어쩔 수 없이 그곳을 지날 때는 절대 몸에 등나무 향이 나는 물건을 가져서는 안 된다고 해요. 도깨비는 사람보다 훨씬 코가 예민해서 늘 주의해야 한다고 들었어요."

"아하, 그렇다면 반대로 등나무 향을 아주 조금만 풍겨도 도깨비가 습격해 올 가능성이 크다는 뜻이로군."

구로 미카즈키는 그렇게 말하며 저를 힐끗 쳐다봤습니다. 그러고 보니 도깨비가 처음에 '등나무 향에 이끌려 나와보니' 같은 말을 했다는 것을 떠올렸습니다.

구로 미카즈키가 다시 요네 쪽을 쳐다봤습니다.

"그 뒤로 두 사람은 또 어떤 이야기를 나눴지?"

"실은 전 그때 너무 놀란 나머지 비틀거리면서 벽에 머리를 부딪히고 앗 하는 소리를 내버렸어요. 그러자 후유키치 씨가 '누구냐?' 하고 물었고, 전 순간 아주 못된 짓을 저질렀다는 생각에 필사적으로 도망쳤답니다. 그래서 그날 밤 일에 대해서는 이 정도밖에 몰라요."

구로 미카즈키는 고개를 끄덕이고 이번엔 요네에게 9월 7일 무슨 일이 일어났는지 알려달라고 채근했습니다. 신삼각 종소리가 울릴 무렵, 강가에 물을 길으러 갔을 때 후유키치가 말을 걸었고 나중에 장아찌를 가지러 오라고 했다는 이야기 등은 구로 미카즈키에게서 들은 내용과 거의 일치했습니다.

"전 후유키치 씨가 말한 대로 유삼각 종소리가 울릴 때 이 집에 왔답니다. 그러자 아주 조금 열려 있던 방문 안에서 불빛이 새어 나오더군요. 후유키치 씨의 이름을 부르며 안을 들여다봤을 때 어렴풋한 촛불 속에서 밧줄에 목이 묶인 채 무시무시한 모습으로 쓰러져 있는 후유키치 씨의 모습이 보였어요. 저는 순간 놀라서 문을 밀어 열려 했지만 엄지 정도의 크기보다 문틈이 더 많이 열리지는 않더군요. 그래서 그대로 집에 돌아가 다음 날, 마을 남자 어른들께 후유키치 씨의 죽음을 알리러 갔어요. 남자 어른들은 이 집에 와서 아주 조금밖에 열리지 않는 이 문을 부쉈고 시신을 발견하게 된 거예요."

그때 제 머릿속에서 의문 하나가 떠올랐습니다.

"왜 시신을 처음 발견한 날 밤에 어른들께 알리지 않고 다음 날에야 알렸지?"

"9월 7일은 존생제 날이니까요."

그 대답을 듣고 저는 바로 아이의 뜻을 이해했습니다. **존생제 날에는 죽음을 언급하는 것을 엄히 금합니다.** 마을 여자아이가 그런 규칙을 확실히 지키는 게 기특했습니다.

"그렇군. 계속하렴."

"네, 후유키치 씨의 목에는 밧줄이 아주 단단히 감겨 있었어요. 술을 드시다가 흘렸는지 옷에서는 술 냄새가 풍겼지요. 그리고 살해됐을 때 누구와 다퉜는지 몰라도 오른팔이 소매 밖으로 나와 있었어요. 그 뒤로 간단한 장례식을 치르고 마을 남자 어른들이 후유키치 씨의 시신을 거둬서 땅에 묻어드렸답니다."

"고맙구나, 요네. 이제 돌아가도 된단다."

구로 미카즈키의 말에 요네는 고개를 숙이고 돌아가 버렸습니다.

"에구치 나리, 어떻습니까? 엄지 동자가 수상하지 않나요? 등나무라면 지금 같은 계절과 어울리지도 않는데 혹시 뭐 아시는 거라도?"

"우의정 대감의 취미가 향도香道일세."

저택 한쪽에는 향도용 방이 있는데 그 안에는 무수히 많은 향이 보관돼 있습니다. 물론 그 사실은 저택에 사는 모두가 알고 있고, 엄지 동자 정도처럼 작은 몸을 가졌다면 그 방에 몰래 들어가 등나무 향을 훔치는 건 식은 죽 먹기였겠지요.

그러나 존생제 날, 엄지 동자의 몸에서 등나무 향이 풍겼는지는 잘 모르겠습니다. 하루 아가씨를 비롯해 그때 함께 있었던 이들의 입에서도 그런 말은 듣지 못했습니다.

"에구치 나리와 다른 분들은 모르셨다고 해도 엄지 동

자 녀석은 그날 등나무 향을 살짝 풍겼던 게 분명합니다. 녀석은 도깨비를 유인해 도깨비 배 안으로 들어가 항복을 받아 낼 계획을 처음부터 세워뒀던 겁니다. 공을 세워서 우의정 대감께 용감한 남자라는 인상을 심어놓고 요술 방망이로 몸을 키워 하루 아가씨와 결혼할 요량이었겠지요. 그렇다면 모든 정보의 출처이자 우의정 대감의 숨겨둔 자식인 후유키치의 존재는 방해가 됩니다. 죽여야겠다고 마음먹었다고 해도 이상하지 않아요."

어느덧 제 가슴속에서도 엄지 동자 즉, 호리카와 소장에 대한 의심이 짙어졌습니다. 그러나 아무리 생각해도 풀리지 않는 의문이 있는 것도 사실입니다.

"구로 미카즈키. 하지만 존생제 날, 엄지 동자가 후유키치를 죽이러 갈 수는 없었을 걸세. 녀석이 도깨비 배 속에 있었다는 건 내가 증명하니까. 그리고 과연 엄지 동자의 그 작은 몸으로 후유키치의 목에 밧줄을 걸어서 조일 수 있었을까?"

그러자 구로 미카즈키는 흐음 하고 신음하더니 또다시 터무니없는 말을 지껄였습니다.

"엄지 동자와 도깨비가 둘이 공모했을 가능성은 없을까요? 도깨비는 그날 엄지 동자가 마치 배 속에 있는 것처럼 연기했던 겁니다. 도깨비이니 목소리도 자유자재로 바꿀 수 있을 테고요."

"말도 안 되는 소리 말게."

"그럼 시모쿠리 마을에 함께 가보시겠습니까?"

"내가 거길 왜 가나?"

"도깨비에게 물어봐야지요."

05

이틀 전에도 갔었던 시모쿠리 마을은 고요하고 왠지 을
씨년스러웠습니다. 구로 미카즈키는 이곳을 잘 아는지 폐
가와 폐가 사이의 풀이 무성하게 자란 골목을 지나 금세
벼랑 앞에 도착했습니다. 그 벼랑에는 거대한 동굴이 입을
벌리고 있었는데 동굴 안으로 굽이굽이 길이 이어졌는지
캄캄해서 도무지 안이 보이지 않았습니다.

"야, 도깨비 놈아! 나와라, 이놈아!"

구로 미카즈키가 여러 번 외치자 동굴 안쪽 깊숙한 곳
에서 기척이 들리더니 도깨비가 느릿느릿 걸어 나왔습니
다. 며칠 전에 봤던 그 도깨비가 맞지만 놈은 저를 보자마
자 "히익!" 하고 겁먹은 소리를 내더니 다시 안으로 들어
가려 했습니다. 엄지 동자에게 호되게 당한 게 아직도 기
억에 남아 있는 모양입니다.

"도깨비! 거기 서라!"

저는 소리쳤습니다.

"용서해 주십쇼. 이제는 못되게 굴지 않겠습니다. 두 분께 드릴 만한 값나가는 물건도 이제는 없습니다요."

붉은 도깨비 주제에 벌벌 떠는 모습이 참으로 꼴사납기 그지없습니다. 구로 미카즈키가 그를 보고 홋홋, 후우 하고 이상한 숨소리를 내자 도깨비는 뭔가에 홀린 것처럼 다시 이쪽을 돌아보더니 동굴에서 나왔습니다.

"우리는 지난 9월 7일 존생제 날에 일어난 일을 확인하러 왔네. 신삼각에 이 마을을 지나던 우리 앞에 자네가 모습을 드러냈지?"

"예, 예, 나리. 제가 좋아하는 등나무와 인간의 고소한 냄새가 섞인 향기가 풍겨서 저도 모르게 그만."

제 질문을 듣고 도깨비는 연신 고개를 조아렸습니다. 역시 등나무 향이 원인이었나 봅니다.

"자네는 그날 집어삼킨 엄지 동자가 배 속에서 날뛰자 곧장 항복했네. 그 뒤에 우리가 배를 문지르고 녀석을 토해 내기까지 시간이 일각이나 걸렸는데 그동안 녀석이 확실히 자네 배 속에 있었던 게 맞나?"

"그, 그야 물론입지요. 제가 아프다고 소리치는 걸 나리도 보시지 않았습니까?"

"녀석이 자네의 똥구멍으로 나왔다가 다시 배 안으로 들어갔을 리는 없나?"

"어찌 그런 무시무시한 말씀을 하십니까. 나리도 아시다시피 그때 배 속에서는 녀석의 목소리도 들리지 않았습니까. 아아, 이제는 그 일을 떠올리고 싶지도 않습니다."

도깨비는 붉은 도깨비 주제에 얼굴만 새파래져서 몸을 부들부들 떨기 시작했습니다. 아무리 도깨비라고 해도 거짓말을 하는 것처럼 보이지는 않았습니다.

"이제 됐습지요?"

도깨비는 허리를 웅크리고 동굴로 사라져 버렸습니다.

"역시 그날 엄지 동자는 도깨비 배 속에 있었어."

"예, 그런 것 같네요."

구로 미카즈키는 그렇게 대답했지만 왠지 기쁜 기색이었습니다.

"에구치 나리, 그 후유키치의 방문에 걸려 있던 짧은 버팀목 말입니다만, 그건 역시 에구치 나리의 말씀대로 후유키치의 죽음을 엄지 동자의 소행으로 연출하려 한 녀석이 받쳐뒀을 겁니다."

"뭐? 그럼 엄지 동자가 범인이 아니라는 말인가?"

지금까지의 주장을 뒤집는 듯한 구로 미카즈키의 말에 저는 당혹감을 느꼈습니다. 그러자 구로 미카즈키는 대뜸 "모든 걸 알아냈습니다" 하더니 자신이 추리한 범행의 전모를 들려주기 시작했는데, 그 이야기는 너무도 기괴해서 제 머리로는 도무지 이해하기 어려운 것이었습니다.

06

"에구치 나리, 에구치 나리."

누군가 제 이름을 부르는 소리가 들렸습니다. 눈을 떠 보니 늘 잠을 자는 저택 가신들의 방에 있었고 주변에서는 술 냄새가 폴폴 풍겼습니다. 저를 제외한 다른 동료들은 모두 결혼식 연회 이후에도 큰방에 남아 술판을 벌였고, 술을 마시지 못하는 저는 먼저 이 방에 돌아와 잠든 것입니다. 밤이 깊어지자 다른 이들도 돌아와 잠들었는지 방 안은 캄캄했습니다.

"에구치 나리."

목소리가 들린 쪽을 돌아보고 화들짝 놀랐습니다. 제 머리맡에 구로 미카즈키가 양반다리를 하고 앉아 있었던 것입니다. 저는 곧장 몸을 일으켰습니다.

"자네! 자네가 어떻게 이 방에?"

시모쿠리 마을에서 도깨비에게 이야기를 들은 후, 이 수상한 남자가 입에 담은 추리가 너무도 황당무계해서 저는 더는 말이 통하지 않는다고 판단해 저택에 돌아와 버렸습니다.

이렇게 어둠을 틈타 저택 안에 몰래 들어오다니 참으로 뻔뻔한 남자입니다.

"에구치 나리, 제 이야기를 좀 들어주십쇼. 바로 조금 전에 오미에서 돌아온 동료 덕에 드디어 알아냈습니다."

"뭘 말인가?"

"엄지 동자의 출신 말입니다. 녀석은 역시 엄청난 악당이었습니다."

곧이어 구로 미카즈키가 입에 담은 이야기는 다음과 같습니다.

오미 지역에 사는 어느 노부부가 오랜 세월 아이를 얻지 못해 시름에 잠겨 있었습니다. 부부는 신사를 열심히 찾아가 간절히 자식을 기원한 끝에 마침내 사내아이를 얻었지만, 세상에 나온 아이는 키가 손가락 한 마디밖에 되지 않았습니다. 그래도 노부부는 신경 쓰지 않고 아이를 엄지 동자라고 부르며 애지중지 키웠습니다. 엄지 동자는 이웃 아이들과 함께 놀고 싶어 했지만 몸이 작아서 늘 괴롭힘을 당했습니다. 그리하여 시간이 갈수록 엄지 동자는 성미가 비뚤어져서 이따금 길에 다니는 개의 눈을 바늘로 찌르거나, 한밤중에 남의 집 농작물을 파헤치고 다니는 등의 못된 짓을 일삼고 다녔습니다.

"성인이 되자 악행이 도를 넘어 이제는 태연하게 다른 사람 집에 몰래 들어가 도둑질을 일삼았다고 합니다. 그의 악행을 보다 못한 마을 촌장은 결국 얼마 전인 8월 말에 엄지 동자를 불러 심하게 꾸짖었습니다. 그러나 엄지 동자는 반성하는 척하면서 그날 밤 몰래 촌장 집에 들어가 쌀가마니에 구멍을 뚫어 쌀알을 전부 강에 흘려보냈다고 합니다. 그 쌀은 도읍에 조공으로 바치기 위해 준비한 것이었습니다.”

“그게 대체 무슨…….”

조공을 바치지 못하면 마을에는 엄한 벌이 떨어집니다. 마을 촌장의 낯빛이 새파랗게 질렸을 것은 상상하기 어렵지 않습니다.

“다른 일은 참고 넘어가도 이 악행만은 마을 사람들 모두가 용서하지 못했던 것 같습니다. 엄지 동자를 죽여야 한다며 폭동을 일으켰다더군요. 노부부는 깜짝 놀라 엄지 동자에게 남몰래 접시 배와 젓가락 노를 주고 강물에 그를 띄웠습니다. 그것을 알아챈 마을 사람들이 서둘러 엄지 동자를 쫓았지만 결국 따라잡지 못했고…… 그때 마을 사람들 귀에는 강물을 타고 흘러가는 엄지 동자가 내뱉은 무시무시한 저주가 들렸다고 합니다.”

“저주?”

“나를 이렇게 만든 걸 죽을 때까지 잊지 않겠다. 도읍에서 유명해져서 이 마을을 깡그리 불태워 없애버리겠다…… 라고 했다고 합니다.”

저는 무릎이 덜덜 떨리기 시작했습니다.

“놈은 하루 아가씨와 부부의 연을 맺었으니 이다음 우의정 자리에 오를 거야. 오미의 그 마을을 불태울 거라는 그의 말이 현실이 되게 생겼군."

"그뿐만이 아닙니다. 그놈은 근본부터가 악당이자 요괴입니다. 조정의 나랏일도 엉망진창이 되겠지요. 에구치 나리, 이제 나리밖에 없습니다. 부디 산조 우의정 대감 앞에서 그의 죄를 낱낱이 폭로해 엄벌에 처해주십쇼."

"하지만 자네의 그 주장은 너무 허무맹랑해서……."

"날이 밝아지면 다시 가미쿠리 마을에 가서 증거를 찾아봐 주십시오. 부탁드리겠습니다."

구로 미카즈키는 가까이 다가와 제 얼굴을 쳐다봤습니다. 낮에 봤을 때보다 눈이 크고 형형한 빛을 뿜는 느낌이 드는 것은 제 착각일까요.

"그럼 오늘 밤은 여기서 이만."

그는 가볍게 폴짝 일어서서 앞뜰 쪽으로 달려갔습니다.

"이보게!"

그를 다시 불렀지만 제 목소리는 그의 귀에 닿지 않은 듯했습니다.

07

구로 미카즈키의 눈빛에 홀렸는지 저는 다음 날, 저택 일을 하루 쉬고 홀로 가미쿠리 마을로 향했습니다. 후유키치의 집 방문은 여전히 부서져 나뒹굴고 있더군요. 토방 안에는 양초와 술병, 찻장과 식기가 있었고 돗자리가 두 장 깔린 방 안은 고요했습니다.

잠시 방 안을 뒤졌지만 증거라고 할 만한 물건은 하나도 없었습니다. '이래서는 안 되겠군' 하고 포기하려는 찰나였습니다.

"누구냐?"

문 쪽에서 누군가의 목소리가 들렸습니다. 고개를 돌리자 눈앞에는 콧수염을 멋들어지게 기른 거한이 서 있었습니다.

"나는 검비위사인 우키하시 모토스케라고 한다. 자네는 누군가?"

"산조 우의정 대감 댁에서 일하는 에구치 가게스에라고 하네만."

"오, 그럼 이 집에서 죽은 남자가 우의정 대감의 숨겨진 자식이었다는 것도 알고 있나?"

저는 고개를 끄덕이고 지금껏 무슨 일이 있었는지 그에게 간략히 설명했습니다. 설명 중간부터 우키하시는 의아한 듯이 고개를 갸웃거렸습니다.

"흐음, 사건의 개요는 내가 아는 것과 거의 일치하지만 이해 안 되는 게 하나 있군. 그 구로 미카즈키라는 남자는 대체 뭐 하는 작자인가?"

저는 아연실색했습니다.

"모른다는 말인가?"

"그래. 후유키치가 산조 우의정 대감의 숨겨진 자식이라는 건 당국도 파악하고 있지만, 그자가 사흘 전 살해됐다는 건 오늘 아침 관가에 온 어떤 남자가 알려줘서야 밝혀졌네. 그래서 지금 나도 여기 온 거고."

우키하시가 설명한 그 남자의 모습은 구로 미카즈키와 똑같았습니다. 검비위사의 수하라는 그의 말은 결국 거짓말이었고 후유키치 사건이 검비위사에게 알려진 것도 오늘이라는 말입니다.

그는 도깨비가 사는 곳을 아는 데다 저택에 몰래 들어온 것으로도 모자라 오미 지역 이야기까지 파악하고 있었습니다. 이 얼마나 수상한 남자입니까. 제가 그렇게 생각했을 때 갑자기 방 안쪽에서 덜컥 하는 소리가 들렸습니다. 저는 우키하시와 얼굴을 마주 보고 소리가 들린 곳을 찾기 시작했습니다. 아무래도 장아찌가 들어 있는 토방 바닥 아래 구멍에서 들린 듯했습니다. 돗자리를 치우고 바닥에 붙은 나무 뚜껑을 열어보니 장아찌가 담긴 장독 가장자리에 길이가 한 자(약 30센티미터) 정도 되는 거대한 도마뱀붙이가 달라붙어 있었습니다.

"이런 게 어디서 들어왔지?"

우키하시가 기분 나쁘다는 듯이 말했지만 도마뱀붙이

는 놀라서 달아나지 않았습니다. 오히려 우리를 비웃는 것처럼 느릿하게 돗자리 뒤로 숨었습니다.

"저렇게 큰 도마뱀붙이도 있나?"

"글쎄. 좋은 먹이를 많이 먹었나 보군."

우키하시의 의문에 농담으로 답하고 저는 문득 구로 미카즈키가 들려준 추리를 떠올렸습니다. 순간 머릿속에서 뒤엉켜 있던 실이 서서히 풀리는 느낌이 들었습니다.

"그런 거였나!"

"응? 뭔가?"

우키하시가 깜짝 놀라며 물었습니다. 저는 그의 얼굴을 쳐다봤습니다.

"우키하시, 지금 당장 산조 우의정 대감 저택에 와줄 수 있나?"

"뭐?"

"그곳에서 후유키치를 죽인 범인을 밝히고자 하네."

08

바로 어제 결혼식을 치렀던 사랑방입니다. 저와 우키하시 앞에는 산조 우의정 대감, 그 오른쪽에는 하루 아가씨와 얼마 전 그녀의 남편이 된 호리카와 소장 즉, 엄지 동자가 있습니다.

"에구치, 자네 무슨 일인가? 검비위사까지 데려와서 내게 무슨 할 말이 있다고?"

우의정 대감이 기침을 콜록거리며 물었습니다. 오늘도 우의정 대감은 몸 상태가 좋지 않아 보였습니다.

"갑작스럽게 죄송합니다. 가미쿠리 마을에 살았던 후유키치라는 인물에 대해 드릴 말씀이 있습니다."

우키하시가 저보다 먼저 운을 뗐습니다. 후유키치의 이름을 들은 순간 우의정 대감의 얼굴에 그늘이 졌습니다.

"후유키치는 사흘 전 누군가에게 살해됐습니다."

"뭐라고……?"

우의정 대감은 슬픈 표정을 지었습니다. 하루 아가씨도 배다른 오빠에 대해 알고 있었는지 고개를 떨궜습니다.

"……그래서, 범인은 찾았나?"

"예."

이번에는 우키하시가 아니라 제가 대답했습니다. 그리고 저는 망설임 없이 그자의 얼굴을 손가락으로 가리켰습니다.

"범인은 바로 저기 있는 호리카와 소장입니다."

그러자 우의정 대감과 하루 아가씨가 소스라치게 놀랐습니다.

"지금은 저렇게 당당히 앉아 있지만 실은 저자는 고향

인 오미 일대에서 이름난 악당입니다."

저는 어젯밤 구로 미카즈키가 들려준 마을 공물에 저지른 악행을 우의정 대감께 소상히 설명했습니다. 이야기 중간부터 호리카와 소장에 대한 우의정 대감과 하루 아가씨의 신뢰가 조금씩 흔들리는 것처럼 보였지만, 정작 당사자는 능청스럽게 입가에 손을 갖다 대고 웃음을 터뜨렸습니다.

"그런 일이 있었을지도 모르지만 이미 오래전 일입니다. 전 이 저택에 온 이래 새사람이 됐지요. 그리고 전 후유키치라는 남자와 만난 적도 없습니다."

"지난 9월 초하룻날 강 상류에서 떠내려온 자네가 후유키치의 집에 묵었다는 걸 같은 마을에 사는 요네라는 자가 봤네. 요네는 그날 밤 자네와 후유키치가 나눈 대화도 들었어."

순간 호리카와 소장의 눈썹이 꿈틀거렸습니다. 저는 부러 못 본 척하고 우의정 대감의 얼굴을 바라보며 이야기를 계속했습니다.

"후유키치는 그날 밤 자신이 우의정 대감의 숨겨진 자식이라고 고백했고, 우의정 대감이 돌아가셔서 자기가 나서면 이 저택이 자신의 손아귀에 들어올 거라고도 했습니다. 또한 시모쿠리 마을의 도깨비와 요술 방망이 이야기까지 들은 저자는 겉으로는 후유키치에게 협력하는 척하면서 일이 잘 풀리면 나중에 수하로 써달라고 했지요. 그리고 실제로는 요술 방망이로 남들과 같은 몸을 얻어서 하루 아가씨의 남편이 돼 이 집을 송두리째 빼앗을 계획을 세운 것입니다. 모든 것을 아는 후유키치는 방해가 될 테니 죽였겠지요. 이 얼마나 잔악무도하고 비열한 악당이란 말입니까."

"말이 너무 심하군요, 에구치 나리."

호리카와 소장이 끼어들었습니다.

"그 요네라는 여자아이가 한 말을 얼마나 믿을 수 있을까요?"

"오호라."

저는 곁눈으로 호리카와 소장을 노려봤습니다.

"요네가 여자아이라고는 입도 뻥끗하지 않았는데 어떻게 알았지?"

그러자 호리카와 소장은 잠시 침묵했지만 곧 다시 웃음을 터뜨렸습니다.

"요네라고 하면 보통 여자 이름이잖습니까. 에구치 나리, 후유키치인가 뭔가 하는 녀석이 죽은 건 9월 7일인데 사망 시각이 언제인지도 아십니까?"

"요네가 방 안에 쓰러져 있던 후유키치를 발견한 시각이 유삼각. 생전의 후유키치와 마지막으로 대화를 나눈 사람도 요네였는데 그때는 그보다 일각 전인 신삼각이었지."

"9월 7일 신삼각부터 유삼각 사이라면 정확히 제가 도 깨비 배 속에 있었던 시간 아닌가요? 배 속에서 울리는 제 목소리가 에구치 나리의 귀에는 들리지 않았다는 말입니 까?"

역시 그는 스스로 치밀히 만들어낸 부재 증명에 절대적 인 자신을 갖고 있겠지요. 저는 그 자신감을 무너뜨리기 위 해 호리카와 소장의 얼굴을 똑바로 바라보며 말했습니다.

"9월 7일 유삼각에 요네가 시신을 발견했을 때 후유키치 는 아직 살아 있었네."

"그, 그게 무슨 말인가?"

우의정 대감의 얼굴에서 핏기가 가셨습니다. 제 옆에 있 는 우키하시도 놀란 듯했습니다.

"지금은 호리카와 소장이 된 저 엄지 동자와 후유키치 가 사전에 입을 맞춘 것입니다."

• • •

"우선 존생제 전날인 6일 밤, 저택을 몰래 빠져나간 엄 지 동자는 후유키치의 집에 가서 '우의정 대감이 당신을 없애려 조만간 자객을 보낼 것이다'라는 거짓말을 했습니 다. 두려움에 떠는 후유키치에게 엄지 동자는 그보다 먼저 죽은 척을 하면 될 거라며 이런 제안을 꺼냈겠지요. '내일 7일 유삼각에 요네를 집에 불러라. 그리고 요네가 올 때쯤 목에 밧줄을 감고 죽은 척을 해서 다른 사람에게 살해된 것처럼 보여라'라고 말입니다."

"하지만 그 이후 다른 사람이 오면 죽은 척을 한 게 들통나지 않나?"

우키하시가 지적했습니다. 저는 우의정 대감이 아닌 우키하시 쪽으로 눈길을 돌리고 친근히 말했습니다.

"7일은 존생제가 열리는 날. 그날은 **죽음을 입에 담는 것을 엄히 금하지**. 요네는 날이 바뀔 때까지는 가족에게도 시신에 대해 털어놓지 못할 테니 자취를 감출 시간은 충분하다는 엄지 동자의 말에 후유키치도 수긍했을 걸세."

"흐음, 그래. 시신이 사라져도 요네의 증언만 있으면 후유키치는 죽은 게 되니."

저는 다시 설명을 이어갔습니다.

"엄지 동자는 7일 일출 전에 저택에 돌아왔고 마침내 참배 시간이 찾아왔습니다. 애초 계획대로 신관의 관심을 불러일으켜 귀가 시간을 늦춘 탓에 저희가 시모쿠리 마을을 지난 건 저녁이 다 될 무렵이었지요. 도깨비가 나타난 건 정확히 신삼각 종소리가 울릴 때였습니다. 엄지 동자는 하루 아가씨의 주머니에서 튀어나와서 도깨비를 도발해 그 배 속으로 들어갑니다. 그리고 도깨비가 항복해도 바로 나오지 않고 유삼각 종소리가 들릴 때까지 가만히 기다린 것입니다."

"무슨 말도 안 되는 말씀을."

호리카와 소장이 두 손으로 바닥에 깔린 다다미를 툭툭 쳤습니다.

"그렇게 시간에 맞춰 도깨비가 나타날 줄 제가 어떻게 알았겠습니까?"

"도깨비가 등나무 향을 좋아한다는 건 그 일대에 사는 이들은 다 알고 있네. 등나무 향을 풍기며 그곳을 지나면 반드시 도깨비가 나타날 것을 자네는 후유키치에게 전해 들었어. 우의정 대감이 평소에 취미로 향도를 즐기시는 것도 자네에게 행운이었겠지. 등나무 향을 훔쳐서 다른 사람은 맡지 못해도 도깨비 코에는 닿을 정도로 희미하게 향기를 풍긴 거야. 그리고 자기도 모르는 사이에 조종당한 도깨비는 자네를 통째로 집어삼켰지. 한편 그 무렵 가미쿠리 마을에서는 후유키치가 계획대로 죽은 척을 하고 집에 부른 요네에게 발견되네. 이렇게 자네는 후유키치의 사망 시각에 도깨비 배 속에 있었다는 흔들림 없는 부재 증명을 얻게 된 거야."

"설마요. 전 그날 등나무 향 같은 건 풍기지 않았습니다. 아, 그러고 보니 그때 제가 입었던 옷이 아직 정원에 떨어져 있지 않을까요. 그걸 집어서 냄새를 맡아보면……."

"그건 어렵겠지."

저는 고개를 흔들었습니다.

"도깨비의 위액과 침 냄새 때문에 등나무 향은 이미 사라졌을 테니까. 자네는 정말 못된 쪽으로 잔머리를 굴리는 건 타의 추종을 불허하는군."

"아무 증거도 없이 그런 말씀을 하시면 어떡합니까. 우의정 대감, 이건 전부 저분의 망상입니다. 지금 당장 망언을 멈추게 해주십시오."

우의정 대감은 호리카와 소장의 얼굴을 힐끗 봤지만 곧다시 제 쪽을 돌아봤습니다.

"에구치, 계속하게."

"예!"

저는 고개를 숙였다가 다시 우의정 대감을 보며 설명했습니다.

"우의정 대감께 하루 아가씨와의 결혼을 승낙받으려면시간이 좀 더 걸릴 거라고 예상했을 겁니다. 하지만 도깨비에게 항복을 받아내고 하루 아가씨를 무사히 구한 쾌거를 들은 우의정 대감은 곧장 결혼을 허락하셨지요. 호리카와 소장은 미리 계획한 대로 그날 늦은 밤, 후유키치를죽이기 위해 부엌에서 술을 슬쩍하고 저택을 빠져나가 가미쿠리 마을로 달려갔습니다. 그리고 거기서 자신의 계획을 뒤흔들 수 있는 아주 작은 빈틈을 발견하게 됩니다."

"빈틈? 그게 뭔가?"

우의정 대감이 몸을 앞으로 뻗으며 물었습니다.

"후유키치는 겉으로는 엄지 동자의 계획에 순순히 협력하면서도 엄지 동자를 완전히 믿지는 않은 것으로 보입니다. 죽은 척을 하고 있을 때 보통 것보다 약간 짧은 버팀목을 방문에 받쳐둬 평범한 사람은 드나들지 못하지만 몸 크기가 한 치인 자라면 드나들 수 있는 틈을 만들어 둔 것입니다. 만약 자기가 누군가의 손에 죽으면 범인은 그 틈새를 빠져나갈 수 있었던 자라는 뜻을 남기고 싶었던 거겠지요."

호리카와 소장이 남몰래 혀를 차는 소리가 들리는 듯했습니다.

"호리카와 소장은 그것을 보고 당황했겠지요. 다음 날, 버팀목이 문에서 떨어진 상태로 후유키치가 발견되면 그가 스스로 일어나서 버팀목을 떼어 냈다, 다시 말해서 요네가 시신을 발견했을 때 후유키치는 아직 살아 있었다는 것이 밝혀지고 맙니다. 그래서는 모처럼 공들여 만든 부재 증명이 물거품이 돼버리지요. 따라서 그보다는 부재 증명을 유지할 수 있는 상황 즉, 방문에 버팀목을 세워둔 채로 후유키치를 죽은 자로 만드는 선택을 한 겁니다. 지나치게 잔머리를 굴린 나머지 도깨비 배 속에 있었다는 철벽같은 부재 증명에 취해 있었는지도 모르겠네요."

호리카와 소장은 얼굴이 붉으락푸르락 달아올랐습니다.

"버팀목이 있었다면 몸집이 커진 제가 그 문을 드나들 수 없잖습니까."

"자네에게는 요술 방망이가 있지."

"아, 예. 에구치 나리께서 지금 무슨 말씀을 하시는지 알겠습니다. 제가 후유키치를 죽인 다음 버팀목을 방문에 대고 몸을 작게 만들어서 밖에 나간 후 다시 평범한 사람의 몸으로 돌아갔다는 말씀이시지요? 기억력이 좋지 않아 보이는 에구치 나리를 위해 말씀드립니다만, *요술 방망이의 신통한 힘은 자기 자신에게는 통하지 않습니다.* 아니면 제게 다른 조력자라도 있었다는 말입니까?"

저는 고개를 흔들었습니다.

"자네는 그 순간 혼자 힘으로도 후유키치를 그 방 안에서 죽은 자로 만들 묘안을 떠올렸네. 자네는 정말이지 넌 덜머리가 날만큼 잔꾀를 잘 부리는 작자야."

저는 바닥에 둔 보따리를 풀어서 우의정 대감 앞에 그것을 내밀었습니다.

"이것을 봐주십시오. 이게 바로 후유키치의 방 안에 깔려 있던 돗자리입니다. 양쪽 끝에 제법 긴 끈이 묶여 있지요? 평범한 사람의 몸이 된 엄지 동자는 일단 후유키치에게 방문의 버팀목을 벗기게 하고 방 안에 들어갔습니다. 그리고 후유키치에게 술을 주고 그가 방심하며 술을 마시는 틈을 타 돗자리의 한쪽 끈을 창밖으로, 다른 한쪽 끈은 방문 밖으로 꺼내둔 것입니다. 빛이라고 해 봐야 양초한 자루밖에 없는 어두운 집이었으니 후유키치는 눈치채지 못했겠지요. 후유키치가 술에 얼큰히 취하자 '당분간 숨어 지낼 곳을 마련해둘 테니 잠깐만 기다리고 있게. 와서 깨울 테니 잠시 눈을 붙이고 있어도 좋아' 하고 집을 나갔습니다. 나갈 때 후유키치에게 방문 안쪽에 버팀목을 받쳐두게 하는 것도 잊지 않았습니다. 죽은 후유키치의 옷에서 술 냄새가 풍겼다고 하니 그는 취해서 옷에 흘릴 정도로 술을 많이 마셨겠지요. 후유키치는 엄지 동자의 속셈대로 돗자리 위에서 잠들고 말았습니다. 그걸 확인한 엄지 동자는 방 뒤쪽 창문의 격자 틈새로 요술 방망이를 쥔 손을 집어넣고 후유키치를 향해 '작아져라'라고 외쳤습니다."

"그렇군!"

검비위사인 우키하시가 손뼉을 짝 쳤습니다.

"그렇게 후유키치의 몸이 작아지면 그대로 앞쪽 방문으로 돌아가 조금 전에 미리 꺼내둔 끈을 잡아당기면 그만이로군. 그럼 돗자리, 옷과 함께 몸집이 작아진 후유키치를 방 밖으로 꺼낼 수 있을 테니."

그러자 우의정 대감은 흐음 하고 자못 언짢은 듯 신음했습니다. 옆에서 호리카와 소장은 웃음을 터뜨렸습니다.

"거기서 후유키치의 몸을 원래 크기로 돌린 다음, 목 졸라 죽였다고 하시려는 겁니까? 에구치 나리, 부엌에서 도미와 은어 일을 벌써 잊으셨습니까? *요술 방망이의 효력은 죽은 것에는 미치지 않습니다.* 그를 죽였다면 방 안에 다시 돌려놓을 수 없다는 말입니다. 작아진 상태에서 죽이면 방 안에 넣어도 원래 크기로 되돌릴 수 없지요."

이것은 어제 구로 미카즈키의 추리를 들을 때 제가 입에 담은 의문이었습니다. 저는 제 의문에 대한 구로 미카즈키의 대답을 고스란히 다시 설명해 줬습니다.

"자네는 후유키치를 방 밖에 끌어낸 다음에 곧장 죽인 게 아니야. 자네는 *정확히 목이 졸릴 정도의 크기로 매듭 지은 밧줄을 몸집이 작아진 후유키치의 턱과 목 사이에 끼워 넣었지.* 그러고 나서 돗자리 위에 그를 두고 방 뒤쪽으로 돌아가 이번에는 창밖으로 꺼내둔 돗자리의 밧줄을 잡아당겼네. 몸집이 작아진 후유키치가 누워 있는 돗자리가 방으로 다시 들어가자 자네는 요술 방망이를 쥔 손을 창문으로 집어넣고 이번에는 '커져라'라고 외쳤네."

"세상에⋯⋯!"

누구보다 먼저 소리친 사람은 지금껏 입을 다물고 있던 하루 아가씨였습니다.

"그렇게 하면 *크기가 달라지지 않은 밧줄 매듭 속에서 커져 버린 목만이 졸리게 되는군요!*"

입가에 손을 갖다 대고 낯빛이 창백해진 하루 아가씨를 보며 저는 고개를 끄덕였습니다. 요네는 후유키치의 시신이 밧줄로 목이 졸린 상태였다고 했지만, 실은 밧줄로 목을 조른 것이 아니라 크기가 커진 목이 밧줄 매듭에 저절로 조여진 것이었습니다.

"후유키치의 시신은 오른팔이 소매 밖으로 삐져나온 상태였다더군. 한 번 작아진 몸이 원래대로 돌아갔을 때 왼팔은 운 좋게 소매에 들어갔지만 오른팔은 들어가지 않던 거야. 자네가 그걸 눈치챘는지는 모르겠지만 눈치챘어도 팔을 도로 집어넣을 수는 없었겠지."

"모함입니다! 이건 모함입니다!"

호리카와 소장이 벌떡 일어서서 우의정 대감의 안색을 살피며 필사적으로 호소했습니다. 그러나 우의정 대감의 의심이 짙어졌다고 봤는지 이제 그는 저를 노려보며 당장에라도 덤벼들 것처럼 소리쳤습니다.

"그런 말도 안 되는 일이 벌어졌다는 증거가 어딨나!"

"우키하시, 그걸 보여주게."

우키하시는 고개를 끄덕이더니 옆에 둔, 뭔가를 씌운 천을 걷었습니다. 그러자 대바구니 속에서 거대한 도마뱀붙이가 저를 멀뚱히 쳐다봤습니다.

"후유키치의 토방 바닥 속 장아찌 장독에 붙어 있던 녀석이지요. 우의정 대감, 지금껏 이렇게 큰 도마뱀붙이를 보신 적이 있습니까?"

그러자 우의정 대감은 땀을 뻘뻘 흘리며 고개를 가로젓
더니 나직이 말했습니다.

"이런 도마뱀붙이가 현실에 있을 리 없지. ……요술 방
망이라도 쓰지 않는 한."

우의정 대감과 하루 아가씨도 이제는 모든 것을 이해한
듯했습니다. 이 도마뱀붙이는 엄지 동자가 후유키치의 몸
을 원래 크기로 되돌려서 죽이려 했을 때 돗자리 근처에
있었겠지요.

"이게 바로 살인에 요술 방망이가 쓰였다는 가장 큰 증
거입니다. 자, 요술 방망이는 *세상에 둘도 없는* 보물입니
다. 후유키치가 9월 7일 신삼각에 아직 살아 있었다는 건
요네의 증언으로 밝혀졌지만 이때 요술 방망이는 도깨비
의 손에 들려 있었습니다. 그 뒤 하루 아가씨가 그것을 받
았고 이 저택에서 몸이 커진 이후에는 줄곧 호리카와 소장
이 요술 방망이를 들고 있었습니다. 따라서 범인은……."

"닥쳐!"

호리카와 소장이 부르짖으며 제게 달려들었습니다. 저
를 쓰러뜨리고 제 위에 올라타더니 목을 조르려 했습니다.

"성공이 코앞이었는데! 성공이 바로 코앞이었는데!"

그에게서 늠름한 사내의 모습은 더는 찾아볼 수 없었습
니다.

"지금껏 이렇게 훌륭한 저택에서 살아온 당신이 날 이해하겠어? 가난한 촌구석에서 작은 몸 때문에 끝없이 괴롭힘을 당해온 나를!"

새빨갛게 충혈된 눈은 마치 개코원숭이 같고 툭 튀어나온 이는 호랑이 같습니다. 이 남자는 역시 요괴가 분명합니다.

"호리카와 소장, 그만하지 못하겠나!"

"시끄러워!"

호리카와 소장은 우키하시를 홱 밀치고 정원 쪽으로 도망쳤습니다.

그때 순간 퍽 하는 소리가 들리더니 정원에서 날아간 하얀 덩어리가 호리카와 소장의 머리에 명중했습니다.

"윽……."

호리카와 소장은 바닥에 벌러덩 쓰러져 몸을 대자로 뻗었습니다. 우키하시가 그 위에 올라타 재빨리 팔다리를 묶었습니다. 호리카와 소장은 머리를 얻어맞은 충격 때문인지 눈을 까뒤집고 있었습니다.

이젠 다 끝났다……. 저는 안도감과 피로 속에서 또 다른 의문을 떠올렸습니다. 방금 그 흰 덩어리의 정체는 과연 뭐였을까요.

그때 귓가에 야옹 하는 소리가 들렸습니다.

보아하니 몸을 웅크린 채 덜덜 떠는 하루 아가씨를 위

로하듯 흰 고양이 한 마리가 그녀의 무릎에 머리를 비비고 있었습니다. 하루 아가씨가 평소 아끼는 고양이입니다.

고양이는 하루 아가씨의 무릎 위에 폴짝 올라가더니 저를 쳐다봤습니다. 지금껏 알아차리지 못했지만 고양이의 이마에는 검은 초승달˚모양의 털이 나 있었습니다.

저는 그때에야 알아차렸습니다. 가미쿠리 마을을 처음 찾았을 때 제 다리 옆에 다가온 흙투성이 고양이. 구로 미카즈키에게 후유키치 사건을 처음 전했다는 동료 고양이. 오미 지역에 다녀온 것도 서로 알고 지내는 다른 고양이였겠지요.

"그런 거였군."

제가 중얼거리자 고양이는 기뻐하듯 또다시 야옹 하고 울었습니다. 저는 주인을 요괴로부터 구한 충직한 부하와 함께 기쁨을 나누며 감개무량했습니다.

˚ 검은 초승달은 일본어로 '구로이 미카즈키(黒い三日月)'라고 읽는다.

꽃 피우는 망자가 남긴 말

일본 전래 동화 원작, 『꽃 피우는 할아버지』

할아버지와 할머니는 작은 개를 주워 정성껏 키우고 덕분에 보물을 얻게 된다. 하지만 욕심을 내어 개를 빌려 간 옆집 할아버지는 원하는 대로 보물을 얻지 못하자 개를 죽인다. 개의 시신을 묻은 곳에서 자란 나무로 만든 절구를 찧어 보물이 나오자, 옆집 할아버지는 또 욕심을 냈다가 보물을 얻지 못하고 절구를 불에 태워버린다. 할아버지가 안타까워하며 모은 그 재는 바람에 날려 마른 벚나무에 아름다운 꽃을 피웠고 이를 본 영주가 노인에게 큰 상을 내린다.

재가루를 뿌려 마른 나무에 꽃을 피운 할아버지.
영주님께 받은 상을 마을에 기부하려는
마음씨 좋은 할아버지가 어느 날
갑자기 살해돼 버리는데…….

이

춥다, 추워. 추워서 죽을 지경이야. 할아버지, 나랑 할아버지가 처음 만난 날도 이렇게 추웠지?

그날 난 뱃가죽이 등에 달라붙을 정도로 배가 고파서 땅에 떨어진 도토리라도 주워 먹으려 이웃 마을 산을 넘어 좁은 길을 내려가고 있었어. 난 다른 개들과 달리 코가 좋지 않아서 먹을 것의 냄새를 잘 알아내지 못해. 주변에는 나무와 풀이 시들어서 온통 바싹 마른 나뭇잎뿐이었어.

문득 고개를 들어보니 앞쪽에 있는 덤불이 흔들리고 있더라. 난 곰이라도 나타난 건가 싶어 주춤했지만 풀숲에서 얼굴을 내민 건 인간 남자였어. 누더기를 입었고 낯빛은

흙색에다가 머리는 며칠이나 못 감았는지 흙투성이였지.

"배고파. 벌써 사흘이나 아무것도 못 먹었어."

난 그 남자를 향해서 말했어. 아무리 내 마음을 전하고 싶어도 인간의 귀에는 멍멍 소리로만 들리겠지만 말이야. 그런데.

"사흘 정도로 무슨. 난 이미 닷새나 굶었는데."

남자가 그렇게 대답한 거야.

"당신, 내 말을 알아들어?"

"그래. 무슨 이유인지 몰라도 오래전부터 짐승들의 말이 귀에 들렸지. 그런데 나한테 먹을 걸 달라고 해봐야 소용 없어. 아, 나도 살면서 딱 한 번이라도 좋으니 쌀밥을 배불리 먹어봤으면……."

남자는 산기슭 쪽을 보며 말했어. 마른 수풀 사이로 마치 밥그릇을 뒤집은 모양을 한 언덕과 강이 보였지. 강에는 제법 튼튼해 보이는 나무다리가 걸려 있고 그 건너편에는 마을이 있었어.

"오늘은 왠지 시끌벅적하네. 아까 영주님이 지나가셔서 축제라도 벌이는 걸까. 어쩌면 먹을 것을 구할 수 있을지도."

"당신은 안 가?"

"난 두 번 다시 저 강 너머에는 못 가게 됐어. 자, 얼른 가봐, 얼른."

어쩐지 딱해 보였지만 난 혼자 산을 내려가 다리 쪽으로 향했어. 벤 지 얼마 안 된 나무 냄새가 나는 그럴싸한 다리더라. '이 마을에는 부자들이 사나 보다. 기대해도 되겠는걸' 하고 생각하며 걷고 있자 갑자기 사람들의 목소리가 들렸어. 허물어져 가는 토담 안에 엄청 오래돼 보이는 절이 있어서 진짜 축제라도 벌어졌나 싶어 경내에 들어갔지. 그리고 거기서 나는 순간 눈을 의심했어.

벚나무가 여러 그루 있었는데 그중 한 그루에 한겨울인데도 벚꽃이 흐드러지게 피어 있었던 거야.

그걸 보고 모여든 마을 사람들이 환호성을 지르고 있었고.

"와하핫, 대단하군, 대단해!"

크게 웃음을 터뜨리는 사람은 새하얀 말 위에 올라탄 멋진 영주님이었어. 옆에 있는 무사와 여종뿐 아니라 남루한 옷을 입은 마을 사람들까지 하나같이 기뻐하며 손뼉을 쳤던 것 같아.

"자, 한 번 더 보여드리지요."

그렇게 외치며 웬 할아버지가 옆에 있는 마른 나무를 쓱쓱 기어 올라갔어. 나무 아래에서는 할머니 한 명이 걱정스러워하며 그 모습을 지켜보고 있었고. 나는 무슨 일이 일어나는지 궁금해서 마을 사람들 사이에서 함께 구경했어. 그러자 할아버지는 두툼한 나뭇가지 위에 올라서더니 옆구리에 낀 소쿠리에서 잿가루를 한 움큼 꺼내 쥐고 나뭇가지 쪽으로 뿌리는 게 아니겠어?

"자, 마른 나무에 꽃을 피워봅시다!"

그러자 순식간에 마른 나뭇가지에 벚꽃이 활짝 피어났어. 그걸 본 사람들의 쏟아지는 박수갈채. 나 역시 배고픈 것도 잊고 귀신에 홀린 것처럼 구경했던 것 같아. 할아버지는 그 뒤에도 마른 나무에 벚꽃을 피우고 다녔지. 그리고 할아버지가 피운 건 벚꽃만이 아니야. 할아버지가 손을 집어넣을 때 소쿠리에서 샌 잿가루가 벚나무 뿌리 부근의 풀에도 닿았는데, 그럴 때마다 민들레와 제비꽃이 꽃망울을 활짝 터뜨렸어. 나는 바로 코앞에 봄이 찾아온 것처럼 가슴이 따뜻해졌지.

"이제 됐네, 됐어. 바람이 시린 날인데 덕분에 즐거운 구경을 했군. 만족스럽네."

영주님은 그렇게 말하고 할아버지를 옆으로 불렀어.

"자네에게 상을 내리겠네. 성에서 곧 이런저런 것들이 도착할 테니 기대하게나."

할아버지는 "알겠습니다, 나리" 하고 고개를 조아렸고, 영주님은 또다시 떠들썩하게 웃으며 시종들과 함께 돌아갔어. 마을 사람들은 행렬을 끝까지 지켜보다가 할아버지를 둘러싸고 다 함께 웃음을 터뜨렸던 것 같아. 수염을 기른 어떤 무서워 보이는 남자는 "우리 집에 와서 조상 대대로 내려오는 황매화 나무의 꽃도 피울 수 있겠습니까?"
하고 부탁하기도 했어.

나는 그제야 배가 고프다는 걸 다시 떠올린 것 같아. 그런데 내가 갈 곳은 이미 정해져 있었지. 영주님께 받은 선물로 할아버지가 잔치를 벌일 거라고 예상했거든. 그러면 나한테도 음식을 좀 나눠줄지도 모르니까. 그래서 난 할아버지를 쫓기 시작했어. 할아버지의 집은 문 옆에 두툼한 소나무 그루터기가 있는 집이더라. 그 뒤로 잠시 시간을 더 보내다가 밤이 돼서 나는 다시 한번 소나무 그루터기가 있는 그 집을 찾았어.

내 예상과 달리 집 안에서는 술 마시는 사람들의 목소리나 노랫소리는 들리지 않았고 시종일관 조용했어. 그리고 뭔가 이상하다고 생각한 바로 그때였어.

"시로, 시로가 아니냐?"

뒤에서 사람 목소리가 들렸어. 돌아보니 눈앞에 선 사람이 바로 그 할아버지지 뭐야. 할아버지는 마른 나뭇가지 한 묶음을 옆구리에 끼고 있었어.

"돌아왔느냐!"

할아버지는 눈을 휘둥그레 뜨고 날 바라봤어. 난 속으로 대체 무슨 말을 하는 건가 싶었지만 모처럼 밥을 얻어먹을 기회를 놓치고 싶지 않았어. 그래서 나는 멍 하고 짖으며 할아버지 다리 옆으로 가 머리를 비볐어. 고양이 녀석들이 자주 써먹는 수법이지. 할아버지는 문을 밀어 열고 안을 향해 외쳤어.

"할멈! 시로가 돌아왔네. 영주님께 칭찬받고 시로까지 집에 돌아오다니. 이런 기쁜 날이 또 어딨겠나?"

"영감, 그게 무슨 말이에요. 그럴 리 없잖아요."

집 안에서 느릿느릿 나온 작은 체구의 할머니. 낮에 나무에 오르는 할아버지를 밑에서 걱정스럽게 올려다보던 그 할머니라는 걸 깨달았어. 할머니는 나를 보더니 "어머나!" 하고 놀랐지만 할아버지보다는 침착해 보였어.

"정말로 똑 닮았네요. 그런데 자세히 보세요. 이 애는 꼬리가 끝부분까지 전부 하얗잖아요. 시로는 꼬리 끝이 검었어요."

"웅? 듣고 보니 정말 그렇군."

할아버지는 아쉬운 듯 보였지만 그래도 내 얼굴을 보고 다시 미소 지어줬어.

"배고프지? 들어와라. 먹을 걸 나눠주마."

"우리 영감은 참 마음씨도 곱다니까."

할아버지와 할머니는 날 집 안에 들였어.

"이런, 할멈이 짚신을 또 이렇게 벗어놨네. 처음 벗을 때 이렇게 밖을 향하게 두면 다음에 나갈 때 편하게 신을 수 있는데도."

할아버지는 토방 구석에 방금 가져온 땔감을 내려놓더

니 마루방 쪽을 향한 할머니의 짚신을 집어 들고 신발 코
끝이 밖을 향하도록 가지런히 뒀어.

"우리 영감은 참 꼼꼼하기도 하지."

"다들 이렇게 살아."

할머니의 짚신까지 가지런히 두다니. 참 자상한 할아버
지구나 싶더라. 할아버지는 마루방에 올라가서 할머니 것
보다 큰 자기 짚신도 똑같이 늘어놓고 화덕 앞으로 갔어.
인간들은 나처럼 더러운 짐승이 마루방에 올라오는 걸 싫
어한다는 걸 알아서 난 토방에 웅크리고 있었어. 그랬는데.

"애, 거기서 그러고 있으면 춥다."

할아버지는 다시 토방으로 내려와 나를 품에 안더니 화
덕 옆으로 데려가 준 거야. 그리고 할머니는 내 눈앞에 남
은 밥이 담긴 접시를 내려놨어. 그때 정말로 허겁지겁 밥
을 먹었던 것 같아.

"맛있냐? 집 뒤에 있는 텃밭의 채소를 따서 할멈이 요리
한 거란다. 그래 봐야 할멈은 이름도 모르는 채소를 뭐든
잘게 썰어 보리쌀과 함께 찔 뿐이지만."

"영감도 매일 맛있게 먹잖아요."

"그렇지. 우리 밭에서 자란 채소들은 하나같이 맛있거
든."

두 사람은 너털웃음을 터뜨렸어. 참 사이좋은 부부구나.
배가 부르자 몸과 마음도 전부 따뜻해지는 기분이었어.

"여어, 모키치."

그때 방문을 벌컥 열고 웬 눈빛이 험한 할아버지가 나타났어.

"어이구, 다사쿠."

"오늘 그건 대체 뭔가?"

"그거라니? 추우니까 일단 들어와서 문을 닫게나."

"흥, 영주님이 주신다고 한 그 상은 어딨지? 정말 팔자도 좋다니까."

난 이 다사쿠라는 이름의 할아버지가 말하기 전까지 눈치채지 못했지만 이때는 분명 영주님이 내린다는 그 상이 집 안에 없었던 것 같아.

"조만간 도착하겠지. 다사쿠, 안심하게나. 난 그걸 받으면 다시 마을에 기부할 생각이니까. 흉작이 올 때를 대비해서 마을에 쌀을 저장할 창고를 만들라고 할 거야. 괜찮지? 할멈."

할머니는 다사쿠 영감을 보고 겁먹은 듯했지만 할아버지의 말에 "예, 괜찮지요" 하고 고개를 끄덕였어. 다사쿠 영감은 그런 할아버지와 할머니가 마음에 들지 않는 것 같더라.

"어수룩하기는. 뭐 그건 알아서들 하고, 그 잿가루를 내놓게."

"가져가도 된다고 했잖나."

"그 잿가루는 우리 집 아궁이에서 태워서 만들었으니 다시 가져가야겠어. 어딨지?"

다사쿠 영감은 짚신도 벗지 않고 마루방에 들어와 할아버지를 심하게 다그쳤어. 난 다사쿠 영감에게 맞서려 했지만 그전에 할아버지가 먼저 몸을 일으켜 토방 구석에 덮어 둔 천을 집어 들었고, 그 밑에는 낮에 본 잿가루가 든 소쿠리가 있었어.

"여깄네."

"많이도 썼군. 아깝게."

다사쿠 영감은 할아버지가 내민 소쿠리를 빼앗아 들고 연신 볼멘소리를 하며 집 밖에 나갔어. 그리고 다시 뒤돌아보고 나를 노려보더니 으스스한 미소를 짓더라.

"또 어디서 저렇게 지저분한 개를 데려와서 키우고 있네. 참 오지랖도 넓은 영감이라니까."

다사쿠 영감은 집 문을 탁 닫고 떠났어.

"정말 제멋대로인 사람이에요."

줄곧 겁먹은 채 앉아 있던 할머니가 불만스럽게 말했어.

"그런데 괜찮은 소리도 하고 갔잖아."

"괜찮은 소리요?"

할아버지는 눈가에 자글자글한 주름을 지으며 자상하게 날 봤어.

"이 개를 우리 집에서 키운다고 했지. 얘야, 너 우리 집에서 살런?"

그 말에 나는 씩씩하게 멍! 하고 짖었어. 그러자 할아버지와 할머니는 둘이 함께 날 따뜻한 물로 깨끗이 씻겨줬어. 내 털은 원래 타고난 새하얀 털로 돌아갔고.

그날 밤 할아버지는 날 이불 속에 데리고 들어가 전에 기르던 시로라는 개 이야기를 들려줬어. 그 이야기에는 조금 전의 그 다사쿠라는 영감의 너무한 일화들도 있었지.

아, 참 맞다. 시로에 이은 두 번째로 얻은 개라는 뜻으로 할아버지가 내게 지로次郎라는 이름을 붙여준 것도 그날 밤이었던 것 같아.

02

할아버지의 시신을 처음 발견한 것도 나였어.

내가 할아버지와 할머니 집에서 함께 살게 된 지 고작 나흘째 되던 날 아침이었지. 눈을 뜨니 할아버지가 보이지 않았고 할머니는 옆 이불에서 쌔근쌔근 잠들어 있더라. 토방에는 신발코가 방 쪽을 향한 할머니의 짚신만 있었고 문이 조금 열려 있었어. 할아버지가 밖에 나갔나. 하지만 이런 이른 아침에⋯⋯. 난 그렇게 의아해하다가 문득 좋지 않은 예감이 들어서 문 틈새에 코끝을 집어넣어 간신히 문을 열고 집 밖에 나갔던 것 같아.

아침 해는 눈 부셨고 입에서는 하얀 숨이 새어 나왔어. 어디선가 닭 울음소리가 들렸고 참새 대여섯 마리가 하늘을 나는 게 눈에 들어오더라. 그때만큼 내가 다른 개들처럼 냄새를 잘 맡지 못하는 걸 원망했던 적이 없는 것 같아. 난 할아버지 냄새를 쫓을 수가 없었거든. 하지만 눈에 보이는 풍경이 평소와 조금 다르다는 건 금세 알 수 있었어.

강 너머의 밥그릇을 엎어놓은 모양의 언덕. 할아버지와 함께 그곳을 산책할 때 할아버지는 "옛날 옛적 어느 훌륭한 분의 묘소란다. 그래서 저 꼭대기에는 묘소를 만들 때 쓴 돌이 잔뜩 있지"하고 내게 알려준 적이 있거든. 그 언덕 경사면 중 일부가 전날과 달리 노랑과 보랏빛으로 물들어 있었어. 설마 꽃이 핀 걸까 싶어 난 곧장 다리로 달려가 봤어.

언덕 경사면에는 꼭대기 부분부터 중턱까지 마치 허리띠라도 두른 것처럼 일직선으로 꽃이 잔뜩 피어 있었어. 민들레와 제비꽃, 거기에 이름 모를 꽃까지 흐드러지게 말이야. 그 꽃으로 만들어진 허리띠의 중턱 부분에 할아버지는 엎드린 채 쓰러져 있었어. 내가 멍 하고 짖자 할아버지 주변에서 뭔가를 콕콕 쪼던 참새들이 푸드덕거리며 날아갔지만 할아버지는 여전히 꼼짝도 하지 않았어.

일어나, 일어나라고.

나는 슬퍼져서 할아버지의 어깨에 앞다리를 얹고 흔들어봤지만 곧 소용없다는 걸 깨달았어. 할아버지의 머리 뒤쪽에 커다란 상처가 보였거든. 게다가 할아버지의 몸 옆에는 단단해 보이는 돌덩이가 떨어져 있었는데 거기에는 새빨간 피도 묻어 있었어.

누가 할아버지를 이걸로 때려죽였구나. 나는 피어오르는 분노와 슬픔을 주체 못 하고 아우우 하고 구슬프게 울었어. 그리고 그때 다리 너머에 있는 누군가가 눈에 들어왔지.

수염을 기른 무서운 인상의 아저씨. 영주님 앞에서 꽃을 피운 할아버지에게 집에 있는 황매화 나무의 꽃도 피워달라고 부탁한 그 사람. 바로 마을 관리인 고덴타 씨였어. 내가 그를 향해 멍멍 짖으니 고덴타 씨는 뭔가 이상하다고 여겼는지 즉시 달려왔어.

"모키치 영감님이잖아. 지로, 이게 어떻게 된 일이냐?"

나는 어떤 상황인지 설명하고 싶었지만 입에서는 멍멍 소리만 나왔어. 그래도 고덴타 씨는 피 묻은 돌덩이를 보고 무슨 일이 일어났는지를 눈치채 줬어.

"네가 할아버지의 시신을 발견한 거냐. 대체 누가⋯⋯."

고덴타 씨가 중얼거리는 소리를 들으며 난 눈을 감았어. 할아버지와 함께 이불 속에서 잠들었던 첫날 밤 할아버지가 들려준 이야기가 떠올랐거든.

　지로야. 나랑 할멈은 바로 얼마 전까지 시로라는 이름의
너와 똑 닮은 개와 함께 살았다. 시로와 처음 만난 것이 벌
써 5년 전이구나. 어느 날 들판에 나갈 일이 있어서 문을 여
니 작고 새하얀 개가 앞에서 웅크리고 있었지. 한눈에 봐도
너처럼 며칠은 쫄쫄 굶은 것 같더구나. 남은 밥을 주니 시
로도 너처럼 그릇을 깨끗이 비우고 기운을 차렸다. 그러더
니 들에 나가는 나를 졸졸 쫓아와 마치 내 일을 돕는 것처럼
그 작달막한 다리로 흙을 툭툭 파는 게 아니겠니? 그 모습
이 너무 귀여워서 난 집에서 시로를 키우기로 했단다. 그 뒤
에는 일을 나갈 때나 밥을 먹을 때, 잠잘 때도 우리는 늘 함
께했지. 시로는 개인데도 떡을 아주 좋아해서 설날에는 같
이 떡도 먹었단다.

　사흘 전이었나. 이제 다 큰 시로는 집에서 쥐를 내쫓고 빨
래와 도시락을 물어다 주며 나와 할멈에게 도움이 되는 어
엿한 가족이 됐어. 그런 시로가 평소처럼 집 뒤의 밭에서 일
하는 내 옆에서 땅을 파다가 갑자기 멍멍 짖으며 흙 위에 올
라서서 빙글빙글 도는 게 아니겠니? 마치 '여기를 파 봐, 여
기를 파 봐' 하는 것처럼 말이야. 그래서 난 괭이로 그곳을
파봤다. 그러자 땅 밑에서는 두 팔로 품어도 다 품기 힘들
정도의 큰 나무 상자가 나왔고, 상자 뚜껑을 열어보니 안에

는 눈부신 금은보화가 잔뜩 들어 있었지.

그걸 들고 집에 돌아가니 할멈이 어찌나 놀라던지 원. 난 할멈과 시로를 데리고 마을 관리인 고덴타 씨에게 이 일에 대해 상담하러 갔단다. 고덴타 씨는 무사 출신이라 수염 기른 얼굴이 험상궂고 이름도 특이하지만 좋은 사람이거든. 그는 금은보화를 보고도 "영감님네 개가 발견했으니 영감님 마음대로 쓰세요"라고 말해줬지. 하지만 난 그렇게 많은 재산은 필요 없었어. 먹고살 수 있을 정도면 충분하니 나머지는 마을에 기부하기로 했단다.

시로가 금은보화를 발견했다는 소문은 마을 안에도 삽시간에 퍼진 것 같더구나. 그날 밤 그 심술궂은 다사쿠 영감이 우리 집에 찾아왔거든. 이 개는 원래 우리 집 문 앞에서 웅크리고 있었는데 내가 쫓아내서 자네 집에 온 거다, 그러니 내 개나 마찬가지다. 그런 말도 안 되는 억지를 부리며 다사쿠 영감은 시로를 데려가 버렸지. 그의 손에 끌려가며 시로는 슬픈 듯이 낑낑거렸어…… 난 시로에게 몹쓸 짓을 한 셈이야. 그게 나와 할멈이 마지막으로 본 시로의 모습이 돼버렸으니…….

다사쿠 영감의 이웃집에 사는 남자 말에 의하면, 다사쿠 영감은 집에 돌아오자마자 시로를 밭에 데려가 억지로 질질 끌고 다니며 보물이 어디 있느냐, 빨리 알려달라며 버럭버럭 성을 냈다더구나. 시로는 발버둥을 치면서도 이윽고 땅을 벅벅 긁기 시작했고, 다사쿠 영감이 괭이로 그곳을 파자 보물은 고사하고 새카만 돌멩이만 잔뜩 나온 게 아니겠니. 다사쿠 영감은 얼굴이 시뻘게져서 벌컥 화를 내며 괭이를 들어 아래로 내려쳤고…… 우리 불쌍한 시로는 그대로…… 죽어버렸단다.

다음 날 아침 몸이 싸늘히 식은 채로 돌아온 시로를 품에 안고 나랑 할멈은 울음을 터뜨렸다. 지금도 그때를 생각하면 눈물이 나는구나. 정말로 시로에게 해서는 안 될 짓을 하고 말았다며 후회하고 또 후회했지. 나와 할멈은 앞으로도 시로와 영원히 함께하기 위해 대문 옆에 시로를 묻고 비석 대신 어린 소나무 한 그루를 위에 심었어.

그런데 놀랍게도 그다음 날에 말이다. 집 문 옆에 커다란 소나무가 자라 있는 게 아니겠냐. 설마 하룻밤 사이 그 어린 소나무가 이렇게 커질 리는 없다며 어안이 벙벙해져서 있으니 할멈이 이러더구나. 이건 우리 시로가 한 게 분명해요. 그 개는 신비한 능력이 있었으니까요, 라고. 그러더니 이 소나무로 절구를 만들어서 시로가 좋아하던 떡을 찧어 바치는 게 어떻겠냐고 하더구나. 그 말을 듣고 나도 그게 좋다고 생각해 곧장 소나무를 베어 절구를 만들었고 찹쌀을 넣어 떡을 찧기 시작했다.

그러자 눈앞에서 어떤 일이 펼쳐졌는지 아느냐? 내가 절굿공이로 찹쌀을 내려치자마자 갑자기 짤그랑하는 소리가 들리더니 절구에서 뭔가가 튀어나왔다. 집어보니 은은하게 빛나는 황금 아니겠어? 그 뒤에도 떡을 퍽퍽 칠 때마다 짤 그랑, 짤그랑 하고 절구에서 황금이 솟아 나왔다. 그때 우연히 집 앞을 지나던 고덴타 씨도 눈이 휘둥그레졌지. 이건 시로가 영감님께 은혜를 갚은 거다, 이 황금으로 시로가 외롭지 않게 떠나도록 해주자고 해서 나도 그래야겠다고 생각해 스님을 불러서 시로를 위해 경을 읽어달라고 했다. 그리고 절구에서 나온 황금은 전부 스님께 공양했지. 황금 따위 나한테는 필요 없으니까. 그보다 그 허름한 절을 다시 짓고, 절에 사는 오시치라는 이름의 딱한 여자아이를 위해서 쓰는 게 훨씬 낫지.

이 시로의 절구에서 황금이 나왔다는 소문은 또 금세 마을에 퍼진 것 같더구나. 다사쿠 영감이 또다시 집에 찾아온 게 아니겠니. 시로는 원래 우리 집 앞에서 웅크리고 있던 개이니 시로가 키운 이 소나무도 우리 거다. 당신이 멋대로 소나무를 베어 절구 따위를 만들었으니 그 절구를 내놓으라고 하더구나. 절구는 시로가 우리에게 마지막으로 남기고 간 선물이라며 싫다고 거절했지만, 다사쿠 영감은 그럼 내일 다시 돌려줄 터이니 잠깐만 빌려달라고 하고 억지로 절구를 가져가 버렸다.

그리고 다음 날…… 그러니까 오늘이구나. 난 절구를 돌려받으려 다사쿠 영감네 집을 찾아갔단다. 다사쿠 영감은 집 안에서 심통 가득한 얼굴로 이불 위에서 책상다리를 하고 앉아 있었지. 그는 날 보자마자 새빨갛게 부어오른 코를 가리키며 "이걸 어떡할 거냐. 코가 아파서 밤에 한숨도 못 자고 끙끙 앓았다"라고 하더구나. 사정을 들어보니 절구를 가지고 집에 돌아온 다사쿠 영감은 곧장 찹쌀로 떡을 찧기 시작했지만, 거기서는 황금은 고사하고 뱀과 개구리, 거미와 돈벌레, 말벌만 잔뜩 나왔다고 하는 게 아니겠니. 그리고 그 말벌이 영감의 코를 쐈다더구나.

가엾기는 하지만 난 얼른 절구부터 돌려달라고 했고, 다사쿠 영감은 또 말도 안 되는 말을 불쑥 꺼내지 뭐니. 그건 이미 불태워 없앴다는 거야. 도끼로 절구를 두 쪽 내 아궁이에 던져버렸다고 했지. 난 슬펐지만 적어도 절구를 태운 잿가루만이라도 챙겨야겠다고 생각해 일단 집에 돌아가 할멈에게 사정을 설명하고 둘이 함께 소쿠리를 품에 안고서 다시 다사쿠 영감네 집에 갔단다. 그리고 아궁이에서 재를 긁어모아 소쿠리에 담고 참담한 마음으로 집으로 향하는 길을 걷고 있었어.

그런데 절 앞까지 갔을 때 갑자기 바람이 휭 불어서 잿가루가 하늘로 날아가 버린 게 아니겠니. 이러면 안 되겠다 싶어 잿가루가 날아간 쪽을 보니 놀랍게도 절 경내의 마른 나무에 벚꽃이 피어 있더구나! 그리고 그 앞에서 놀던 아이들이 할아버지 대단해요, 대단해요, 또 보여주세요, 하며 기뻐

해서 난 나무에 올라가 다시 잿가루를 뿌리며 벚꽃을 피웠단다. 어느새 구경꾼들이 우르르 몰려왔고 난 분명 시로가 모두를 또 기쁘게 해주려는 거라며 그 뒤로도 계속 벚꽃을 피웠지. 그러는 동안 이 절에서는 도대체 무슨 일이 일어나고 있길래 이렇게 시끌벅적하냐며 영주님과 무사, 여종들이 들어왔고……

이다음부터는 나도 내 눈으로 직접 봤으니 알아. 할아버지는 영주님께 상을 내리겠다는 말을 들었고, 그걸 질투한 다사쿠 영감이 또다시 집에 찾아와 잿가루를 빼앗아갔지.

아무튼 이런 이야기를 들어 알고 있었으니 난 곧바로 할아버지를 죽인 사람은 다사쿠 영감이 분명하다고 생각했어. 보나 마나 다사쿠 영감은 잿가루를 뿌렸지만 벚꽃을 피우는 데는 실패했겠지. 그래서 그길로 다시 아침 일찍 자던 할아버지를 깨우고 언덕 위에 데려가서 할아버지에게 따지다가 홧김에 죽인 게 분명했어.

난 잠자코 있을 수 없어서 결국 언덕을 뛰어 내려갔어.

"지로!"

뒤에서 고텐타 씨의 목소리가 들렸지만 멈춰 설 수 없었어.

다사쿠 영감네 집은 할아버지와 산책하다가 지나친 적

이 있으니 어딘지 알아. 그곳에 가서 문을 앞발로 벅벅 긁었지만 안에서 다사쿠 영감은 나올 기색이 없더라. 코끝을 문틈에 찔러 넣자 문은 금방 열렸지만 집 안에는 아무도 없었어. 난 다사쿠 영감을 부를 요량으로 멍 하고 한 번 짖었어. 그러자 방구석에 있는 고리짝 뒤에서 버스럭거리는 소리가 들렸지. 생쥐 한 마리가 고리짝 뒤에서 날 지켜보고 있었던 거야.

"행색이 볼품없는 개로군. 무슨 일이야?"

입이 험한 생쥐였어. 사는 곳의 집주인을 닮는 걸까.

"다사쿠 영감은 어딨어?"

"며칠 전부터 집에 안 돌아오고 있어. 성에 간다던데."

"성?"

"그래. 그날 밤 영감이 아주 신이 나서 잿가루가 든 소쿠리를 품에 안고 돌아왔지. 이걸로 나도 부자가 될 수 있다며 집을 새로 짓고 어여쁜 신부를 들일 거라더군. 집을 새로 짓는 건 나한테도 고마운 일이지만 돈이 아무리 많아도 신부는 무리일 거라며 속으로 비웃어줬지."

생쥐 녀석은 끼히히힛 하고 소름 끼치게 웃었어.

"그리고 다음 날 아침 일찍 가장 그럴싸한 옷을 챙겨 입고 성으로 갔어. 그 뒤로 아직 돌아오지 않았고."

03

어쨌든 다사쿠 영감이 사라졌다면 방법이 없으니 난 할아버지를 처음 발견한 언덕으로 돌아갔어. 그곳에는 사건을 눈치챈 마을 남자가 다섯 명 정도 모여 있었고 누가 불렀는지 할머니도 와 있었어.

"할아버지는 이 돌에 맞아 살해됐다고 봐야겠지."

고덴타 씨는 단단하고 울퉁불퉁한 돌을 내려다보며 그렇게 말하더니 바닥에서 무릎을 끌어안고 웅크리고 있던 할머니에게 다가가 손에 든 검은 주머니와 흰 주머니를 보여줬어.

"할아버지 허리춤에 이 주머니 두 개가 묶여 있었는데 둘 다 끈이 끊어져 있더군요. 검은 주머니에는 잿가루가 조금 남아 있었는데 할머니, 이게 할아버지가 벚꽃을 피울 때 쓴 그 신비로운 잿가루가 맞나요?"

"네, 맞아요."

할머니는 고개를 들고 울어서 통통 부은 눈으로 주머니를 보며 대답했어.

"그날 밤 다사쿠 영감이 가져가기 전에 남편은 만약을 대비해 미리 잿가루를 딱 한 움큼 집어서 이 주머니에 넣어뒀답니다."

난 처음 듣는 이야기였어. 아마 내가 할아버지 집에 가기 전 일이겠지.

"이 흰 주머니는?"

"그건 저도 모르겠네요."

할머니는 고개를 가로저었어. 흰 주머니에는 아무것도 들어 있지 않았어.

"범인은 이 주머니 속에 든 걸 가져가려 했을지도 모르겠군. 모키치 영감님은 아마 아침 일찍 범인과 이 언덕에서 만날 약속을 했을 거야. 그리고 영감님이 먼저 언덕을 내려갔겠지. 높은 곳에 혼자 남은 범인은 이 돌덩이를 집어 들어 그대로 영감님의 머리를 향해 내려쳤어. 돌에 맞은 영감님은 그대로 넘어져서 이 언덕에서 굴러떨어졌는데 그때 허리에 찬 주머니 끈이 끊어져 검은 주머니에서 나온 잿가루가 사방에 뿌려진 거야. 그래서 이 언덕 경사면에는 영감님이 굴러떨어진 길목에만 꽃이 핀 거고."

그렇구나. 나는 고덴타 씨의 총명한 추리에 감탄했어.

"범인은 사내인가?"

마을 남자 중 한 명이 물었어.

"아니, 높은 곳에서 이 정도 돌덩이를 두 손으로 들어서 내려치면 되니 여자 힘으로도 죽일 수 있었을걸."

"그게 대체 누구지?" "모키치 할아버지를 죽이다니." "인간도 아니야."

마을 남자들이 입을 모아서 말했어. 할아버지가 생전에

얼마나 좋은 사람이었는지 저절로 알 수 있겠더라.

"잠깐 괜찮을까요?"

그때 남자 중에서 누군가 불쑥 손을 들었어. 할아버지의 이웃집에 사는 기주라는 이름의 남자였지. 그는 일찍이 아버지를 여의고 바로 얼마 전 어머니까지 돌아가셨는데, 지금은 어머니가 남긴 닭 세 마리를 집에서 가족처럼 애지중지 키우며 매일 밭일을 열심히 하는 기특한 젊은이라고 할아버지가 칭찬한 적이 있어.

"기주, 뭐지?"

"다사쿠 영감님이 의심스럽지 않나요? 그 영감님은 모키치 할아버지가 기르던 시로를 죽이고 절구를 불태우기도 했지요. 평소에 할아버지께 원한이 있는 것 같았어요."

"맞아. 아주 악랄한 영감탱이지." "지금 당장 가서 그 영감을 혼내줘야 해."

마을 사람들도 역시 나처럼 다사쿠 영감의 소행으로 판단한 것 같아. 하지만 고덴타 씨가 그런 마을 사람들을 "잠깐만, 잠깐만" 하고 말렸어.

"다사쿠 영감은 불가능할 텐데. 그 영감은 지금 성에 갇혀 있다고 사흘 전에 내게 연락이 왔거든."

그러자 마을 남자들이 화들짝 놀랐어. 바닥에 주저앉아 있던 할머니도 영문을 모르겠다는 표정을 지었고.

"아까 할머니가 말씀하신 대로 다사쿠 영감은 모키치

할아버지에게서 잿가루를 빼앗아갔어. 그리고 사흘 전 영주님이 내린 상까지 가로채려 성에 갔다고 해. 하지만 다사쿠 영감이 뿌린 재는 꽃을 피우기는커녕 함께 구경하던 다섯 살 도련님의 눈에 들어갔다더군. 도련님은 연신 아프다고 뛰어다니다가 기둥에 머리를 부딪혀 혹이 생겼고, 화가 난 영주님은 다사쿠 영감을 하옥하라고 지시하셨대. 다사쿠 영감이 앞으로 어떻게 될지는 조만간 소식이 오지 않을까."

그런 일이 있었구나. 하지만…….

"정말로 고약한 영감탱이라니까."

기주가 내 마음을 대신해 말해줬어.

"다사쿠 영감이 분명 고약한 면이 있기는 하지. 그렇지만 사흘 전부터 성에 붙잡혀 있는 이상 이번 사건의 범인일 수는 없네."

고덴타 씨는 살기등등한 이들을 진정시키듯 말했어. 마을 남자들은 입을 다물었지만 잠시 후 "저기……" 하고 또다시 기주가 목소리를 높였어.

"조금 전부터 신경 쓰였는데, 모키치 할아버지가 손에 쥔 저 꽃은 냉이 아닙니까?"

그 말을 듣고 난 할아버지의 시신 오른쪽으로 가봤어. 할아버지는 작고 하얀 꽃이 잔뜩 핀 어떤 식물의 줄기 가운데 부분을 오른손으로 꽉 쥐고 있더라.

"아, 그래. 냉이가 맞군."

남자 중 한 명이 말했어.

"원래는 봄에 꽃이 필 텐데 할아버지가 굴러떨어질 때 잿가루가 주변에 뿌려져서 꽃이 핀 것으로 보이네."

"네. 거기까지는 이해하겠는데……. 왜 하필 냉이일까요? 민들레, 제비꽃, 엉겅퀴, 용담, 삼백초까지 피어 있는 곳에서 모키치 할아버지는 왜 냉이를 손에 쥐셨을까요?"

기주는 모두의 얼굴을 둘러보며 물었어.

"혹시 영감님은 돌아가시기 전에 눈앞에 있는 이 꽃을 쥐어서 누가 자기를 죽였는지를 알리려 한 게 아닐까요?"

"말도 안 돼. 그냥 근처에 있던 꽃을 쥐었을 뿐이겠지. 죽인 사람이 누군지를 알리려 꽃을 손에 쥐다니, 그런 건 들어 본 적도 없다고."

"아니, 제 이야기를 좀 들어보세요."

기주가 다른 남자들을 향해 호소했어.

"이건 돌아가신 어머니께 들은 이야기인데, 냉이는 잎 모양이 샤미센*을 연주할 때 쓰는 발목撥木과 닮아서 '땡땡풀'이라는 별명이 있다고 해요. 샤미센을 땡땡 연주할 때 쓰는 그 주걱처럼 생긴 나무요."

● 판자를 합쳐 만든 통에 기다란 지판을 달고 그 위에 비단실로 꼰 세 줄의 현을 걸친 일본의 현악기이다.

그러자 남자들이 모두 "아……" 하고 술렁거리기 시작했어. 그게 무슨 뜻인지는 나도 이해했고.

"이 마을 안에서 샤미센이라면 한 사람밖에 없지."

"민물게 선생 말인가."

남자들은 서로 얼굴을 마주 보며 고개를 끄덕였어.

"따라오게나."

고덴타 씨가 그렇게 지시하자 사람들이 우르르 마을로 향했어.

그렇구나. 그 사람이 할아버지를. 그때는 나도 그렇게 믿었어.

04

민물게 선생이라는 사람에 대해서는 할아버지가 산책길에 알려준 적이 있어.

원래는 이 마을에서 십 리 정도 떨어진 곳에 있는 어느 역참 마을의 유녀였는데, 여자들끼리의 다툼에 휘말려 마을에서 쫓겨났고 이후에 흘러 흘러 이 마을에 와서 정착하게 됐대. 지금은 마을 사람들에게 샤미센을 가르쳐주는 대신 약간의 돈이나 먹을 것을 받고 근근이 살아간다고 들었어.

대나무 울타리에 둘러싸인 작은 집에 산다고 했는데 난 할아버지가 살아 있을 때 그 사람을 만난 적은 없어.

"댓바람부터 장정들이 우르르 몰려오다니, 대체 무슨 일인지요?"

처음 만난 그 여자는 나이가 마흔 정도 돼 보였어. 낡았지만 비싸 보이는 기모노를 입고 하얀 어깨를 살짝 드러낸 채 집에 몰려온 마을 남자들에게 웃음을 흘리는 걸 보니 개인 내 눈으로 봐도 상당히 요염해 보이더라.

"오늘 아침 모키치 영감님이 강 너머 언덕 중턱에서 시신으로 발견됐네."

고덴타 씨가 대표로 여자에게 할아버지 사건과 냉이 이야기를 꺼냈어.

"어머, 그래서 제가 범인이라고 생각해서 이렇게 몰려오신 건가요? 참으로 뒤숭숭한 이야기네요."

여자는 자신이 의심받는 상황에서도 침착하게 말하더니 느닷없이 벽에 세워 둔 샤미센을 무릎에 얹고 띵띵 퉁기기 시작했어.

"그리운~ 그대~ 겨울밤~."

"자네가 밤늦게까지 샤미센을 퉁기며 이웃들을 괴롭히니 모키치 영감님 찾아와서 한마디 한 적이 있다던데."

"저기~ 떠다니는~ 저 별은~ 그날의 별이려나~."

"기주를 비롯해서 다른 사람들도 모두 입을 모아 자네

를 범인으로 지목했네."

"봄이 찾아오면~ 매화와 벚꽃, 죽도화, 산과 들에 꽃이
피네~."

떵떵, 떵떵, 띠리리링 하고 샤미센 소리가 점차 빨라지자
연주를 듣는 내 마음도 조금씩 들뜨기 시작했어. 고양이
녀석들의 앙칼진 소리는 싫어하지만 고양이 가죽으로 만
들었다는 이 샤미센 소리는 나도 좋아해.

"하지만 당신 없이는~ 내 마음이~."

"자네가 모키치 영감님을 죽이지 않았나?"

"세상만사~ 꽃을 피울 수 없네~."

"대답하게!"

그러자 선생은 떵떵, 떵, 떵! 하고 샤미센 줄을 세게 튕
기더니 고덴타 씨의 얼굴을 똑바로 바라봤어.

"모키치 영감님이 제 샤미센 연주가 시끄럽다고 한 건
벌써 3년 전 일이에요. 이제 와서 그분을 원망할 일은 없
지요."

선생은 갑자기 샤미센 발목을 바닥에 내려놓더니 근처
에 있는 받침대 위에서 죽통 하나를 꺼내 고덴타 씨에게
던졌어. 쓰러진 죽통 입구에서는 흰 가루가 새어 나왔지.

"이게 뭔가?"

"오래전 역참에서 알게 된 남자가 보내준 '부자'라는 이
름의 맹독이랍니다."

"맹독?"

"네. 부부의 연을 맺지 못할 운명이라면 둘이서 함께 삼도천을 건너자더군요. 하지만 남자는 약속을 이루기도 전에 오랏줄에 묶여 끌려갔고 그게 현생에서의 마지막 이별이 돼버렸지요."

떵떵, 떵, 떵. 어느새 발목을 집어 든 여자는 또다시 샤미센 줄을 튕겼어.

"홀로 남은 저는 지금도 이 집 문 앞에 부자의 재료가 되는 투구꽃을 심어 파란 꽃이 무성히 필 무렵에는 그 바보 같았던 남자를 추억한답니다. 투구꽃의 잎은 쑥과도 조금 닮았지요. 제아무리 처녀의 꽃을 꺾어 간다고 해도 투구꽃의 꽃만은 꺾어~ 갈 수 없어라~."

떵떵, 떵, 떵.

"아무래도 이야기가 좀 다른 곳으로 샌 것 같군. 모키치 영감님은 돌로 머리를 얻어맞은 것 같던데."

떵떵떵, 떵, 떵.

"생각해 보면 참으로 기이하지요. 돌로 머리를 때리다니요. 자칫 실수해서 그 영감님이 도망쳐 도움을 청하기라도 하면 곧장 붙잡히고 마는데요. 저라면 사람을 죽일 때 그런 방법은 쓰지 않겠어요. '부자'만 먹이면 이 세상 남자들 따위 *아주 손쉬우니까요.*"

여자의 요사스러운 대답에 나를 비롯한 모든 이들이 홀

려 있었어. 여자는 분위기를 느꼈는지 또다시 샤미센을 떵 떵 튕겼지.

"저보다 더 수상한 사람이 마을에 있지 않나요?"

"그게 누군가?"

"전에 제가 살던 역참 마을의 술자리에서는 수수께끼 풀이 놀이가 유행했답니다. 저는 이래 봬도 수수께끼 풀이로는 이길 사람이 없다는 말을 들은 여자예요."

여자는 샤미센 발목을 내려놓고 독이 든 죽통 가운데를 집더니 모두를 향해 보였어.

"모키치 영감님은 이렇게 냉이 줄기 가운데를 손에 쥔 채로 돌아가시지 않았나요?"

"어, 어떻게 그걸······."

"이건 가운데 글자를 없애라는 의미겠지요. 냉이에는 '나즈나'라는 별명이 있다는 걸 모르시지는 않겠지요? '나즈나'의 가운데 글자를 없애면 '나나'. '나나ㄴ'는 숫자 '7'을 뜻하지요."

"뭣이!"

순간 그 자리에 있던 모든 이들이 버럭 소리쳤어.

"흰 뱀 오시치ぉㄴ° 말인가!"

● 7은 일본어로 '시치' 또는 '나나'로 발음한다.

민물게 선생의 집을 나온 우리는 절을 향해 발걸음을 서둘렀어. 할아버지가 피운 벚꽃은 이미 절반 정도가 지고 없더라.

우리를 맞은 스님은 할아버지가 살해됐다는 말을 듣고 소스라치게 놀라고 슬퍼했지만, 고덴타 씨가 "오시치를 만나게 해주셨으면 합니다"라고 하자 "그건 조금……" 하고 말끝을 흐렸어.

고덴타 씨는 스님에게 민물게 선생이 말한 '나즈나' 추리에 관해 설명했어. 함께 온 마을 사람들도 오시치를 만나게 해달라고 입을 모아 간청하고 나도 덩달아 열심히 멍멍 짖으니 스님도 그제야 체념하신 것 같더라. 우리는 관음보살이 있는 큰방으로 안내받았고 할아버지가 귀여워하던 개라는 이유로 나도 특별히 방 안에 들어가게 됐어.

스님은 우리를 잠시 기다리게 하고 방을 나갔다가 잠시 후, 머리카락이 길고 몸이 빼빼 마른 여자를 데리고 돌아왔어. 기주 말로는 이 여자가 열아홉 살이래. 꼭 죽은 사람처럼 흰옷을 입고 고개를 푹 숙였는데 두 볼이 움푹 파여 있었어.

스님의 지시에 여자는 바닥에 다소곳이 무릎을 꿇고 앉아 눈을 감았어.

"오, 오시치구나."

고덴타 씨의 목소리가 왠지 평소보다 크게 들렸어. 오시치라는 이 여자 주변에 감도는 그야말로 음침한 기운을 신경 쓰는 것 같았지.

"오늘 아침에 모키치 영감님이 강 너머 언덕 중턱에서 시신으로 발견됐다. 누군가에게 살해된 것 같아."

고덴타 씨는 오시치에게 나즈나 추리에 관해 들려줬어. 오시치는 꼼짝도 하지 않고 말없이 이야기를 들었어.

"이 절에 널 맡기라고 네 아버지를 설득한 사람이 모키치 영감님이었지. 혹시 그걸 계속 마음에 담고 있었던 것 아니냐?"

그러자 오시치는 눈을 감은 채로 다리를 펴며 주저앉는 듯 보였지만 그건 아니었어. 두 다리는 그대로 모으고 있는데 발만 등 쪽으로 닿게 뒤로 구부려 등 뒤에 붙인 거야. 그리고 허리부터 위까지의 몸도 뒤로 틀자 마치 뼈 같은 게 전혀 없는 사람처럼 오시치의 몸이 둥글게 휘었어. 그야말로 흰 뱀이 똬리를 튼 모양새 같았지.

"역시 저는 뭔가에 씌었어요."

오시치는 처음으로 입을 열더니 갑자기 눈을 번쩍 떴어.

"그러니 지금 이렇게 절에서 수행하며 저주를 풀려는 거지요. 절 이곳에 보내라고 아버지께 조언한 사람이 모키치 영감님이라는 이야기를 듣고 처음에는 영감님을 원망하고 저주했답니다."

오시치의 눈은 인간의 눈과는 명백히 달랐어. 눈동자 부분이 노랗고 이상하리만큼 가늘었지.

"하지만 이제는 절에 보내신 걸 오히려 감사한답니다. 그런 제가 모키치 영감님을 죽였다고 말씀하시는 건가요?"

오시치의 자세와 목소리가 참으로 섬뜩해서 고덴타 씨를 비롯한 마을 남자들이 뻣뻣이 굳어버렸어.

"대답해 주세요, 고덴타 나리."

"아……, 그게……."

"뭐라고 한마디라도 하시라고요!"

순간 오시치는 크게 소리치더니 몸을 다다미 바닥에 철퍼덕 엎드렸어. 그리고 고개만 위로 치켜들고 팔다리가 아닌 몸 전체로 다다미 위를 슬슬 기어, 고덴타 씨 앞에 가서 상반신을 벌떡 일으켜 세우더니 송곳니가 눈에 띄는 입을 쩍 벌렸어.

"히익!"

뒷걸음질 치는 고덴타 씨를 오시치가 덮치려는 순간 나는 멍! 하고 짖으며 그 기분 나쁜 여자를 향해 뛰어가 몸을 부딪쳤어.

그러자 오시치는 "캬악!" 하더니 노란 눈을 번쩍이며 나를 돌아봤어. 이렇게 된 이상 나도 가만있을 수 없지. 인간을 상대로는 겁먹지만 뱀은 절대 봐주지 않아. 얼른 덤벼

보라는 식으로 내가 자세를 취한 순간, "꺄아아아악!"하고 이 세상 사람 소리로는 들리지 않는 비명을 지르며 오시치는 갑자기 벌러덩 드러누워 버렸어. 입에서는 게거품이 흘렀고 바들바들 떨며 몸부림을 치더라.

구석에서 상황을 지켜보던 스님이 손을 맞대고 경을 외기 시작했고 그는 손을 맞댄 채로 고덴타 씨를 돌아봤어.

"고덴타 씨, 이제는 아시겠지요? 이 아이는 전생의 업보 때문에 흰 뱀의 혼에 씌었습니다. 화가 나거나 흥분하면 이렇게 됩니다."

스님이 경을 멈추자 또다시 나를 향해 다가오는 오시치. 스님이 다시 경을 외기 시작하자 오시치는 픽 쓰러졌어.

"이러다 보니 만약 인간을 죽인다고 해도 두 손을 쓰지 못할 아이입니다. 돌로 머리를 칠 수 없다는 말이지요. 이해하셨다면 얼른 돌아가십시오."

스님이 경을 외자 남자들은 도망치듯 절에서 우르르 나갔어. 고통스러운 것처럼 몸을 배배 꼬는 오시치를 내버려 두고 나도 그들을 뒤쫓았어.

06

점심이 지났지만 문을 꽉 닫은 집 안은 어두웠어. 난 불이 꺼진 화덕 앞에 엎드려 할아버지를 떠올리고 있었어. 내 오른쪽에서는 할머니가 힘없는 눈빛으로 앉아 있었고, 그 맞은편에는 고덴타 씨가 있었는데 우리처럼 입을 다물고 있었어. 마을 남자들이 운구해 온 할아버지의 시신은 할머니 뒤에 있는 멍석 위에 안치됐고 말이야.

고덴타 씨는 마을 남자들을 집으로 돌려보냈어. 할아버지를 죽인 사람은 마땅히 증오할 만하지만, 범인을 찾다가 죄 없는 마을 사람들을 의심하는 건 더 좋지 않은 결과를 부를 수 있다는 이유였지. 그건 나도 알지만 할아버지를 죽인 녀석을 이제는 찾지 못한다는 사실이 분했어.

고덴타 씨는 할머니를 혼자 남겨두기가 마음에 걸린다며 이 집에 왔지만 아무 말도 없이 묵묵히 화덕만 바라보고 있었어. 이렇게 멀뚱히 있을 거면 뭐 하러 온 걸까. 그렇게 생각했을 때 고덴타 씨가 입을 열었어.

"애초에 할아버지는 왜 그런 이른 시간에 언덕에 갔을까요?"

"모르겠어요. ……전 고덴타 씨가 깨우기 전까지는 세상모르고 잠들어 있었으니까요. 남편이 언제 나갔는지도 전혀……."

할머니는 힘없는 목소리로 대답했어.

"흐음, 할머니, 전 실은 범인일 수 있는 또 한 명을 떠올렸습니다. 마을 사람들은 다들 일부러 그를 언급하지 않는 거겠지요."

"언급하지 않는다고요……?"

할머니가 깜짝 놀란 것처럼 고개를 들었어.

"설마…… 덴스케 씨?"

그러자 고덴타 씨가 고개를 끄덕였어.

"할아버지는 그날 그 녀석을 만나러 갔던 게 아닐까요?"

할아버지 입에서는 들어보지 못한 이름이지만 두 사람의 대화를 듣는 동안 나도 덴스케라는 사람이 누군지 깨닫게 됐어. 내가 이 마을을 처음 찾은 날 산속에서 만났던, 내 말을 알아들은 바로 그 남자야.

이 마을에서는 오래전 역병으로 사람들이 죽어 나간 시절이 있었는데, 스님이 평소 알고 지내는 무당을 찾아가 해결법을 물으니 산신령님께 남자 한 명을 제물로 바치라 했다고 해. 마을 남자들이 모여서 제비뽑기를 했고, 그렇게 뽑힌 사람이 바로 덴스케 씨였던 거야. 그는 목숨을 잃지는 않았지만 산에 갇힌 채 밖에 나오는 것이 허용되지 않고, 마을 사람들도 산신령님의 제물이 된 그 사람과는 두 번 다시 말을 섞어서는 안 된다는 규칙이 암암리에 만들어졌대. 그날 이후 마을에 돌던 역병이 거짓말처럼 사그라들었다고 하니 효과는 있었던 것 같지만, 인간은 그렇게 때때로 다른 인간에게 무척 잔인해지기도 하나 봐.

"덴스케 씨가 남편을 죽였다는 말인가요?"

할머니가 떨리는 목소리로 물었어.

"정말로 그렇다면 이야기가 조금 복잡해집니다. 그 녀석과는 말을 섞어서는 안 되고 마을에 데려오는 것도 금지됐으니까요."

고덴타 씨가 무뚝뚝한 얼굴로 팔짱을 꼈을 때였어.

"이보게, 안에 누구 있나."

밖에서 웬 남자의 넉살 좋은 목소리가 들렸어. 할머니가 문을 여니 문 앞에 웬 무사가 서 있었어.

"늦어져서 미안하네. 성에서 보낸 선물일세."

영주님께서 하사한 상이 이제야 도착한 거야. 할머니는 슬픈 얼굴로 무사에게 사정을 설명했어. 그러자 무사님은 "뭐라고?" 하고 흠칫 놀라더니 잠시 후, "그럼 더욱더 이 포상을 받아야겠군. 영감님의 장례식도 성대히 치러야겠고" 하고 연이어 집 안으로 보물들을 날라왔어. 고덴타 씨도 함께 도와서 마룻바닥 위에 늘어놓은 것들은 금은보화와 값비싼 옷가지, 항아리와 접시, 반짝이는 금불상, 그리고 생전 처음 보는 맛있는 음식들이 잔뜩! 마지막으로 무사는 멍석 위에 누워 있는 할아버지의 시신을 향해 두 손을 모았어. 그리고 갑자기 호주머니를 뒤지더니 은화 두 닢을 꺼내 할머니에게 쥐여주고는 "변변치 않지만 성의로 받게나. 모쪼록 기운 차리시고"라는 말을 남기고 돌아갔어.

"모키치 영감님은 정말 대단한 분이었군."

방 안에 잔뜩 쌓인 영주님의 선물을 보며 고덴타 씨가 중얼거렸어.

"하지만 이런 보물들을 받아도 정작 영감이 없으니……."

할머니는 착잡한 얼굴로 말했어.

"고덴타, 안에 있나?"

그때 걸걸한 목소리가 들리더니 남자 몇 명이 우르르 집 안에 들어왔어.

조금 전까지 함께 범인을 찾았던 마을 남자들이었어. 가장 앞에 선 사람은 기주였는데 무슨 일인지 손에 괭이를 쥐고 있었어. 다른 남자들도 낫이나 긴 몽둥이 같은 걸 들고 살기등등해 보였지. 사람들은 방에 산더미처럼 쌓인 선물을 보며 순간 놀란 듯했지만 곧 다시 고덴타 씨를 돌아봤어.

"무슨 일이지? 다들 집에 돌아가도 된다고 하지 않았나."

"닥쳐, 고덴타."

고덴타 씨는 마을 관리이니 마을 안에서 지위가 높은 편에 속해. 기주는 그런 고덴타 씨에게 존칭도 붙이지 않고 느닷없이 그렇게 말했어.

"모키치 영감님이 꽃을 피운 날, 당신이 집으로 할아버지를 불러서 정원에 있는 황매화 나무의 꽃을 피우게 했다지? 당신 집에 일하는 하인에게서 다 들었어!"

"그, 그게 왜?"

"그 황매화 나무는 집안 대대로 키운 나무라더군. 그 이야기를 들은 순간 머릿속이 번뜩였지. 당신은 무가武家 집안 출신이야. 황매화 나무와 연이 있는 무가라면 바로 오타 님 아닌가."

기주의 설명에 의하면, 에도 시대에 성이란 걸 처음 짓고 시 짓기 실력이 뛰어났던 이 오타 어쩌고 하는 무인이 있었다지. 그는 젊은 시절 사냥을 하다가 길을 잃었고 우연히 도롱이를 빌리러 들어간 집의 여자아이에게서 황매화 나무의 가지를 선물받았대. 그것이 그 오타 아무개가 시인의 길을 걷게 된 계기가 됐다느니 뭐니 하는데, 개인 나로서는 솔직히 잘 이해가 안 되는 이야기였어.

"아무튼 고덴타 씨. 중요한 건 당신이 지금껏 오타라는 성을 숨기고 있었다는 사실이야."

"정체를 밝히면 당신들에게 부담이 될 수도 있으니까. 난 당신들과 대등한 위치에서 마을을 관리하고 싶었다고."

"닥쳐. 틈만 나면 거들먹거리던 주제에 무슨. 난 처음부터 당신이 마음에 들지 않았어!"

기주는 사람이 백팔십도 달라져 있었어.

"잘 들어. 모키치 할아버지가 손에 쥐고 있던 냉이 즉, 나즈나는 앞에서부터 읽든 뒤에서부터 읽든 글자가 똑같

아. 그리고 당신 이름, 즉 '오타 고덴타太田虎田太' 역시 앞에 서부터 읽든 뒤에서부터 읽든 글자가 똑같지."

"앗!"

고덴타 씨는 자기 이마를 탁 치더니 눈을 부라렸어.

"당신 집에서 황매화 나무의 꽃을 피웠을 때 모키치 영감님도 그걸 알게 된 거야. 그러니 당신에게 돌로 얻어맞았을 때 모키치 영감님은 그걸 떠올리고 냉이를 손에 쥔 거지."

"아, 아니야. 오해야. 애초에 내가 왜 모키치 영감님을 죽이겠어?"

"이유 따위 아무래도 좋아."

기주는 괭이를 치켜들고 고덴타 씨를 향해 덤벼들었어. 도망치려는 고덴타 씨를 다른 사람들이 에워쌌고.

"나즈나라는 단어가 당신 이름을 암시하는 이상 당신이 할아버지를 죽인 게 분명해!"

기주는 이제는 자신이 수수께끼를 풀었다는 사실 자체에 흥분한 것처럼 보였어. 이름 읽는 법을 그렇게 바꿔서까지 다른 사람을 범인으로 만들다니, 인간의 지혜라는 건 가끔 우스꽝스러울 정도로 어리석다니까. 저기, 할아버지. 이렇게 이유 없는 죄를 만들어 낼 정도면 차라리 그 마지막 말 같은 건 남기지 않는 게 좋지 않았어?

폭도로 변한 마을 사람들을 나 같은 개 따위가 일일이

말릴 수도 없어서 결국 고덴타 씨는 사람들의 손에 끌려 갔어. 할머니는 그저 털썩 주저앉아 멍하니 보물만 바라봤고.

그러다가 퍼뜩 정신을 차린 것처럼 할머니가 내 쪽을 보며 말했어.

"지로, 어떡하면 좋니?"

그 얼굴을 보고 난 다음으로 내가 할 일을 깨달았어. 누가 뭐래도 난 범인이 고덴타 씨가 아니란 걸 알고 있었으니까.

07

"그래."

얼마 전에 만났던 곳과 같은 산속에서 덴스케 씨는 흙투성이 머리카락을 벅벅 긁으며 순순히 인정했어.

"어제 낮에 산을 내려가 언덕 부근에서 햇볕을 쬐고 있었지. 그때 땔감을 주우러 온 모키치 영감님과 우연히 만났어. 난 산에서 내려가거나 마을 사람들과 말을 섞어서는 안 되니 도망치려 했는데, 할아버지가 날 보고 갑자기 '잘 지내나?' 하고 말을 걸었어. 얼마나 놀랐는지 원."

마을 규칙상 말을 섞어서는 안 될 사람에게도 말을 걸

다니. 할아버지는 진짜 자상하다니까.

"'밥은 먹고 다니나?'라고 물어서 배고프다고 하니 할아버지는 자기 몫으로 가져온 푸성귀를 선뜻 내게 내밀었어. 우적우적 그걸 먹고 있으니 불현듯 좀 더 맛있는 게 먹고 싶어지더라고. 그래서 나도 모르게 모키치 영감님께 이런 말을 했던 것 같아. 평생 딱 한 번이라도 좋으니 배부르게 쌀밥을 먹어보고 싶다고."

이 사람은 나랑 처음 만났을 때도 비슷한 말을 했던 것 같은데.

"그러자 할아버지가 그러셨어. '내일 아침 일찍 이 언덕 중턱에서 만나자꾸나. 좋은 걸 가져다주마'라고."

"좋은 거? 주먹밥 같은 것 말이야?"

"그러지 않아도 나도 그렇게 물었어. 그러자 할아버지는 웃으며 고개를 가로젓더니 마을 사람들의 눈에 띄지 않는 곳에 벼를 기르기 좋은 평평한 땅을 찾아두라고 했어. 한 달 정도만 기다리면 쌀밥을 잔뜩 먹을 수 있게 될 거라고 하면서. 처음 그 말을 들었을 때 난 그런 꿈 같은 이야기가 어딨겠느냐며 순순히 믿지 않았어. 하지만 뭐, 일단은 약속 장소에는 가봐야겠다고 생각했지만 결국 그날 난 늦잠을 자버렸지. 부랴부랴 언덕 중턱에 갔을 때는 할아버지가 바닥에 쓰러져 있었고 마을 사람들이 할아버지를 둘러싸고 수군거리고 있더라고. 뭔가 좋지 않은 일이 일어났다는 걸 깨닫고 사람들이 날 알아보기 전에 몸을 숨겼어."

한 달 정도만 기다리면 쌀밥을 먹을 수 있게 된다. 할아버지가 했다는 그 말이 난 마음에 걸렸어.

"저기, 덴스케 씨."

"어?"

"그 쌀이라는 것에도 꽃이 펴?"

"음…… 아, 그래. 벼 알갱이 부근에 아주 작은 꽃이 펴. 그게 피지 않으면 쌀알도 만들어지지 않아. 뜬금없이 그런 걸 왜 물어?"

"잠깐 따라와 줄 수 있어?"

난 덴스케 씨를 언덕으로 데려갔어. 할아버지가 쓰러져 있었던 곳 부근의 꽃이 잔뜩 핀 곳으로.

"이 꽃 중에도 혹시 쌀이 있어?"

"넌 아까부터 계속 쌀이라고 하는데, 수확하기 전에는 벼라고 해."

덴스케 씨는 투덜거리며 주위에 있는 꽃을 둘러보기 시작했어.

"오, 있다, 있어. 이게 바로 벼꽃이야. 이것도, 이것도."

덴스케 씨가 가리킨 곳을 보니 분명 나도 여름에 어느 마을 논에서 본 적이 있는 파란 벼가 꽃들 사이에 섞여 있었어.

이로써 난 마침내 깨닫게 된 거야. 그날 할아버지의 그 흰 주머니 속에는 볍씨가 들어 있었다는 걸. 할아버지는 덴스케 씨가 쌀을 수확하기를 바랐어. 덴스케 씨가 찾은 평평한 땅에 볍씨를 뿌리고 그 위에 잿가루를 뿌릴 계획이었겠지. 그러면 *볍씨는 곧 성장해 꽃을 피우고, 조금만 더 기다리면 통통한 쌀알이 만들어지니까.*

하지만 현실에서 그 흰 주머니는 할아버지가 언덕에서 굴러떨어질 때 끈이 끊어졌고 볍씨 일부가 바닥에 뿌려졌어. 그중 몇 개는 잿가루 효과 덕에 꽃을 피웠지만 민들레와 용담, 그 밖의 각양각색의 꽃에 섞여 작은 꽃을 피운 파란 벼를 모두 알아보지 못했어. 게다가 잿가루가 닿지 않은 볍씨와 주머니에 남아 있던 볍씨는 참새 녀석들이 전부 쪼아 먹었지. 내가 할아버지의 시신을 처음 발견했을 때 주변에 참새가 많았다고 했지?

"이 쌀은 당신이 따서 먹어. 그게 할아버지의 뜻일 테니까."

내가 그렇게 말하자 덴스케 씨는 "고마워" 하고 빙그레 웃었어.

자, 할아버지의 마지막 뜻도 전했으니 이제는 내 할 일을 해야지.

바로 할아버지의 복수야.

08

어느새 주변에는 땅거미가 짙게 깔려 있었어.

여기를 파 봐, 멍멍. 여기를 파 봐, 멍멍.

난 할아버지에게 들었던 시로 이야기를 떠올리며 집 뒤의 밭을 열심히 파고 있었어.

여기를 파 봐, 멍멍. 여기를 파 봐, 멍멍.

시로가 금은보화를 발견한 곳은 밭 근처의 모래밭이었다고 하는데, 거기가 어딜까. 시로는 분명 냄새를 엄청 잘 맡는 개였을 거야. 난 그런 능력이 없으니 내가 할 수 있는 선에서 최선을 다해야지. 지금 내가 파야 할 곳은 모래밭이 아닌 밭 한복판이야.

간신히 일을 마치고 코끝으로 구멍을 메울 때 내 몸은 흙투성이가 돼 있었어. 아, 할아버지가 이런 날 보면 따뜻한 물로 깨끗이 씻겨줄 텐데. 보고 싶어, 할아버지. 고작 닷새였지만 할아버지의 개였던 걸 자랑스럽게 생각해.

이제는 이곳을 빨리 떠나야 한다는 걸 알면서도 난 나도 모르게 집 뒤편을 바라보며 할아버지가 처음 날 맞아줬던 날을 떠올리고 있었어.

"이 똥개 새끼가!"

순간 버럭 화를 내는 소리가 들리더니 별안간 머리가 쪼개질 듯이 아팠어. 이제 끝이구나 했지. 정말로 쪼개졌을지도 몰라.

"그만, 그만하세요……."

날 때린 그 사람에게 달려드는 사람이 할머니라는 건 깨달았어. 그림자는 괭이를 하늘 높이 치켜들고 있더라.

"내 닭들을 전부 죽이다니, 이 자식!"

정신이 몽롱해졌지만 난 일단 몸을 피했어. 괭이가 맨땅에 닿자 사방에 흙먼지가 퍼졌지. 목소리의 주인공은 다름 아닌 기주였어.

"그 닭은 우리 어머니가 마지막으로 남긴 닭이야. 내 가족이었다고!"

기주가 울음 섞인 소리로 말했어.

"난 매일 달걀을 먹을 때마다 어머니를 떠올려!"

그런 거였나……. 그렇다면 기주가 화를 내는 것도 당연해. 나는 밭 위에 앞다리를 굽히고 털썩 주저앉았어. 들개 생활을 오래 해서 몸은 튼튼하다고 생각했는데 몸이 고장 나는 건 의외로 순식간이더라.

"이젠 그러지도 못하게 됐어. 죽어버려! 이 똥개 새끼!"

기주는 정확히 급소를 노렸어. 난 이번에야말로 정말 머리가 깨져서 몸이 축 늘어졌어. 태어날 때부터 냄새를 잘 못 맡는데 이토록 짙은 피 냄새를 맡은 건 아마도 그때가 처음이었던 것 같아.

아무튼 그렇게 나는 시로가 묻혔다는 소나무 그루터기 바로 옆에 묻혔어.

날 묻어준 사람은 물론 할머니야.

할머니가 땅을 다 파고 내 몸을 구멍 안에 집어넣을 때 뭐라고 했을 것 같아? 할머니는 나더러 "부탁한다"라고 했어. 실은 그때만 해도 난 아직 숨이 붙어 있었어.

저기, 할아버지. 대체 뭘 부탁한다는 건지 의아하지? 내가 알려줄게.

실은 난 그날 아침 할아버지를 쫓아 밖에 나가기 전부터 한 가지 마음에 걸리는 게 있었어. 그때 토방 위에 놓여 있던 할머니의 짚신 코 앞부분이 *이쪽, 그러니까 마루방에 있는 내 쪽을 향해 있었거든.* 날 처음 집에 들인 날, 할아버지는 할머니의 짚신 앞부분이 밖을 향하도록 가지런히 놓았어. 할아버지는 성격이 워낙 꼼꼼하니 자기가 밖에 나갈 때도 할머니의 짚신 앞부분이 마루방을 향해 있다면 반드시 바깥쪽으로 다시 돌려났을 거야. 그러니 할머니의 짚신 앞부분이 방 쪽을 향해 있다는 사실로부터 끌어낼 수 있는 건 말이지. *할아버지가 집을 나간 다음에 할머니가 혼자서 집에 돌아왔다는 거야.*

그래도 난 할머니를 의심하지는 않았어. 할아버지가 집을 나가고 내가 눈을 뜨기 전까지 할머니는 어떤 사정이 있어서 잠깐 밖에 나갔다 왔을 거다, 할아버지가 옆에 없는 건 방 안이 어두워서 눈치 못 챘던 게 아닐까. 난 그렇게 추측했지만, 고덴타 씨가 할머니에게 "할아버지는 왜 그런 이른 시간에 언덕에 갔을까요?"라고 물었을 때 할머니의 대답이 내가 떠올렸던 것과는 다르다는 걸 알게 됐어. 할머니는 "전 고덴타 씨가 깨우기 전까지는 세상모르고 잠들어 있었으니까요"라고 했으니까. '응? 할머니는 왜 사실을 숨기는 걸까. 혹시⋯⋯?' 하고 그때부터 할머니를 의심하기 시작했던 것 같아. 물론 혼란스럽기도 했어. 할머니가 그걸 숨길 이유를 도무지 알 수 없었거든.

이유를 알아낸 건 그날 이후 기주를 비롯한 마을 남자들이 할아버지의 집에 몰려와 고덴타 씨를 데려갔을 때야. 할머니는 금은보화 앞에 털썩 주저앉아 *그것, 그러니까 산처럼 쌓인 보물*을 그저 멍하니 바라봤어. 그저 멍하니 바라보고 있었지만, 눈은 형형하게 빛나고 있었지. 욕심이라는 이름의 빛으로.

할머니는 사실 시로가 발견한 금은보화와 절구에서 나온 그 황금을 할아버지가 곧장 마을과 절에 기부하는 걸 참을 수 없었어. 그러니 영주님이 내린 상이 도착하면 그걸로 마을에 흉작에 대비해 창고를 짓겠다는 말을 할아버지가 꺼냈을 때 할머니는 확실히 마음을 굳혔을 거야. 잿가루 다음에는 이제 보물을 손에 넣을 기회도 없어 보였으니까.

할아버지는 덴스케 씨를 위해 볍씨와 잿가루를 써야겠다고 할머니에게도 말했을 거야. 그리고 그날 아침 할아버지와 할머니는 잠든 날 혼자 내버려 두고 둘이 함께 집을 나갔어. 덴스케 씨와 만나기로 한 곳은 언덕 중턱이었는데, 할머니는 아마 '언덕 꼭대기까지 올라가서 아침 해를 함께 봐요' 하고 할아버지를 꾀지 않았을까.

아침 해를 보고 난 다음, 할머니는 할아버지에게 먼저 내려가라고 하고 바닥에 떨어져 있던 돌덩이를 주워 할아버지의 머리를 향해 내려쳤어. 오래전 어느 위인의 묘소인 그 언덕 꼭대기에는 돌이 아주 많으니 적당한 걸 찾기가 그리 어렵지 않았을 거야. 그리고 돌에 맞은 할아버지는 잿가루와 볍씨를 흩뿌리며 언덕에서 굴러떨어졌어.

의식이 점차 흐려지는 상황에서 할아버지는 왜 냉이를 손에 쥐었을까. 이제 와서 생각해 보면 기주가 처음 언급한 '샤미센 발목을 연상시킨다는 점에서 민물게 선생을 암시한다'라는 추리가 정답이었던 것 같아.

할아버지는 할머니가 왜 자기에게 돌을 휘둘렀는지 알 수 없었을 거야. 어이가 없을 정도로 사람 좋은 할아버지 잖아. 최후의 순간에 머릿속에 떠오른 건 아마도 이런 생각이었겠지. 오랜 세월 함께 살아온 아내를 살인자로 만들 수는 없다. 그래서 할아버지는 민물게 선생의 샤미센을 떠올리며 눈앞에 있던 냉이를 손에 쥔 거야. 나도 이미 죽은 다음이니 이해하지만, 안타깝게도 죽기 직전 사람의 마음 같은 건 산 사람에게 그리 쉽게 전해지지 않는 것 같아.

할머니를 의심하지 않게 만들려는 할아버지의 마음도 아쉽지만 할머니에게는 가닿지 않았어. 그뿐만이 아니라 할머니는 기주 씨와 마을 남자들이 범인을 찾아 우왕좌왕 하다가 끝내 고덴타 씨를 데려가는 모습을 보고 속으로는 미소 짓지 않았을까. 누구도 할머니를 의심하지 않았으니까.

더 무서운 건 할머니는 그토록 바라던 보물을 독차지할 수 있다고 생각했을 때 더 큰 욕심을 떠올렸다는 거야. 할머니는 그때 나를 보며 이렇게 말했어.

"지로, 어떡하면 좋니?"

그 말만 들으면 '마을 남자들이 고덴타 씨를 데려갔으니 어쩌면 좋으냐' 혹은 '난 앞으로 어쩌면 좋으냐'라는 의미처럼 느껴질 거야. 하지만 그 형형하게 빛나는 눈을 본 내 귀에는 그렇게 들리지 않았어.

할머니는 더 많은 보물을 손에 넣고 싶었어. 그래서 날 이용하기로 마음먹은 거야.

시로가 죽고 그 사체를 묻은 곳에 자라난 소나무로 만든 절구에서 황금이 나왔지? *죽은 개를 묻고 그 위에 소나무를 심으면 더 값진 보물을 얻을 수 있다.* 할머니의 머리에는 그 생각밖에 없었지만, 얼마 후 할머니는 생각을 다시 고쳤어. 다사쿠 씨가 절구에 찹쌀을 넣어 찧을 때는 황금이 나오지 않았고, 다사쿠 씨가 뿌린 잿가루 역시 꽃을 피우지 못했으니까. 분명 절구나 잿가루에는 죽은 개의 마음이 영향을 미쳤을 거라고 본 거야.

그러니 할머니는 제 손으로 날 죽이면 보물도 얻지 못할 거라고 예상했어. 다른 누군가가 대신 날 죽여야 하고 그다음 자기 손으로 날 소중히 땅에 묻어야 한다고 생각한 거야. 시로 때와 마찬가지로 말이야.

"지로, 어떡하면 좋니?"

할머니의 그 말은 곧 '지로, *어떡하면 다른 사람이 널 죽이게 할 수 있을까?*'라는 의미였어.

그 의미를 깨달은 난 우선 덴스케 씨가 있는 곳에 달려가 할아버지의 진의를 확인했어. 유일하게 내 말을 이해하는 덴스케 씨에게 할머니가 범인이라는 것도 전해야겠다고 생각했지만, 마을에 있는 규칙 때문에 덴스케 씨는 마을 사람들과 대화를 나눌 수 없으니 절망적이었지. 그래서 난 마음을 굳혔어. 내가 직접 할아버지의 복수를 하고 이마을을 떠나겠다고.

마을에 돌아온 내가 가장 먼저 향한 곳은 민물게 선생의 집이었어. 선생의 말에 따르면 '부자'라는 맹독의 재료인 투구꽃이라는 식물이 집 대문 근처에 피어 있다고 했어. 그래서 난 선생의 집 근처 땅을 파서 투구꽃으로 보이는 식물의 뿌리를 캐냈어. 그리고 혀에 닿지 않도록 조심스럽게 입에 물고 할아버지의 집으로 돌아가 밭을 파서 다시 그걸 묻었어.

일을 다 마치고 나서 할아버지의 집을 바라보며 감상에 젖은 게 잘못이야. 설마 할머니가 그렇게 빨리 움직일 줄은 상상도 못 했으니까.

기주의 어머니가 남겼다는 그 닭들은 분명 할머니가 전부 죽였을 거야. 그리고 가짜로 우는 척을 하면서 기주의 집 문을 두드렸겠지. '어쩌지요. 우리 지로가 기주 씨네 닭들을 전부 죽이고 말았어요. 이걸 어떻게 갚아야 할까요?' 같은 말을 꺼내면 기주가 불같이 화를 낼 게 뻔할 테니까.

결과적으로 할머니는 아주 멋지게 '다른 사람 손에 죽은 개의 사체'를 손에 넣게 됐어. 물론 땅에 구멍을 파서 날 집어넣기 전까지 난 아직 살아 있었지만 말이야.

아아, 그건 그렇고, 좀 춥네. 흙 속이 어두울 줄은 알았는데 이렇게 추울 줄은 몰랐어. 이놈의 의식은 대체 언제까지 몸에 붙어 있는 걸까. 설마 할아버지의 시신에도 아직 의식이 남아 있는 건 아니겠지?

할머니는 날 묻은 곳 위에 어린 소나무를 심겠지. 그 소나무는 과연 예전의 그 소나무처럼 하루 만에 다 자랄까? 그걸로 만든 절구로 떡을 찧으면 황금이 나올까? 절구를 태운 잿가루를 마른 나무에 뿌리면 꽃이 필까?

만약 그걸 내 마음대로 할 수 있다면, 난 역시 꽃을 피울 거야. 그 잿가루가 집 뒤에 있는 밭까지 날아가 내가 땅에 심은 투구꽃이 필 수도 있으니까.

꼭 그러지 않는다고 해도 계절에 바뀌면 언젠가 투구꽃이 피겠지. 민물게 선생 말로는 투구꽃 잎은 쑥을 닮았다고 해. 채소를 구분하지 못하는 할머니는 언젠가 그걸 따서 잘게 썰어 국에 집어넣을 수도 있어. 직접 만든 그 국을 마시고 괴로워할 때는 할머니가 깨닫게 되려나. 내가 죽기 직전에 밭에서 흙투성이가 된 까닭을.

어쨌든 말이지. 난 상냥했던 할아버지를 죽인 할머니를 용서할 수 없어.

이건 말이지, 그래. 죽은 개가 언젠가 피어날 그 꽃에 마지막으로 남기는 전언이야.

도서 갚은 두루미

• 倒敍, '도치서술'의 줄임말로 범인을 미리
보여주고 이야기를 풀어가는 추리물의 형식

일본 전래 동화 원작, 『은혜 갚은 두루미』

할아버지가 덫에 걸린 두루미를 풀어주고 정성껏 치료해 준다. 은혜를 갚기 위해 두루미는 사람으로 탈바꿈하여 할아버지와 할머니의 집에 와서 옷을 지어준다. 두루미는 옷 짜는 모습을 절대로 들여다보지 말라고 했지만, 궁금해했던 할아버지에 의해 정체를 들켜 슬퍼하며 떠나가고 만다.

길을 잃은 쓰우는 어느 청년의 집에서
하룻밤 묵게 된 보답으로 그에게 옷감을 짜준다.
옷감이 비싸게 팔리는 것을 깨달은 청년은
쓰우에게 옷감을 더 만들어달라고 요구하는데…….

이

밖에서는 눈이 펄펄 내렸다.

야헤에 앞에 있는 화덕에서는 불길이 흔들리고 있고 그 너머에는 풍채 좋은 늙은 남자 한 명이 책상다리로 앉아 있다. 야헤에가 입은 누더기와는 비교되지 않을 만큼 따뜻해 보이는 차림새의 남자는 마을 촌장이었다.

"야헤에."

촌장이 조용히 입을 열었다.

"다른 사람에게 빌린 건 갚아야지. 그게 인간으로서 지켜야 할 도리 아닌가?"

"저도 압니다."

"안다면 왜 갚지 않지? 아버지가 돌아가셨다고 빚까지 사라지는 건 아닐 텐데."

"제 능력으로는 도무지 갚을 액수가 아니어서요."

"자네 어머니는 올해 안에 반드시 갚겠다고 하지 않았나?"

"어제도 말씀드렸지만 그건 어머니가 살아 계실 때의 이야기지요. 어머니는 베틀로 옷감을 짜서 마을에 가져다 팔고 받은 돈을 촌장님께 드릴 계획이었어요."

야헤에는 오른쪽을 돌아봤다. 미닫이문이 닫혀 있다. 그 안에 있는 안방에는 야헤에의 어머니와 할머니가 애용한 오래된 베틀이 있었다.

"자네 어머니 또한 여름에 세상을 떴지."

"예……."

"그럼 갚을 사람은 자네라는 말이야. 자네는 왜 베를 짜지 않지?"

"전 어떻게 베를 짜는지 모릅니다."

베 짜는 건 여자가 할 일이니 넌 힘쓰는 일을 하려무나. 야헤에의 어머니는 그런 이유로 아들에게 베 짜는 기술을 가르쳐주지 않았다. 야헤에는 하는 수 없이 땔감을 주워 마을에 갖다 팔면서 돈을 벌었지만 빚을 갚기에는 턱없이 부족했다.

"흥, 참으로 대책 없는 놈이로세."

"한 번만 봐주십쇼. 전 아직 어머니의 장례도 치르지 못했습니다."

"그건 내 알 바 아니지. 애초에 자네가 가난한 집안에서 태어난 게 잘못이야."

"촌장님은 저희 아버지와 오래 알고 지내셨다고 들었습니다. 저것도 촌장님이 주신 물건 아닙니까?"

야헤에는 손가락으로 방 한구석에 있는 받침대를 가리켰다. 그 위에는 배가 불룩한 나무 물고기상이 놓여 있다. 촌장은 조각상을 힐끗 보고 코웃음을 쳤다.

"저희 아버지와 친분이 있었던 만큼 조금만 더 기다려주십쇼. 부탁드립니다."

"허튼소리는 집어치우게. 친분이라고? 웃기는 소리. 난 네 아비를 싫어했어. 나보다 먼저 장가를 들더니 얼마나 잘난 척을 하고 다니던지. 평소에는 바보처럼 헤헤거리고 다닌 주제에 말씨는 거만했고, 갚을 능력도 없는 주제에 사방팔방 돈을 꾸러 다녔지. 원망할 거면 네 멍청한 부모를 원망해라. 이곳저곳에 민폐만 끼치다가 도망치듯 죽어버린 네 아버지와 어머니를 말이다."

촌장이 크하핫 하고 웃음을 터뜨렸다. 야헤에는 평소 자상했던 부모님을 존경했다. 아무리 생활이 어려워도 매일 웃음꽃이 피고 행복이 넘치던 집안이었다. 야헤에는 자신을 욕하는 거면 무슨 말을 듣든 상관없지만 아버지와 어머니를 비난하는 것은 참을 수 없었다.

"간곡히 부탁드립니다."

그러나 야헤에는 목소리를 높이지 않고 오히려 조금 전보다 더 나직이 말했다.

"그러지 않으면 전 촌장님을 죽여야 할지도 모릅니다."

"뭐라고!"

촌장은 순식간에 얼굴이 시뻘게져서 몸을 벌떡 일으키더니 야헤에의 멱살을 움켜쥐었다.

"이 자식이 정말 보자 보자 하니까. 아비를 닮아서 아주 못 쓰겠구먼. 그래, 좋아. 너 같은 놈은 당장 이 마을에서 내쫓겨야 해. 이 집에 곧 사람들이 들이닥칠 테니 얌전히 기다리고 있거라. 그리고 네놈의 아비와 어미 무덤도 파헤쳐서 시신을 들개 먹이로 던져버릴 테니 각오해!"

촌장은 어깨를 들썩이며 화를 내고는 토방에 내려가 눈신을 신기 시작했다. 야헤에는 마음을 굳히고 방구석 멍석 뒤에 숨겨둔 괭이를 들고 살금살금 촌장 뒤로 다가갔다.

"덴구°의 딸꾹질, 딸꾹, 딸꾹, 딸꾹!"

야헤에는 그렇게 외치며 촌장의 정수리를 향해 괭이를 내려쳤다. 촌장은 악 소리도 내지 못하고 그 자리에 쓰러졌다.

● 얼굴은 붉고 코가 큰 일본 설화 속 요괴.

야혜에는 움직임을 멈춘 촌장을 내려다보다가 잠시 후 "히익!" 하고 소리쳤다. 뒤늦게 자신이 저지른 짓이 두려워졌기 때문이다. 야혜에는 토방 한쪽에 있는 물동이로 달려가 뚜껑을 열고 바가지로 물을 퍼서 들이켰다. 차가운 덩어리가 가슴에서 배로 쓱 내려가는 느낌이었다.

"휴우."

한 번 더 물을 마시고 바가지를 내려놓고서야 기분이 조금 가라앉았다. 문을 살짝 열어 밖을 보니 눈이 펄펄 내리고 있고 사람은 보이지 않았지만 방심할 수는 없다. 야혜에는 문을 닫고 버팀목을 받친 다음, 토방을 나와 미닫이문을 열고 베틀이 있는 안방에 들어갔다. 그리고 그 방 안쪽에 있는 너덜너덜한 장지문을 열었다.

우선 촌장의 시신을 이곳에 숨길 생각이었다. 야혜에는 토방에 돌아가 엎드린 채 쓰러져 있는 그의 시신을 내려다봤다. 깨진 머리에서는 아직 피가 흘렀지만 이런 추위에서는 조금만 기다리면 상처 부위가 얼어서 피도 멈출 거라고 짐작했다.

똑똑똑. 누군가 문을 두드린 건 야혜에가 시신을 안방의 장지문 안쪽에 막 숨긴 때였다. 야혜에가 대답하지 않자 상대는 또다시 똑똑똑 하고 문을 세 번 두드렸다.

02

 쓰우는 그 집 문 앞에 내려와 인간 여자로 모습을 바꿨습니다.

 인간으로 변하는 기술은 두루미 마을의 두루미 영감님께 배웠는데도 아무리 노력해도 마른 여자로만 변하더군요. 그분이 마른 여자를 싫어하시면 어쩌지……. 쓰우는 불안해하면서도 문을 두드렸습니다.

 똑똑똑.

 잠시 기다려도 안에서는 대답이 들리지 않았습니다.

 똑똑똑.

 쓰우는 다시 한번 문을 두드렸습니다. 펄펄 내리는 눈이 갓 위로 떨어집니다. 깃털도 없이 맨살에 옷 한 장만 걸친 인간의 모습이라 어찌나 춥던지요. 쓰우가 몸을 부르르 떨 때였습니다.

 "누구요?"

 안에서 목소리가 들렸습니다. 의심스러워하는 것 같기는 하지만 틀림없는 그분 목소리입니다.

 "지나가는 나그네입니다."

 그러자 덜컥하는 소리와 함께 문이 열리더니 나이가 마흔이 넘어 보이는 남자가 얼굴을 내밀었습니다. 틀림없습니다. 쓰우를 구해준 그분입니다. 쓰우는 며칠 전, 산 너머

논두렁의 덫에 걸려 있던 자신을 구해준 사람을 하늘을 날아 뒤쫓아가서, 그 사람이 이 집에 들어가는 것까지 봤습니다. 그분 앞에 길을 잘못 든 외지인 여인으로 변해 나타나려고 일부러 눈 내리는 오늘까지 기다린 것입니다.

갓 아래로 보이는 쓰우의 얼굴을 보자마자 그분의 표정이 달라지는 것을 쓰우는 놓치지 않았습니다. 이런 모습으로 나타난 게 정답이었다고 생각했습니다. 그분은 마른 여자를 좋아하는 것 같았으니까요.

"눈이 이렇게 내리는데 해까지 져서 어찌할 바를 모르겠습니다. 실례지만 오늘 하룻밤만 이곳에서 묵을 수 있을까요?"

"그거 큰일이군. 그런데 보다시피 누추한 곳이라."

"눈만 피할 수 있으면 괜찮습니다."

"다른 집도 있을 텐데."

"다른 집에서 거절당하다가 이곳까지 왔습니다."

"흐음……, 다른 집은 가족들과 함께 사니 그럴 만도 하지. 이 근방에서 사람 혼자 사는 곳은 이 집뿐이기는 하지만."

그분은 곤란해하는 얼굴로 펄펄 내리는 눈을 올려다보다가 잠시 후 가볍게 고개를 끄덕였습니다.

"이렇게 폭설이 내리는 마당에 외면할 수는 없지. 자, 들어와서 불이라도 좀 쬐시게."

"고맙습니다."

역시 심성이 고운 분입니다. 쓰우가 집에 들어가보니 방 안 화덕에서는 땔감이 활활 타오르고 있었습니다. 쓰우는 추위에는 익숙한 편이지만 그래도 따뜻한 불가를 좋아합니다.

문득 토방 쪽을 돌아보니 그분은 구석에 있는 멍석 밑에 손을 집어넣어 버스럭거리며 뭔가를 찾고 있었습니다. 잠시 후 그분은 흙이 잔뜩 묻은 무 하나를 들어 올리며 말했습니다.

"배도 고프겠지."

조금 전보다 화덕의 불길이 세졌고 이가 빠진 냄비는 보글보글 소리를 내고 있습니다.

"자, 이제는 먹어도 될 것 같네."

그분은 냄비 뚜껑을 열더니 국자로 한 번 휘젓고 내용물을 떠서 갈색 밥공기 위에 부었습니다.

"무만 잔뜩 들어간 죽이지만 허기라도 달래시게나."

그분은 밥공기를 쓰우 쪽으로 내밀었습니다.

"잘 먹겠습니다."

쓰우는 감사히 받아 들었습니다. 익숙하지 않은 젓가락으로 무죽을 입에 그러넣었습니다.

"맛이 아주 좋아요."

실은 인간이 먹는 음식 맛은 잘 모릅니다. 그러나 쓰우는 그분의 배려가 기뻤습니다. 그분도 흐뭇하게 고개를 끄덕이더니 자기 밥공기를 가져와 먹기 시작했습니다.

쓰우는 순식간에 무죽을 다 먹어버렸습니다. 눈앞에 있는 남자는 쓰우에게 한 그릇을 더 권하지 않고 말없이 무죽을 먹고 있습니다. 심성은 착해도 다른 사람과 소통하는 데는 서툴러 보였습니다.

"저……."

쓰우는 정적이 어색해서 입을 열었습니다.

"저는 쓰우라고 해요."

아무 예고도 없이 불쑥 이름을 입에 담자 그분은 눈을 몇 번 끔뻑이다가 잠시 후 "그렇군" 하고 고개를 끄덕였습니다.

"난 야혜에라고 하네."

야혜에. 싸늘히 식은 쓰우의 가슴에 나를 덫에서 구해준 분의 이름이 무죽보다 더 따스하게 스며들었습니다.

쓰우는 이제 이곳을 찾은 목적을 전하려 밥그릇과 젓가락을 내려놓고 자세를 가다듬었습니다.

"야혜에 님, 지금껏 얼굴 한 번 본 적 없는 저를 집에 묵게 해주신 것뿐만 아니라 이렇게 맛 좋은 음식까지 대접해주시니 고마울 따름입니다. 저, 쓰우는 야혜에 님께 은혜를 갚고자 합니다."

"은혜?"

"네."

쓰우는 안방으로 이어지는 미닫이문을 바라봤습니다.

"오래전부터 이 마을에서는 밭일을 못 하는 겨울이 오면 여자들이 집 안에서 길쌈을 한다고 들었습니다. 그리고 저 안쪽 방에 베틀이 있는 것을 봤습니다."

"아, 그래. 우리 할머니, 그리고 그 윗대 할머니 때부터 이 집에 있던 베틀이지. 우리 어머니도 쓰셨지만 난 사용법을 모르네."

"이래 봬도 저는 길쌈에 소질이 있답니다. 야헤에 님, 제가 짠 옷감을 마을에 가져가 팔아주세요. 높으신 분의 저택에 가져가면 비싸게 파실 수 있을 거예요."

갑작스러운 부탁에 야헤에는 손에 들고 있던 밥그릇을 떨어뜨릴 정도로 깜짝 놀라더니 고개를 흔들었습니다.

"알지도 못하는 처자에게 집에서 길쌈을 시키다니. 그럴 수는 없네."

"아뇨. 저는 꼭 은혜를 갚고 싶답니다."

쓰우는 몸을 일으켜 미닫이문에 손을 얹었습니다.

"잠깐!"

갑자기 무시무시한 기세로 야헤에가 뛰어오더니 쓰우의 가냘픈 손을 붙잡아 올렸습니다. 쓰우가 고통을 호소하자 그분은 이내 도깨비처럼 험악한 표정을 풀고 "미안하네……" 하고 손에서 힘을 뺐습니다.

"야혜에 님, 왜 그러시나요?"

"아, 그게…… 실은 저 베틀은…… 어머니가 남기고 떠난 소중한 물건이라 모르는 사람이 만지게 할 수 없네."

쓰우는 잠시 두려움을 느꼈지만 그 말을 듣고 가슴을 쓸어내렸습니다.

"어머님을 그리워하시는 야혜에 님의 선량한 마음씨를 저 역시 모르지 않는답니다. 조심스럽게 진심을 담아 최대한 주의해서 옷감을 짤 테니 당분간만 제게 빌려주세요."

"하지만……."

"야혜에 님이 괜찮다고 하시기 전까지 이 쓰우, 이곳을 떠나지 않을 거예요."

야혜에는 멍하니 쓰우를 쳐다봤지만 이내 포기한 것처럼 고개를 끄덕였습니다.

"그렇게까지 말한다면야 괜찮겠지."

쓰우는 안심하는 동시에 야혜에에게 아직 전하지 않은 말이 있다는 것을 떠올렸습니다.

"야혜에 님, 부탁이 있어요. 옷감 하나를 짜는 데는 하룻밤이 걸립니다. 제가 베틀을 돌리는 동안에는 미닫이문을 닫아둘 터이니 절대 방 안을 엿보지 마세요. 저는 베틀을 돌리는 모습을 남에게 보이는 게 싫답니다."

"흐음……."

야혜에는 입을 꼭 다물고 생각에 잠겼습니다. 어째선지 그의 이마에서는 땀방울이 배어났습니다.

"야혜에 님, 혹시 무슨 문제라도 있는 건가요?"

"음."

야혜에는 안방으로 이어지는 미닫이문을 열고 행등을 가져와 불을 붙였습니다. 환해진 방 안에는 상상한 모습 그대로의 오래된 베틀 한 대가 있었습니다.

"저 안에 있는 장지문이 보이나?"

야혜에가 가리킨 곳에는 분명 베틀 너머로 색이 노랗게 바랜 장지문이 있었습니다.

"쓰우, 자네 부탁대로 베틀을 돌리는 동안에는 이 방을 엿보지 않겠네. 하지만 나도 한 가지 약속해 줬으면 하는 게 있어."

"무엇인지요?"

"무슨 일이 있어도 저 장지문을 열고 안을 들여다봐서 는 안 돼."

야혜에의 표정은 온화하지만 어쩐지 무섭게 보였습니다.

"네, 그럴게요."

그의 얼굴을 바라보며 쓰우는 그저 묵묵히 고개를 끄덕 였습니다.

03

탁탁, 차르륵. 탁, 차르륵.

야혜에는 화덕 앞에 드러누워 미닫이문 너머에서 쓰우가 베 짜는 소리를 듣고 있었다.

탁탁, 차르륵. 탁, 차르륵.

그리운 소리였다.

— 엄마, 베틀에서는 왜 이런 소리가 나?

— 이건 말이지. 실 한 올 한 올에 애정을 담는 소리란다.

야혜에는 문득 자신의 어린 시절을 떠올렸다. 이렇게 추운 겨울날 밤, 어머니가 베틀을 돌릴 때 야혜에는 어머니 옆에서 이런저런 질문을 던졌다.

— 베틀은 말이야. 씨줄과 날줄이 조금씩 서로 협력해 하나의 큰 옷감을 이루는 거란다. 씨줄이 조금만 어긋나도 못쓰게 돼버리지. 그러니 씨줄 한 올 한 올에 주의하며 애정을 담아서 짜야 해.

— 옷감에는 엄마의 애정이 엄청 담겼겠네?

— 그럼, 당연하지.

베틀을 멈추고 머리를 쓰다듬어주던 자상한 어머니. 손에서 느껴지던 따스한 온기가 지금도 생생했다.

탁탁, 차르륵. 탁, 차르륵.

야혜에는 저도 모르는 사이에 눈가에 눈물을 머금었다.

바로 그때, 마치 곰이 습격해 온 것 같은 기세로 누군가 문을 세차게 두드렸다.

"야헤에! 이보게, 야헤에!"

귀에 익은 목소리였다. 야헤에는 벌떡 일어나 토방으로 내려가서 문에 받쳐둔 버팀목을 뗐다. 차갑게 얼어붙은 듯한 암흑. 어느새 눈은 멎었다. 문 앞에 있던 사람은 도롱이를 껴입고 등불을 손에 든 건장해 보이는 남자였다. 눈 속을 헤치며 달려왔는지 다리에는 눈이 잔뜩 묻어 있었다.

"이게 누구야. 곤지로 아닌가."

곤지로는 흰 숨을 내뱉으며 토방에 들어오더니 "웅?" 하고 고개를 갸웃했다.

"야헤에, 자네 집 안방에서 베틀 소리가 들리는데?"

바깥 소란 따위는 아랑곳하지 않는 것처럼 탁탁, 차르륵, 탁, 차르륵 하는 소리가 계속 이어졌다.

"자네 어머니는 여름 무렵에 돌아가시지 않았나?"

"그래. 지금은 손님이 와 있네. 그게, 그러니까…… 산을 세 개 넘어서 있는 마을에 사는 친척 여자야. 옷감을 짜고 싶은데 그 집에는 베틀이 없다더군. 우리 집에 베틀이 있다는 이야기를 듣고 찾아왔다고 해."

즉석에서 떠올린 거짓말로는 제법 그럴싸했다. 곤지로는 이해한 것처럼 "그런가" 하고 말했다.

"그보다 곤지로. 자네 무슨 일인가? 이렇게 밤늦게 불쑥."

"아, 그래. 야헤에, 혹시 촌장님 못 봤나?"

순간 야헤에는 가슴이 철렁했다. 물론 저 안방 장지문 너머에 싸늘히 식은 채로 누워 있다고 말할 수는 없는 노릇이었다.

"아니, 요즘 들어서는 뵌 적이 없네만."

"그런가. 실은 조금 전 촌장님 집에서 사람이 왔는데 오후부터 촌장님이 보이지 않는다고 해서 말이야. 그 집안사람들은 또 겐안 스님 집에 간 줄만 알았다던데."

겐안 스님은 마을 변두리 산 중턱에 있는 작은 절의 스님이다. 촌장은 겐안 스님과 사이가 돈독해서 때때로 절을 찾는다는 걸 마을 사람들도 알고 있다. 촌장과 겐안 스님은 바둑을 좋아해서 둘이 시간 가는 줄도 모르고 바둑을 두다가 촌장이 절에서 하룻밤 묵을 때도 많았다. 그러니 촌장 집의 사람들은 이번에도 그가 절에서 하룻밤 묵는 줄로만 알았다.

"그런데 날이 어두워지자 절에 사는 동자승이 촌장님 집에 찾아왔다지 뭔가."

곤지로는 야헤에에게 동자승 이야기도 들려줬다.

"스님이 촌장님께 빌린 다기茶器를 오늘 돌려주기로 했는데 깜빡하고 있다가 저녁이 돼서야 떠올려서 부랴부랴 동자승을 촌장님 집에 보낸 거야. 그런데 그 집에서는 촌장님이 절에 갔다고만 생각했으니 깜짝 놀랐지. 사모님은 당황해서 가족들에게 전부 촌장님을 찾으라고 시켰대."

아무래도 촌장은 야헤에게 빚 독촉을 하러 간다는 것을 알리지 않고 집을 나온 듯했다. 야헤에는 속으로 가슴을 쓸어내렸다. 적어도 자신이 의심받을 일은 없겠다고 깨달았다.

"눈에 발자국이라도 남았으면 모를까, 저녁 늦게까지 계속 눈이 내렸잖나. 발자국은 이미 눈에 덮여버린 듯해. 야헤에, 촌장님을 찾으러 자네도 같이 가세."

같은 마을에 사는 사람으로서 거절할 수도 없었다. 야헤에는 미닫이문이 닫힌 안방을 힐끗 보며 말했다.

"쓰우, 내 잠깐 다녀오겠네."

그렇게 외쳐도 베틀 소리는 끊이지 않고 이어졌다. 야헤에는 쓰우가 집중하고 있을 거라며 대수롭지 않게 생각하고 곤지로를 따라나서기 위해 도롱이와 갓을 썼다. 눈신을 신고 얼음장처럼 차가운 암흑 속으로 발걸음을 내디디며, 곤지로가 손에 든 등불을 의지하여 눈밭을 걷기 시작했다.

04

탁탁, 차르륵. 탁, 차르륵.

쓰우는 마지막 씨줄을 다 넣고 끝부분을 마무리했습니다.

고개를 돌리자 작은 창의 틈새로 빛이 들어오는 게 보였습니다. 어느새 날이 샌 것입니다.

인간으로 변신한 쓰우는 완성된 옷감을 두 손에 들었습니다. 두루미 일족 대대로 전해지는, 날개 깃털을 실로 만들어 짠 옷감. 인간 세계의 비단이라는 직물과 비슷하지만 반짝반짝한 광택은 언뜻 보면 봄날의 시냇물 같기도, 한여름 밤하늘에 뜬 별 같기도 해 눈부시게 아름답습니다. 그뿐만이 아닙니다. 이 옷감에는 신비한 능력이 깃들어 있습니다.

쓰우는 미닫이문을 열어 화덕이 있는 방으로 나갔습니다.

잿불마저 잦아든 화덕 옆에서는 야헤에가 얇은 이불을 뒤집어쓰고 잠들어 있었습니다.

어젯밤 쓰우가 베틀을 돌리고 얼마 지나지 않았을 때 누군가 집을 찾은 소리가 들렸습니다. 상대의 목소리를 듣자니 야헤에와 비슷한 나이의 남자임을 알 수 있었습니다. 야헤에는 그 남자와 둘이 잠시 대화를 나누는가 싶더

니 대뜸 미닫이문 너머로 쓰우에게 잠깐 밖에 다녀오겠다
고 했습니다. 쓰우는 그때 두루미의 모습으로 열심히 베
틀을 돌리고 있었습니다. 두루미 부리에서는 두루미의 울
음밖에 나오지 않으니 대답할 수 없었습니다.

　야헤에가 돌아온 건 새벽이 다 돼서였습니다. 야헤에는
"아직도 베틀을 돌리고 있나?" 하고 물었지만 그때도 역
시 두루미의 모습이었던 쓰우는 대답하지 못했습니다. 옷
감을 완성하려면 시간이 조금 더 남은 상황이었습니다.
야헤에는 결국 쓰우를 신경 쓰지 않고 잠들어버린 듯했
습니다.

　쓰우는 야헤에 옆에 웅크리고 앉았습니다. 나이가 마흔
이 넘은 성인이지만 잠든 얼굴은 어린아이 같습니다.

　그때 야헤에가 갑자기 눈을 번쩍 떴습니다.

　"으악!"

　깜짝 놀란 얼굴로 그는 서둘러 몸을 일으켰습니다.

　"아, 그, 그래. 쓰우, 자네도 우리 집에 있었지."

　"깨워서 죄송해요. 어젯밤에는 밖에 나갔다 오셨지요?"

　"그, 그래……. 촌장님이 사라졌다고 해서 모두 함께 찾
았지. 결국 찾지 못하고 집에 돌아와 버렸지만."

　"오죽 피곤하셨을까요."

　"아니, 별것 아닐세. 그보다 쓰우, 그 손에 든 옷감은 자
네가 짠 건가?"

"네."

"우리 어머니도 틈날 때마다 베틀을 돌렸지만 이리 아름다운 옷감은 처음 보는군. 혹시 이게 비단이란 건가?"

"그보다 더 진귀한 옷감이랍니다."

쓰우가 내민 옷감을 받아 들고 야헤에는 눈을 부릅떴습니다.

"옷감이 이리 가벼울 줄이야. 꼭 손에 바람을 든 것 같아."

"역시 야헤에 님은 눈썰미가 뛰어나시네요. 사실 이 옷감에는 신비한 힘이 깃들어 있답니다. 이 옷감으로 만든 옷을 입으면 몸이 가벼워지지요. 마치 바람처럼요."

"뭐라고?"

"야헤에 님, 이걸 마을에 가져가 되도록 부잣집에 팔아서 돈으로 바꿔오셔요."

"이 아까운 걸 어찌 팔겠나."

"괜찮습니다. 전 그러려고 이 옷감을 짰으니까요. 야헤에 님께 은혜를 갚기 위해서요."

야헤에는 쓰우의 얼굴과 옷감을 잠시 번갈아 봤지만 이내 뭔가를 눈치챈 것 같았습니다. 그는 "알겠네" 하고 고개를 끄덕였습니다.

"지금 당장 마을에 다녀오지."

야헤에는 허리를 일으켜 토방으로 내려갔습니다.

"쓰우, 자네 혹시 앞으로도 이 집에 더 있을 생각인가?"

"예. 야헤에 님만 괜찮으시다면."

"이토록 훌륭한 옷감이니 분명 비싼 값에 팔릴 거야. 먹을 걸 한가득 사 올 테니 기다리고 있게."

야헤에는 옷감을 팔기도 전부터 이미 기뻐 보였습니다. 그는 눈신을 신고 도롱이와 갓을 쓰더니 문을 열었습니다.

"이 일대에 도적 떼는 없지만 그래도 만약을 대비해 문에는 꼭 버팀목을 받쳐둬."

야헤에는 고개를 돌려 그렇게 주의하고는 또다시 "그리고" 하고 덧붙였습니다.

"쓰우, 잊지 말게. 안방 안쪽에 있는 장지문만은 절대 열어서는 안 된다는 걸."

쓰우는 눈을 떴습니다. 어느새 화덕 옆에 누워 있었습니다.

평소에 쓰우는 산과 들에서 한쪽 다리만으로 서서 목을 몸의 깃털 속에 깊숙이 파묻은 채 잠이 듭니다. 추운 바깥에서는 그게 가장 따뜻하고 온기를 유지하며 잠드는 자세이기 때문입니다.

그런데 누워서 잠드는 것이 이렇게 안락할 줄은 꿈에도 몰랐습니다. 게다가 이 이불이라는 것도 얇기는 하지만 안쪽에 제대로 온기를 품어줍니다.

얼마나 잠들었을까요. 밤을 새운 피로 때문에 오랫동안 눈을 붙인 것 같았지만 야헤에는 아직 집에 돌아오지 않았습니다.

두루미는 원래 겨울에 먹이를 잘 먹지 않아서 배는 고프지 않았습니다. 하지만 날개가 없는 인간의 모습이라 그런지 평소보다 추웠습니다. 토방에서 땔감을 조금 가져와 화덕의 불씨 위에 가지런히 얹어놨지만 불이 잘 붙지 않았습니다. 재더미에 꽂힌 불쏘시개를 꺼내 저녁때 봤던 야헤에의 행동을 떠올리며 불씨를 쿡쿡 찌르고 숨을 후후 불어보기도 했지만 역시나 잘되지 않았습니다. 두루미가 불을 다루는 건 어렵구나 싶어 쓰우는 체념하고 다시 이 불을 덮었습니다.

문득 안방으로 눈길이 향했습니다. 미닫이문은 닫혀 있습니다. 탁탁, 차르륵 소리를 울리던 베틀도 지금은 잠든 것처럼 고요합니다. 베틀 안쪽에 있는 장지문이 눈에 들어왔습니다.

—무슨 일이 있어도 저 장지문을 열고 안을 들여다봐서는 안 돼.

저녁 무렵, 쓰우에게 주의를 시키던 야헤에의 얼굴이 떠올랐습니다.

—쓰우, 잊지 말게. 안방 안쪽에 있는 장지문만은 절대 열어서는 안 된다는 걸.

야헤에는 마을에 가기 전에도 그렇게 말했습니다. 베틀을 돌리는 동안에는 아침까지 옷감을 완성해야 하니 열심히 베를 짜느라 신경 쓰지 못했지만 지금은 왠지 궁금증이 생겼습니다.

쓰우는 다시 화덕 불씨를 쳐다봤습니다. 목숨을 구해준 야헤에를 배신할 수는 없습니다. 장지문을 열어 안을 들여다봐서는 안 됩니다.

그러나 그 순박하고 정직해 보이는 야헤에에게 비밀이 있다는 것이 쓰우는 영 마음에 걸렸습니다. 뭔가 숨겨야 하는 게 있는 걸까요.

조금이라면. 문을 아주 조금만 열고 안을 한 번 보고 곧 다시 닫으면 괜찮지 않을까요.

쓰우는 몸을 일으켜 안방 쪽으로 다가갔습니다.

가느다란 인간의 손가락을 장지문 위에 얹습니다.

지금 난 뭘 하는 걸까.

그러나 인간의 모습으로 변신해 두루미 일족에게만 전해지는 깃털 옷감을 야헤에에게 건네는, 두루미가 해서는 안 되는 짓까지 이미 저지른 마당입니다. 이제는 그에 관한 모든 걸 알고 싶다는 욕구가 가슴 속에서 싹텄습니다.

쓰우는 숨을 들이마시고…… 다시 내뱉었습니다.

그러나 두 손을 다시 장지문에서 뗍니다.

역시 해서는 안 될 짓입니다.

그때 누군가 갑자기 집 문을 두드렸습니다.

"쓰우, 돌아왔네. 문 좀 열어줘."

쓰우는 하마터면 심장이 멎을 뻔했습니다. 미닫이문을 닫고 토방으로 내려갑니다. 문에 걸린 받침목을 떼자 야헤에가 들어왔습니다. 밖에 내리던 눈은 그친 것 같았습니다.

야헤에는 들어오자마자 마루방에 툭 하고 뭔가를 집어던졌습니다. 쌀과 떡, 채소와 생선. 그리고 하얗고 둥근 과자까지 있습니다.

"술도 사 왔네."

야헤에는 술병을 들어 올리며 만족스러운 듯이 미소 지었습니다.

"자네가 시킨 대로 마을에서 가장 큰 저택을 찾아 돌아다녔네. 그러다 보니 금빛으로 반짝이는 지붕에 은빛 담장을 지닌 거대한 저택이 눈에 들어오는 게 아니겠나. 곧장 그 집에 들어가 주인을 만나게 해달라고 부탁했어."

그곳은 마을에서 으뜸가는 부잣집이었다고 합니다. 넓은 방에 들어가자 값비싼 옷을 걸친 집주인과 그의 부인, 그리고 집에 놀러 온 부인의 지인들이 있었습니다. 야헤에가 옷감을 그들에게 보여주자 부인은 대번에 마음에 들어 했습니다. 집주인은 흔쾌히 돈을 건넸고, 야헤에는 그 돈으로 이것들을 사 왔다고 했습니다.

"이렇게 많이 샀는데도 아직 돈이 남았어. 이것 보게, 이 것도."

야혜에는 호주머니에서 금빛으로 빛나는 것들을 짤랑 거리며 화덕 옆에 던졌습니다. 쓰우는 그것들의 가치를 모 르지만 아마 이것이 인간들이 말하는 돈이라는 거겠지요. 어쨌든 야혜에가 좋아하니 쓰우도 덩달아 기뻤습니다.

"다행이네요, 야혜에 님."

"그래……. 그런데, 쓰우. 자네에게 긴히 할 말이 있네."

야혜에는 별안간 저자세로 뭔가를 부탁하듯 말했습니다.

"옷감을 한 장만 더 만들어 줄 수 있겠나?"

"한 장 더 말인가요?"

"그래. 그 부잣집 부인의 지인들이 저택에 있었다고 했 지? 그들도 똑같은 걸 갖고 싶다고 해서 말이야."

인간 여자들은 다른 사람이 좋은 물건을 손에 넣으면 그것과 동등하거나 더 좋은 물건을 원하는 습성이 있다는 것을 쓰우도 대략은 알고 있습니다. 몸은 조금 고되겠지 만 야혜에의 부탁이라면 들어주지 않을 도리가 없습니다.

"네, 그럴게요."

"옷감을 지어주는 건가?"

야혜에는 쓰우의 손을 붙잡고 기뻐하며 몸을 들썩였습 니다. 야혜에게 손을 내준 쓰우는 쑥스러워졌습니다.

"좋아. 그럼 일단 오늘은 축배를 드세. 배불리 먹고 기운

내서 옷감을 짜는 거야. 자, 이걸 들게나. 아주 맛이 좋아."

야혜에는 쓰우에게 흰 과자를 내밀었습니다.

05

곤지로는 눈이 녹아 질퍽거리는 길을 서둘러 걸었다. 이 앞의 지장보살이 있는 길목에서 왼쪽으로 꺾어 다리를 지나 조금만 더 가면 목적지가 나온다. 찬바람이 볼을 스쳤지만 곤지로의 마음은 편안했다. 이제 곧 포상을 두둑이 받게 될 테니까.

촌장이 홀연히 자취를 감춘 지 오늘로 나흘째. 그날 이후 눈은 내리다가 그치기를 반복했지만 발자국을 덮을 정도의 폭설은 내리지 않았다. 마을 남자들은 매일 주변 강과 계곡, 산을 돌아다니며 촌장을 찾았지만 그의 모습은 좀처럼 보이지 않았다. 촌장이 집을 나간 날 저녁까지 폭설이 내린 게 역시 불행이었다. 촌장의 발자국은 그날 내린 눈에 묻혀 사라져버렸다.

촌장의 부인은 마을에서 유명한 찐빵집 딸이었는데 얼굴도 찐빵처럼 동글동글했지만 최근 나흘 동안 많이 여윈 듯했다. 촌장 부인은 오늘 아침 남편과 친했던 마을 남자들을 집에 불러 "남편을 찾은 분께 상을 드리겠습니다"라는 말을 꺼냈다.

상이라는 게 구체적으로 무엇인지 촌장 부인은 말하지 않았다. 욕심 많고 고집 센 촌장이 집 안에 재물을 꽤 쌓아뒀다고 들었으니 기대해도 되겠지만, 실은 곤지로에게는 그보다 더 큰 야망이 있었다. 촌장에게는 아직 자식이 없고 무슨 이유인지 지금껏 양자도 들이지 않았다. 만에 하나 촌장이 이대로 나타나지 않는다면 그다음 촌장은 누가 될 것인가 하는 이야기가 마을 남자들 사이에서 자주 오르내렸다.

만약 촌장이 결국 변사체로 발견된다면 촌장 자리는 시신을 처음 발견한 남자에게 돌아갈지도 모르는 상황이다. 촌장의 후계자가 없을 때, 보통 고을 관청인 대관소代官所의 관리가 다음 촌장을 지목하게 되는데 전임 촌장 부인의 추천도 아예 무시할 수는 없다.

실은 곤지로는 그날 촌장이 향했을 것으로 짚이는 곳이 있었다. 그러나 큰소리로 떠들 수 없고, 만약 비밀을 밝힌 이후 촌장이 아무렇지 않게 다시 돌아오기라도 한다면 오히려 자신이 위험해질 수 있어서 일부러 입을 다물고 있었다.

그러나 벌써 나흘이나 나타나지 않고 있으니 이제는 촌장이 어디선가 죽었다고 보는 게 타당할 것이다. 곤지로는 그렇게 결론 내렸고 촌장 부인의 포상 이야기까지 나온 마당이니 이제는 마음을 굳히고 다른 이들에게 들키지 않도록 남몰래 집을 빠져나갔다.

목적지였던 집이 어느새 눈앞에 다가왔다.

바람이 훅 불면 날아가 버릴 듯한 초라한 지붕. 눈의 무게를 간신히 버티는 것처럼 보인다.

"여어, 여보시게. 오카요, 지금 안에 있나? 여보시게."

곤지로가 문을 두드리며 외치자 잠시 후, 문을 열고 한 여자가 얼굴을 내밀었다.

"어머, 곤지로 씨. 무슨 일이세요?"

복장은 남루하지만 눈이 번쩍 뜨일 정도의 미인이다. 이름은 오카요. 가냘픈 몸매에 평소 울새처럼 조심스러운 태도가 남자 마음을 자극하는 여자다.

"닌사쿠는 지금 집에 있나?"

"곤지로 씨도 아시잖아요. 이런 시기에는 마을에 없다는 걸."

이 집은 밭이 작은 데다가 닌사쿠의 아내 오카요는 몸이 약해 밭일을 하지 못한다. 결국 부족한 수입을 메꾸기 위해 마을 안에서 여자가 할 일이라고 해봐야 길쌈 정도지만, 가난한 닌사쿠의 집은 베틀마저 팔아버리고 없었다. 대신 오카요는 대나무 세공에 솜씨가 있어서 온종일 바구니와 꽃병, 갓 등을 만들었다. 그렇게 만든 세공품들을 남편 닌사쿠가 짊어질 수 있을 만큼 짊어지고 석 달 겨울 동안 여러 마을을 오가며 팔았고, 오카요는 그동안 혼자 집을 지켰다.

"잠깐만 집 안에 들여주게."

오카요는 딱 잘라 거절하지 못하고 어쩔 수 없다는 듯이 곤지로를 안에 들였다.

마을에서도 유독 가난하고 좁은 집이었다. 싹둑 잘린 대나무와 바구니 등 죽세공품이 산처럼 쌓인 집 안에는 부부가 둘이 몸을 눕히기 충분한 크기의 푹신푹신한 새 이불이 깔려 있다. 그것을 보고 곤지로는 히죽 미소 지었다.

"오카요, 촌장님 일은 알고 있나?"

"네. 나흘 전 밤에 사라지셨다면서요."

오카요가 불안한 듯이 눈길을 이리저리 돌리는 것을 곤지로는 놓치지 않았다.

"촌장님이 자취를 감추기 닷새쯤 전에 폭설이 내린 것 기억하나? 그날 난 집 밖에 나가 있다가 거리를 어슬렁거리는 촌장님을 발견했어. 분위기가 뭔가 심상찮아서 들키지 않게 조심하며 촌장님의 뒤를 밟았지. 그러자 촌장님은 지장보살이 있는 길목에서 방향을 틀어 다리를 건너는 게 아니겠나. 그 다리를 건너면 사람 사는 집이 여기밖에 없는데도 말이야. 촌장님은 그날 과연 여기 무엇을 하러 오셨을까?"

"전 몰라요."

오카요가 눈을 내리깔았다.

"촌장님이 평소에 자네를 마음에 두고 있다는 건 마을 사람들이 다 알고 있지. 오, 이건 뭐지?"

곤지로는 대뜸 옆에 있는 대바구니 아래에 손을 찔러 넣고 곧 다시 빼더니 손바닥을 펼쳐 보였다. 그곳에는 곰방대 담배통이 있었다.

"이게 뭔가? 촌장님이 쓰던 담배통 아닌가?"

"그, 그게 무슨……. 잘못 보신 거예요."

"아니, 지금껏 수도 없이 봐온 물건이니 잘못 봤을 리 없어. 이게 바로 촌장님이 이 집에 들렀다는 증거지."

실은 그 담배통은 5년 전쯤에 곰방대가 부러졌다며 촌장이 곤지로에게 준 것이었다. 그걸 몰래 들고 있다가 마치 바구니 밑에 있었던 것처럼 내보인 것이다. 모든 것은 오카요의 입에서 자백을 끌어내기 위한 연기였다.

"오카요, 고작 죽세공품을 판 돈으로 이렇게 값비싸 보이는 이불을 살 수 있나?"

곤지로는 그렇게 캐물으며 이 집과 어울리지 않는 푹신푹신한 새 이불을 손바닥으로 팡팡 두드렸다.

"이 이불도 혹시 촌장님이 가져다준 거 아닌가? 이봐, 오카요. 자네와 촌장님의 관계는 이미 다 밝혀졌어."

오카요의 얼굴이 시간이 갈수록 창백해졌다.

"자네 집은 촌장님께 돈을 빌리는 대가로 매년 공물을

면제받았지. 그리고 그 돈을 갚기 위해 닌사쿠가 죽세공품을 팔러 다니니 자네 혼자 집을 지키는 날도 자연히 많아졌어. 촌장님은 그 틈을 타 이 집에 들어와 빚을 구실삼으며 자네에게 접근했고 그 뒤로 계속 한 이불을 덮었던 것 아닌가? 자네는 촌장님이 시키는 대로 어쩔 수 없이 따랐겠지만 나흘 전 마침내 견디지 못하고 촌장님을 죽인 거야. 촌장님은 이 집에 오는 걸 마을 사람들이 눈치채지 못하게 거리에 사람이 없는 폭설이 내리는 날만을 일부러 골라 이곳을 찾았지. 그리고 눈은 이 집까지 오는 길에 생긴 촌장님의 발자국을 지워주기도 했어."

"아니에요!"

오카요가 버럭 소리쳤다. 순간 방에 쌓여 있던 대나무들이 덜그럭거리며 쓰러졌다.

"실은…… 남편이 집을 비운 동안 촌장님이 이 집에 오신 건 사실이에요. 빚을 탕감해 주겠다고 해서 거절 못 하고 촌장님께 몸을 맡긴 것도……."

툭 치면 부러질 정도로 연약해 보이는 어깨가 덜덜 떨리고 있었다. 그러나 오카요는 금세 미련을 떨쳐낸 것처럼 곤지로의 얼굴을 노려봤다.

"하지만 전 촌장님을 죽이지 않았어요. 이런 연약한 몸으로 어떻게 그분을 죽일 수 있겠어요?"

슬픔과 분노가 뒤섞인 표정이 공교롭게도 눈부시게 아

름다웠다. 곤지로는 저도 모르게 주춤하고 말았다.

"곤지로 씨는 모르고 계셔요. 저보다 더 촌장님을 미워
한 분이 있다는 걸."

"그게 누군가?"

그러자 오카요는 그의 이름을 입에 담았다.

"야헤에 씨예요."

06

쓰우는 완성된 옷감을 단정히 개었습니다.

인간의 모습으로 돌아가자 입에서 한숨과 비슷한 것이
새어 나왔습니다. 작은 창문 틈새로 들어오는 햇빛. 밖에
는 이미 해가 높이 뜬 것처럼 보입니다.

몸을 일으키자 순간 머리가 핑 돌았습니다. 베틀을 돌
릴 때는 깃털뿐 아니라 상당한 정신력까지 소모합니다.
나흘이나 밤새워 베를 짜다 보면 피로가 쌓일 수밖에 없
습니다.

그래도 쓰우는 '내 목숨을 구해 준 야헤에 님을 위해서
라면' 하고 기운을 냈습니다.

미닫이문을 열자 화덕이 있는 방 안에는 단것이 썩은
듯한 퀴퀴한 냄새가 감돌고 있었습니다. 술이라는 이름의

음료 냄새입니다. 인간은 이 음료를 좋아하는데, 마시면 기분이 좋아져 노래를 부르거나 춤을 춘다고 쓰우도 두루미 영감님께 들은 적이 있었습니다.

야혜에가 쓰우 앞에서 술을 마시기 시작한 건 옷감을 처음 먹을 것으로 바꿔 온 그날이었습니다. 술을 마시자 야혜에는 확실히 사람이 밝아졌고 기분 좋은 듯 이런저런 이야기를 들려주며 쓰우를 기쁘게 했습니다. 야혜에는 쓰우에게도 술을 권했지만 쓰우는 그것을 한 모금 마시자마자 자신과 맞지 않는다는 것을 깨달았고, 기분이 지나치게 들뜨면 베틀을 돌릴 때도 집중하지 못하니 그 이상은 거절했습니다. 그러자 야혜에는 눈에 띄게 아쉬워하며 혼자서 연거푸 술잔을 기울였습니다. 그리고 얼마 후 갑자기 입이 험해지더니 "빨리 가서 베틀이나 돌려!" 하고 쓰우에게 고함쳤습니다. 쓰우는 야혜에의 지시대로 묵묵히 베틀을 돌렸습니다. 집중해서 옷감을 짜는 동안 어느새 아침이 됐고, 화덕 옆에서 잠든 야혜에를 깨우자 그는 쓰우의 얼굴을 보며 사과했습니다.

"어제저녁에는 험한 말을 해서 미안하네."

아아, 이분은 역시 선량한 분이셔. 천성은 착하고 소박한데 그 술이라는 것이 이분을 잠시 혼란스럽게 했을 뿐이야. 쓰우는 그렇게 생각하고 옷감을 야혜에에게 건넸습니다.

그날 집에 돌아온 야혜에는 또다시 과자와 술을 비롯한

먹을 것을 잔뜩 사 왔고 남은 돈은 바닥 위에 뒀습니다. 그러더니 쓰우에게 고개를 숙이며 말했습니다.

"쓰우, 부탁하네. 옷감을 한 장만 더 만들어줄 수 있겠나?"

들어보니 부잣집 부인의 지인이 또 다른 지인들에게 생전 처음 보는 아름다운 옷감을 손에 넣었다며 자랑하고 다녔다고 합니다. 그러면 인간 여자들이 갖고 싶어 하지 않을 도리가 없지요.

"돈을 더 받으면 쓰우, 자네가 좋아하는 이 과자도 얼마든지 사줄 수 있어."

첫 옷감을 판 돈으로 야헤에가 사 온 과자를 먹고 쓰우는 맛있다고 했습니다. 그러자 야헤에는 다음 날에도 그것을 사다 줬습니다. 쓰우는 기뻤지만 실은 야헤에의 웃는 얼굴 외에 다른 원하는 것은 아무것도 없었습니다.

"알겠어요."

쓰우는 흔쾌히 고개를 끄덕이고 그날 밤 세 번째 옷감을 만들었습니다. 그러나 그 옷감을 팔고 온 야헤에는 마치 당연하다는 듯이 또다시 쓰우에게 이렇게 말했습니다.

"옷감을 한 장만 더 만들어줘."

쓰우는 곤란했습니다. 이제는 깃털이 빠져서 날개 크기가 많이 줄었고 정신력도 한계에 도달하기 직전이었습니다. 부디 이번이 마지막이라고 약속해 주세요. 쓰우는 야헤에에게 그렇게 부탁했습니다.

"응? 그래, 알겠네. 알겠어. 알겠으니 얼른 만들어줘."

그러고 나서 야헤에는 술을 마시기 시작했습니다. 첫날에는 한 병만 사 왔던 술병이 그날은 네 병으로 늘어 있었습니다.

쓰우의 눈앞에서 꾸벅꾸벅 조는 야헤에. 그 주변에는 엽전이 잔뜩 널려 있습니다. 저녁 늦게 술에 취한 야헤에가 잘그락잘그락 돈을 세며 웃는 소리가 미닫이문을 넘어 베틀을 돌리는 쓰우의 귀에도 들렸습니다. 야헤에는 "이것만 있으면 앞으로도 영원히 일하지 않아도 돼. 쓰우는 정말 좋은 여자야"라고 했습니다. 쓰우는 칭찬을 들어서 기뻤지만 왠지 복잡한 심경이었습니다. 그래서 야헤에의 목소리가 들리지 않도록 탁탁, 차르륵 하는 베틀 소리에 신경을 집중했습니다.

마침내 옷감이 다 만들어졌습니다.

"야헤에 님, 야헤에 님."

쓰우는 잔뜩 여위어버린 손으로 술에 취해 늘어진 야헤에의 몸을 붙잡고 흔들었습니다. 그러나 야헤에는 "으음……" 하고 신음하고 일어날 기색이 없었습니다.

"야헤에 님, 야헤에 님."

연신 이름을 부르자 야헤에는 이윽고 눈을 뜨더니 몸을 벌떡 일으켰습니다. 토방에 뛰어 내려가 문을 활짝 엽니다. 녹아서 질척거리는 눈. 오늘은 해가 쨍쨍한 날입니다.

"뭐야. 벌써 낮이라고?"

뒤를 돌아본 야헤에는 무시무시한 표정을 짓고 있었습니다.

"죄송해요. 요 며칠 밤새워 베를 짜느라 지쳤는지 평소보다 시간이 오래 걸려버렸어요."

"이 얼간이가!"

야헤에는 별안간 화를 벌컥 내더니 쓰우에게 달려와 뺨을 때렸습니다.

"아야!"

쓰우는 바닥에 널린 엽전 위에 쓰러지며 술병에 머리를 부딪히고 말았습니다.

"마을까지는 일각 반이나 걸린다고. 제기랄. 약속 시각에 늦겠군."

야헤에는 쓰우의 손에서 옷감을 빼앗아 들고 거칠게 구겨서 주머니에 집어넣었습니다. 그리고 어제 마을에서 사온 솜이 잔뜩 들어간 방한복을 입고 그 위에 값비싸 보이는 훌륭한 도롱이를 걸쳤습니다. 토방에는 새것 느낌이 물씬 나는 곰 가죽 눈신도 놓여 있었는데 야헤에는 그 신발을 신고 밖에 나갔습니다.

"쓰우, 잘 들어. 안방에 있는 장지문만은 절대 열면 안돼. 알겠나?"

야헤에는 그렇게 거칠게 내뱉고 문을 쾅 닫았습니다. 질근질근 녹은 눈을 밟는 소리가 조금씩 멀어졌습니다.

아아, 저분은 변해버렸어…….

야헤에가 문을 워낙 세게 닫아서 그 반동 때문에 문이 조금 열리고 말았습니다. 그 틈새로부터 들어오는 바람을 맞으며 쓰우의 볼을 따라 한줄기 눈물이 흘렀습니다.

쓰우가 야헤에의 집에 인간의 모습으로 찾아온 것은 은혜를 갚기 위해서였습니다. 옷감을 돈으로 바꿔 삶에 보탬을 주려는 의도였습니다. 분명 옷감은 비싼 값에 팔렸고, 돈을 얻은 야헤에는 먹을 것과 술, 따스한 옷 등 무엇이든 손에 넣을 수 있게 됐습니다. 그러나 그만큼 야헤에는 지금 소중한 것들을 잃어가고 있습니다.

만약 쓰우가 이 집에 오지 않았다면 야헤에는 변함없이 소박하고 착한 심성을 지닌 남자였을 것입니다. 내가 좋은 뜻으로 한 일이 오히려 야헤에를 변하게 했다는 사실이 쓰우는 슬프고 원통한 것으로 모자라 분노마저 느꼈습니다.

흐느껴 봐야 아무것도 바뀌지 않는다는 것은 압니다. 쓰우는 기분을 가라앉히려 방 안에 널린 술병과 남은 음식, 엽전을 치우기 시작했습니다. 하지만 아무리 시간이 지나도 인간의 모습인 쓰우의 눈에서는 계속 눈물이 흘렀습니다. 정리를 마쳐도 슬픔이 복받쳐 올랐습니다.

"여보시게."

문밖에서 들리는 누군가의 목소리를 듣고 쓰우는 화들짝 놀랐습니다. 문 틈새로 웬 남자 한 명이 집 안을 엿보고 있었습니다. 슬픔에 잠겨 있느라 문에 버팀목을 받쳐놓는다는 것을 깜빡하고 있었습니다.

"여긴 야혜에의 집인데, 자네는 누군가?"

남자는 멋대로 문을 열고 토방에 들어왔습니다. 강가에 깔린 돌멩이처럼 하얗고 매끈매끈한 얼굴의 남자입니다. 방한용인지 목에는 흰 천을 두르고 있었습니다.

"저, 그게……."

당황한 쓰우는 눈물을 닦고 자세를 가다듬었습니다.

"여행 도중에 길을 잃어서 이곳에서 묵고 있습니다. 야혜에 님은 지금 볼일 때문에 마을에 나가셔서 대신 집을 지키고 있답니다."

"오, 그렇군. 야혜에가 들인 색시인 줄 알았는데."

"저, 절대 아닙니다."

쓰우는 고개를 푹 숙였습니다. '그분의 색시가 될 수만 있다면' 하는 생각을 떠올린 적이 없었던 것은 아니지만 어차피 이룰 수 없는 꿈입니다. 돌멩이 같은 얼굴의 남자는 실실 웃으며 설화를 벗고 방 안에 들어왔습니다.

"난 요 앞에 사는 간타라고 하네. 야혜에와는 꼬맹이 시절부터 친구였어."

"그러신가요……."

"잠깐만 실례하겠네."

간타라는 남자는 쓰우 옆을 지나 미닫이문을 열고 안방에 들어갔습니다. 그러더니 베틀에는 눈길도 주지 않고 장지문 앞에 가더니 다짜고짜 문을 열려는 게 아니겠습니까.

"이, 이게 무슨 짓이세요."

쓰우는 한달음에 안방으로 달려가 간타의 손을 붙들었습니다.

"무슨 일이 있어도 이 문만은 열지 말라고 하셨어요."

간타는 눈을 끔뻑였지만 쓰우가 너무도 진지하게 호소해서 "아, 그래" 하고 장지문에서 손을 뗐습니다.

"응. 아무리 친구라고 해도 집을 비운 동안 멋대로 굴어서는 안 되겠지. 미안하네."

간타는 정확히 무슨 일인지는 몰라도 이해해 주는 듯했습니다. 그리고 겸연쩍은 듯이 에헴 하고 헛기침을 하고 목에 두른 천을 풀었습니다. 그 천 끝에는 단풍잎 세 장이 자수로 새겨져 있었습니다.

"화덕 속 땔감이 거의 재로 변했군. 자네는 안 춥나?"

"춥기는 하지만 전 불을 잘 못 피워서……."

"하하, 그렇군. 이런, 이런."

간타가 안방을 나가 토방에 내려가자 쓰우는 미닫이문을 닫았습니다. 간타는 토방에서 가져온 삼나무 껍질을 비벼 불씨 위에 얹고, 가는 나뭇가지를 뚝뚝 부러뜨려 불을 지폈습니다. 그러고는 화덕에 대고 숨을 불어넣자 잠시 후 불이 붙었습니다. 역시 인간은 다릅니다. 그건 그렇고 이 간타라는 남자는 방 안에 완전히 자리를 잡고 앉아서 집에 돌아갈 마음이 없어 보입니다.

"간타 님, 야헤에 님께는 무슨 볼일이 있으셔서……?"

"아, 실은 조금 전 후미…… 그러니까 우리 집사람이 아이를 낳아서 말이야. 소식을 전하러 왔네."

"아이 말인가요?"

생각지도 못한 말에 쓰우는 화들짝 놀랐습니다.

"하하하. 그동안 우리 부부에게 좀처럼 아이가 생기지 않았는데, 바다 근처의 영험한 신사에 가서 소원을 빌었더니 대번에 아이가 들어선 게 아니겠나."

"경사네요."

"그렇지. 경사고말고. 그런데 요즘은 시기가 시기라 그런지 드러내놓고 기뻐할 수가 없어."

"왜 기뻐할 수 없나요?"

"나흘 전 마을 촌장님이 사라져서 아직도 나타나지 않고 있거든."

그러고 보니 쓰우가 처음 이 집을 찾은 날 밤, 야헤에는 누군가와 함께 밖에 나갔습니다. 그리고 다음 날 아침에 돌아온 야헤에는 촌장님을 찾으러 다녀왔다고 했습니다.

"마을 젊은이들 사이에서는 촌장님이 강물에 휩쓸려 갔다는 소문이 퍼지고 있어. 그러니 아이가 태어났다며 경사라고 떠들고 다니기 좀 그러지 않겠나."

"듣고 보니 그렇겠네요. 하지만…… 자제분이 이제 막 태어났는데 이런 곳에 계셔도 되나요?"

"괜찮네, 괜찮아. 막상 아이가 태어나면 남편은 도와줄 수 있는 게 없으니까. 이웃집의 쭈그렁 할멈이 산파를 맡아줬는데 내가 주위를 어슬렁거리니 바깥양반은 어디 딴 데 나가 있으라며 도리어 화를 내더군. 야혜에가 돌아올 때까지 자네와 함께 기다리는 게 좋을 것 같아."

쓰우는 어째서인지 민폐라고 느껴지지는 않았습니다. 이 표표하고도 뻔뻔한 남자에게서 묘한 매력을 느꼈기 때문입니다.

"차라도 한잔하고 싶지만 야혜에도 나처럼 가난뱅이이니 집 안에 그런 건 없겠지. 그냥 맹물이라도 데워서 같이 한잔하겠나."

그는 토방에 치워 둔 쇠주전자를 꺼내고 물동이 뚜껑을 열었습니다.

"이래 봬도 야혜에와는 아주 돈독한 사이야. 야혜에도 우리 부부가 아이를 얻기를 함께 기원해 줬지."

간타는 물을 주전자에 따르며 들뜬 목소리로 말했습니다.

"그래서 실은 아이 이름을 어떻게 지어야 할지 야헤에와 상의하러 왔네."

"어머, 멋지네요."

쓰우는 솔직하게 대답했습니다. 그리고 이런 사람에게 신뢰받는 야헤에는 역시 성품이 올바른 인물인 것 같아서 기뻤습니다.

"실은 아이 이름을 거의 정해두기는 했다만."

간타는 주전자를 화덕 삼발이 위에 얹더니 쓰우의 얼굴을 보고 빙그레 미소 지었습니다.

07

야헤에는 눈이 폴폴 흩날리는 거리를 성큼성큼 걷고 있었다. 등에 짊어진 봇짐 속에는 떡과 채소, 그리고 이 일대에서는 보기 드문 진귀한 생선이 들어 있다. 허리에는 술병도 매달았다. 얼른 집에 돌아가서 오늘 밤은 쓰우와 둘이서 소박한 연회를 즐길 생각이었다.

강 옆으로 지금은 쓰지 않는 오래된 물레방앗간이 보였다. 야헤에가 사는 마을을 나타내는 징표다. 멀리서 탁탁, 차르륵. 탁, 차르륵 하는 소리가 들린다. 마을 여자들이 열심히 베틀을 돌리고 있는 것이다.

야혜에는 순간 흠칫하며 갓 위에 손을 얹었다.

방앗간 옆에 누가 서 있었다. 야혜에와 마찬가지로 도롱이를 두르고 갓을 썼다. 선 자세를 보니 남자인 것은 알 수 있지만 깊숙이 눌러쓴 갓 때문에 얼굴이 보이지 않았다. 마치 얼굴을 일부러 가리고 서 있는 듯했다.

물레방앗간까지 앞으로 몇 걸음 남았을 때 그 남자가 불쑥 고개를 들었다.

"곤지로……."

야혜에는 발걸음을 멈췄다. 남자가 갓 아래에서 으스스하게 미소 짓고 있다. 누가 봐도 야혜에를 기다리던 자의 모습이었다.

"야혜에, 조금 전 자네 집에 다녀왔네. 그런데 집 안에 쓰우라는 여자가 있더군. 자네는 마을에 장을 보러 갔다던데."

"그래, 그랬지."

"보아하니 이것저것 많이도 샀군. 허리에는 술병까지 달려 있고. 자네 처지에 장을 이렇게나 볼 돈이 있나?"

"실은 집에 어머니가 돌아가시며 남겨준 옷감이 있었네. 유품이지만 내게는 필요가 없으니 내다 팔았지. 내게는 먹을 게 더 필요하니까."

"그래. 그 말은 거짓이 아니겠지. 하지만 자네 어머니가 만든 옷감이 그렇게 장을 잔뜩 볼 수 있을 만큼 비싸게 팔릴 것 같지는 않은데 말이야. 그리고 촌장님이 사라진 이런 비상시국에 굳이 마을까지 장을 보러 간 것도 좀 이상하지. 마치 촌장님이 이미 세상에 없다고 생각하는 사람 같잖나."

"무슨 말을 하려는 건가?"

"자네가 판 건 옷감이 아니라 촌장님에게서 빼앗은 의복이 아닌가?"

곤지로는 뱀 같은 눈빛으로 야혜에를 봤다.

"그 무슨 말도 안 되는 소리를."

야혜에는 곤지로 옆을 그냥 지나쳐 집으로 향하려 했지만 그는 야혜에의 길을 가로막듯이 섰다.

"실은 촌장님과 각별한 사이의 여자에게서 들었네. 촌장님과 사이가 좋았던 자네 아버지가 촌장님께 공물을 면제받는 대신 거액의 빚을 떠안았다고 하던데."

"뭐 문제라도 있나?"

"나흘 전 촌장님이 자네 집을 찾아오지 않았나? 아버지와 어머니가 다 돌아가시자 자네에게 남은 빚을 받으려고 말이야. 자네는 그 빚을 없애기 위해 촌장님을 죽였네. 그리고 폭설 때문에 거리에 아무도 없는 틈을 타 시신을 어딘가에 숨겼어."

곤지로는 차갑게 미소 지었다.

"야혜에, 이제는 포기하고 나와 함께 촌장님 집으로 가세. 사모님 앞에서 솔직히 털어놓는 거야. 그리고 기뻐하게. 자네를 붙잡은 대가로 내가 다음 촌장 자리를 차지하게 될 테니."

의기양양하게 말하는 곤지로의 얼굴에 순간 촌장의 얼굴이 겹쳤다. 머리에 피가 끓어올랐지만 야헤에는 간신히 마음을 가라앉혔다.

"자네 말대로 내가 정말 촌장님의 시신을 숨겼다면 어디에 숨겼다는 말인가? 설마 우리 집이라고 하지는 않겠지."

"그렇게 생각해서 자네 집 안에 있는 장지문을 열어봤지만 아무것도 없더군. 하지만 그날 밤 내가 자네를 부르러 갔을 때만 해도 그 안에 시신이 있었겠지. 그 후, 어디 산에라도 들고 가서 묻었을 거야."

"말도 안 되는 소리 말게. 그날 저녁에 눈이 그친 뒤로 오늘까지 발자국을 덮을 정도의 눈은 내리지 않았어. 그런 짓을 하면 우리 집에서 산으로 향하는 길목에 당연히 발자국이 남지 않겠나?"

겨울에는 아무도 산과 들에 가지 않는다. 산으로 향했다면 반드시 눈에 띌 것이고 발자국도 눈에 남고 만다. 그러나 곤지로는 포기하지 않았다.

"그렇다면 그날 내가 자네 집에 가기 전까지 자네는 어디서 뭘 했지? 저녁까지 내린 폭설 때문에 촌장님의 발자취를 따라가고 싶어도 발자국이 전부 사라져버렸어. 촌장님을 죽이고 시신을 산까지 옮긴 자네의 발자국도 지워졌을 테고."

"산으로 시신을 옮기고 다시 집에 돌아오는 게 일각이라는 시간으로 끝나겠나? 그리고 산에 가는 발자국은 지워졌어도 저녁에 다시 돌아올 때 발자국은 남았겠지. 마을과 산 사이에 그런 흔적이 있었나?"

"흐음……."

"또 아무리 폭설이 내렸다고 해도 밤이 되기 전에는 밖을 돌아다니는 사람이 있을 수도 있네. 그런 상황에서 시신 같은 걸 옮기면 금세 들통나기 마련이야."

야헤에의 지적에 곤지로는 반박하지 못했다.

"곤지로, 이런데도 끝까지 날 살인범으로 몰 생각이라면 우선 촌장님의 시신부터 찾아오게. 그리고 내가 죽였다는 증거를 보이게."

야헤에는 큼지막한 봇짐을 짊어지고 다시 걷기 시작했다.

"야헤에, 자네 두고 봐!"

등 뒤에서 곤지로가 소리쳤다.

"내가 반드시 자네의 악행을 밝히고 말 테니까. 다음 촌장이 될 사람은 바로 나라고!"

왜 그렇게 촌장 따위가 되고 싶은 걸까. 야헤에는 이해하지 못했다. 어쨌든 곤지로가 시신을 찾아낼 일은 없다.

시신을 분명 산에 묻기는 했다. 그러나 눈에 발자국은

남지 않았고, 인간의 힘으로는 도저히 파낼 수 없는 깊은 곳에 시신을 묻었다. 야헤에는 구덩이 속으로 시신을 던질 때 본 죽은 촌장의 얼굴을 떠올리고 몸을 부르르 떨었다.

이 얼굴은 이제 머릿속에서 지워버리자. 야헤에는 눈을 저벅저벅 밟으며 집을 향해 걸었다.

08

그 후에도 간타라는 남자는 쓰우와 잠시 잡담을 나눴지만 야헤에가 좀처럼 돌아오지 않자 역시 아내가 걱정됐는지 집에 돌아갔습니다. 쓰우는 그를 보내고 다시 안방에 틀어박혀 베틀을 돌리기 시작했습니다.

탁탁, 차르륵. 탁, 차르륵.

이제는 정말 마지막입니다. 쓰우는 몸에서 깃털을 떼어 실로 만들어서 베틀에 집어넣습니다.

그때 문이 벌컥 열리는 소리가 들렸습니다.

"오, 베틀을 돌리고 있군. 좋아, 좋아."

야헤에가 미닫이문 너머에서 말했습니다. 목소리는 이미 잔뜩 술에 취한 것처럼 들립니다. 쓰우는 두루미의 모습이어서 대답할 수 없습니다. 술김에 미닫이문을 여는 게 아닐까 걱정스럽기도 했지만 야헤에는 화덕 옆에 앉은 듯했습니다. 꿀꺽꿀꺽 술을 들이켜는 소리가 들립니다.

탁탁, 차르륵. 탁, 차르륵.

쓰우는 여느 때보다 더욱 진심을 담아 베를 짰습니다.

"쓰우, 내 목소리 들리나?"

시간이 조금 흘렀을 때 미닫이문 너머에서 야헤에가 다시 말을 걸었습니다.

"실은 오늘 옷감을 들고 마을에 가는 길에 소식을 들었네. 점심이 지날 무렵 촌장님의 시신이 강 아래의 마을에서 발견됐다더군. 자네는 모를 수 있겠지만 이 앞에는 다리가 있어서 말이야. 아무래도 거기서 발을 헛디뎌 넘어지신 것 같네. 물에 빠져 돌아가셨는지, 아니면 차가운 물 때문에 심장이 멎었는지는 모르겠지만 아무튼 떠내려가다가 어딘가에 몸이 잠시 걸려 있었겠지. 그러다가 오늘 또다시 물살에 떠내려갔고 마침내 발견된 거야. 참으로 불행한 일일세."

또다시 술을 꿀꺽 마시는 소리가 들렸습니다.

"실은 이 이야기를 오늘 옷감을 사준 분께도 해드렸네. 그분이 말하기를 촌장님의 뒤를 이를 자가 없으면 대관소 관리가 마을에 찾아와 새 촌장을 정해준다더군. 하지만 촌장이 되려면 그만한 자격이랄까, 재산 같은 게 있어야 한다고 하네. 아니, 재산만 있으면 관리에게 몰래 찔러주고 촌장이 될 수도 있다고 해."

야혜에가 무슨 생각으로 이런 이야기를 하는지 쓰우는 이해하지 못하고 슬퍼졌습니다.

"그런데 옷감을 사준 분이 대뜸 나더러 촌장 자리에 지원해 보는 게 어떻겠냐고 권하더군. 실은 나도 어느 정도 마음은 있었지만, 알아보니 촌장이 되려면 아내가 있어야 한다고 하는 게 아닌가."

그 말을 듣고 쓰우는 손을 멈칫했습니다. 아내? 설마……. 아아, 역시 야혜에 님은 나를 마음에 두고 계셨구나. 쓰우는 두루미의 모습 그대로 하마터면 기뻐서 소리를 지를 뻔했습니다.

"자네에게 매일 사다 준 과자가 있지? 그게 마을에 있는 어느 찐빵 가게에서 사 오는 건데, 실은 난 그 찐빵 가게 아가씨를 평소 마음에 두고 있었네. 그러다가 오늘 용기 내어 그녀에게 말을 걸었지. 그러자 상대도 나에게 마음이 조금은 있었는지 살갑게 대해주더군. 분명 내가 평소에 돈을 많이 쓰는 걸 보고 마음이 끌렸겠지. 쓰우, 난 그 여자를 내 색시로 맞으려 하네."

쓰우는 순식간에 몸이 차갑게 식었습니다.

"그런데 말이지, 쓰우. 실은 결혼을 하려면 지금보다 돈이 더 필요하네. 그러니 자네가 부디 옷감을 조금만 더……."

그때 쿵쿵, 쿵쿵하고 집 문을 두드리는 소리가 들렸습

니다.

"야헤에 님, 열어주세요. 야헤에 님."

야헤에가 문의 버팀목을 떼어내는 소리가 들렸습니다.

"야헤에 님!"

"아, 아즈키 아니냐. 여긴 무슨 일로?"

"사랑하는 야헤에 님을 보고 싶어서 한달음에 달려왔지요. 야헤에 님을 찾으러 이리저리 마을을 돌아다니다가 간신히 이곳에 도착했답니다."

"오, 이렇게 추운 날에. 자, 이리 와서 불을 좀 쬐거라."

"아즈키는 불보다 야헤에 님의 품 안이 더 좋아요."

지금 야헤에와 대화를 나누는 여자가 바로 찐빵 가게 아가씨인 것 같았습니다.

쓰우는 결국 참지 못하고 인간의 모습으로 변신해 미닫이문을 열었습니다. 야헤에와 부둥켜안은 여자는 한눈에 봐도 찐빵처럼 통통한 여자였습니다.

"야헤에 님, 저 해골처럼 여위고 음침해 보이는 여자는 누구예요?"

"아, 그게…… 우리 집에서 베를 짜는 여자일세."

쓰우는 야헤에에게 달려가 그의 뺨을 후려쳤습니다. 찐빵 여자가 비명을 질렀습니다. 야헤에는 잠시 겁먹은 듯했지만 얼마 지나지 않아 성을 내며 쓰우의 멱살을 잡았습니다. 쓰우도 똑같이 야헤에의 멱살을 쥐었습니다.

"야혜에 님, 대체 무슨 생각이신가요? 저는 야혜에 님이 이런 여자를 신부로 들이라고 옷감을 만든 게 아니에요."

"뭐? 은혜를 갚겠다며 멋대로 찾아와 베를 짠 사람은 쓰우 자네 아닌가? 정말로 내게 은혜를 갚을 요량이라면 마지막까지 확실히 해야지. 자네는 앞으로도 그저 옷감을 만들어 내게 바치면 되는 거야!"

야혜에는 쓰우를 홱 밀쳐 쓰러뜨리더니 그녀의 몸 위에 올라타 얼굴을 때렸습니다. 쓰우는 저항을 포기했습니다.

"이년이, 이년이" 하고 침을 튀기며 야혜에가 욕설을 내뱉었습니다. 찐빵 여자가 "더요, 더요!" 하고 깔깔 웃는 소리가 들렸습니다. 지금 두 뺨 위에 흐르는 것이 눈물인지 피인지 쓰우는 알 수 없습니다.

"야혜에, 너 이 자식, 무슨 짓을! 그만둬!"

그때 누군가가 외치는 소리가 들리자 야혜에가 쓰우의 몸 위에서 떨어졌습니다. 야혜에를 뒤에서 제압한 사람은 간타였습니다. 어느새 그는 집 안에 들어와 있었습니다.

"간타, 자네야말로 뭔가? 멋대로 남의 집에 들어오다니."

"오늘 우리 집에 아이가 태어났네. 그래서 자네에게 맡겨둔 열빙어님을 찾으러 온 거야."

"흥, 그거 말인가."

야혜에는 간타의 팔을 뿌리치더니 안방에 들어가 지금껏 열지 말라고 한 장지문을 활짝 열어젖혔습니다. 그곳에는 나무로 만든 배가 볼록한 물고기상이 놓여 있었습니다. 야헤에는 그것을 움켜쥐더니 간타 쪽을 향해 집어 던졌습니다.

"이봐, 험하게 다루지 말라고."

간타는 물고기 조각상을 받아들더니 소중히 그것을 쓰다듬었습니다. 간타의 말에 따르면 조각상은 '새끼를 밴 열빙어님'이라고 하는데, 소원을 빌고 친한 사람 집 안의 볕이 잘 드는 곳에 두고 소원이 이루어질 때까지 그 누구도 조각상을 봐서는 안 된다고 합니다. 아이를 얻어 소원을 이룬 다음에는 다시 원래 있던 집에 조각상을 갖다 놓고 아이가 처음 몸을 담근 더운물에 깨끗이 씻어야 한다지요.

"애초에 난 집 안에 이걸 두는 걸 반대했어. 어머니가 하도 시끄럽게 구는 바람에 어쩔 수 없이 둔 거지."

"그래. 미안하네. ……그건 그렇고 야헤에, 쓰우 씨는 자네 집 손님이 아닌가. 이게 대체 무슨 일인가?"

"아니. 아니야. 어쨌든 참견하지 말고 그 여자를 내게 다시 넘겨!"

쓰우는 간타의 등 뒤에 숨었지만 야헤에는 아랑곳하지 않고 달려왔습니다. 간타가 중간에 끼어들어 필사적으로 말렸습니다.

"그만하라고 했지!"

몸싸움을 벌인 끝에 간타는 야헤에를 퍽 밀쳤습니다. 쓰러진 야헤에에게 찐빵 여자가 달려갑니다. 쓰우는 간타의 손에 이끌려 집 밖에 나갔습니다. 눈이 녹아 질퍽질퍽한 추운 길을 둘이 함께 뛰기 시작했습니다. 잠시 후, 마을 변두리에 있는 물레방앗간 앞까지 가자 간타는 발걸음을 멈추고 헉헉거리며 흰 숨을 내뱉었습니다.

"쓰우 씨, 자네가 용서하게나. 야헤에는 성정이 못된 녀석은 아니지만 가끔 저럴 때가 있어. 아무튼 오늘 밤은 그 집에 돌아가지 않는 게 좋겠군. 이 방앗간에서 하룻밤 눈을 붙이는 게 어떻겠나? 마음 같아서는 우리 집에서 재워주고 싶지만 아이가 이제 막 태어나서 상황이 여의치 않아."

간타는 그렇게 말하며 목에 두르고 있던 천을 풀었습니다. 단풍잎 세 장이 나란히 늘어선 간소한 문양의 천입니다.

"이거라도 두르고 있게나. 후미가 만들어 준 건데 제법 따뜻해."

"아닙니다. 어떻게 이런 소중한 물건을……."

"어디서 떨어뜨렸다고 하면 다시 만들어주겠지."

간타는 미소 지으며 쓰우의 목에 천을 둘러 줬습니다. 지금껏 느껴 보지 못한 온기가 목 아니, 가슴속에서 고개를 들었습니다. 간타는 하핫 하고 쑥스러운 듯이 웃었습니다.

"그건 그렇고, 쓰우 씨는 참으로 아름답군. 야혜에에게는 아까울 정도야."

"고맙습니다……."

쓰우는 울음 섞인 목소리로 대답했습니다. 나를 덫에서 구해준 사람이 왜 간타가 아닐까 하고 하늘을 원망했습니다.

"부디 어두운 표정 짓지 말게나. 오늘은 내 아들이 태어난 경사스러운 날이니."

"네."

쓰우가 미소 지어 보이자 간타도 껄껄 웃음을 터뜨렸습니다.

"그럼 편히 쉬시게."

"안녕히 주무세요."

간타의 모습이 시야에서 사라질 때까지 지켜보다가 쓰우는 눈물을 닦고 두루미의 모습으로 돌아갔습니다.

차디찬 밤하늘을 날아가는 여윈 두루미. 그 목에는 천한 장이 쓸쓸히 감겨 있습니다.

옛날 옛적, 아니, 그보다 더 오래된 옛날이야기입니다.

09

옛날 옛적 어느 눈 쌓인 마을에 야헤에라는 젊은이가 살았다. 야헤에는 아버지 간타, 어머니 후미와 함께 셋이 화목하게 살았지만 집안 살림은 가난했고 집에 딸린 밭은 작고 흉작도 잦아 공물을 바치지 못할 정도였다.

마을에는 욕심 많은 촌장이 살았다. 그도 전에는 간타처럼 평범한 농사꾼이었지만 어느 해 겨울, 전임 촌장이 강에 떨어져 죽은 것을 계기로 대관소 관리의 지명을 받아 촌장 자리에 오른 매우 운 좋은 남자였다. 남들 몰래 뒤에 쌓아둔 돈으로 관리를 꾀었다는 소문도 돌았다.

그가 농사꾼이었을 때만 해도 간타와 촌장이 된 남자 사이는 아주 돈독했고 이따금 서로 협력해 밭일과 마을 잡일을 함께하기도 했다. 이제는 무엇을 감추랴. 이 촌장의 이름은 야헤에라고 했는데, 간타는 나중에 이 친구의 이름을 따서 아들에게도 야헤에라는 이름을 지어줬다.

이후 야헤에가 열아홉 살이 된 해의 봄, 아버지 간타가 덜컥 세상을 떠나 버렸다.

슬픔에 잠긴 야헤에와 후미에게 무시무시한 얼굴로 달려온 사람이 바로 촌장 야헤에였다. 촌장은 아버지가 남긴 빚을 갚으라며 모자를 협박했다. 후미는 앞으로 옷감을 만들어 팔면서 조금씩 갚아 나가겠다고 촌장에게 약속

했다.

그러나 원래 나쁜 일은 겹치기 마련이라고 이듬해 여름에는 후미도 세상을 떠나 버렸다.

가난한 야혜에는 어머니의 장례식도 제대로 치르지 못하고 슬픔에 잠긴 나날을 보냈다. 그렇게 가을이 지나고 겨울이 찾아왔다.

"이보게, 야혜에 집에 있나?"

야혜에의 집 문을 열어젖히고 도깨비 같은 얼굴의 촌장이 들어왔다.

"자네는 도대체 빚을 언제 갚을 거야?"

어머니가 돌아가신 사정을 봐주지도 않고 연말이 다가오자 촌장이 집에 직접 찾아온 것이다.

"자네 어머니가 빚을 반드시 갚을 거라고 한 건 결국 거짓말이었나?"

"아, 아뇨. 그런 건……."

야혜에는 덜덜 떨며 고개를 가로저었다. 촌장의 얼굴이 화덕 속 숯처럼 붉게 달아올랐다.

"다른 사람에게 빌린 돈을 갚지 않는 인간은 짐승보다 못한 법!"

그렇게 말하며 촌장은 야혜에의 얼굴을 후려쳤다. 가엾게도 야혜에의 코에서 피가 튀었다.

"잘 들어. 친척, 친구, 누구한테 빌리든 간에 내일까지 갚을 방도를 마련해. 내일 다시 올 테야."

촌장을 그렇게 말하고 돌아가 버렸다. 돈을 갚으라고 해도 야헤에에게는 갚을 방도가 없었다. 야헤에는 촌장의 얼굴을 떠올리자 또다시 두려워져서 몸의 떨림이 멎지 않았다. 오래전 친구의 아들, 그것도 자신의 이름까지 물려받은 사람을 어떻게 이렇게까지 심하게 대할 수 있는 걸까 싶었다.

똑똑똑. 누군가가 집 문을 두드린 건 야헤에가 그런 생각을 하고 있을 때였다.

"실례합니다. 문 좀 열어주시겠어요?"

여자 목소리였다. 촌장이 아니라는 사실에 가슴을 쓸어내리고 문을 열어주자 그곳에는 나이가 마흔 중반쯤 돼 보이는 여자가 서 있었다. 낯선 얼굴이지만 집 안에 들이고 용건을 묻자 여자는 이렇게 대답했다.

"벌써 20년도 더 됐을까요. 당신의 아버지 간타 님께 큰 신세를 진 쓰우라고 합니다. 이걸 봐주세요."

여자는 야헤에에게 웬 천 한 장을 보였다. 단풍잎 세 개가 그려진 천. 어머니가 자수로 곧잘 새겨 넣었던 문양이었다.

"그런가요. 하지만 저희 아버지는 이미 돌아가셨습니다만."

"네, 저도 하늘 위에서 다 지켜보고 있었답니다."

야헤에는 속으로 참 이상한 여자가 다 있다며 의아해했다.

"야헤에 님, 당신은 지금 몹시 탐욕스러운 남자 때문에 고통받고 계시지요?"

"탐욕스럽다니, 그 말씀은 좀……."

말은 그렇게 했지만 갑작스러운 질문에 야헤에의 얼굴에 솔직한 심정이 드러난 듯했다.

"저는 당신을 도와드리기 위해 이곳을 찾았답니다. 이걸 받아주세요."

여자는 불현듯 왼쪽 소매에 오른손을 집어넣더니 긴 뭔가를 쓱 꺼냈다. 괭이였다. 이런 걸 어떻게 소매 속에 숨겨두고 있었을까.

"제가 사는 마을 장로분께 특별히 빌려온 덴구 괭이랍니다. '덴구의 딸꾹질, 딸꾹, 딸꾹, 딸꾹' 하고 말하며 휘두르면 열 배의 힘이 생기지요. 야헤에 님, 이걸로 촌장의 머리를 때리셔요. 단번에 목숨이 끊어질 테니까요."

여자는 농담하는 것처럼 보이지는 않았다.

"그러다가는 제가 붙잡혀버릴 텐데요."

"시신을 잘 숨기면 되지요."

"어떻게 그럴 수 있겠습니까?"

"쓰우에게는 날씨를 읽는 능력이 있답니다. 오늘 밤부터 내릴 폭설은 내일 저녁까지 이어졌다가 그 뒤 당분간은 눈이 내리고 그치기를 반복할 거예요. 그걸 이용하는 거예요. 이 뎅구 괭이를 쓰면 땅을 아주 깊이 팔 수도 있답니다."

"눈이 내린다면 더욱 무리지요. 발자국이 남게 되는데요."

그러자 쓰우는 요사스럽게 미소 지었다.

"어머님께서 쓰시던 베틀이 있지요? 쓰우가 그걸로 옷감을 짜서 옷을 만들어드리겠습니다. 그걸 입고 시신을 묻으러 가시면 돼요."

야혜에가 무슨 말인지 이해 못 하고 고개를 갸웃거리자 쓰우는 태연하게 덧붙였습니다.

"제가 짠 옷감으로 만든 옷에는 입은 자의 몸이 바람처럼 가벼워지는 힘이 깃든답니다. *그걸 입고 깃털처럼 가벼워진 몸으로 눈 위를 걸으면 발이 눈에 잠기지 않으니 발자국도 남지 않지요.* 다만 야혜에 님과 촌장의 시신에 걸칠 두 사람 몫의 옷감이 필요하답니다. 그걸 옷으로 만들기도 해야 하니 적어도 이틀은 필요해요. 그러니 촌장을 죽인 다음에는 시신을 미닫이문 안쪽 방의 장지문 너머 같은 곳에 잠시 숨겨두셔야 해요."

혼자서 설명을 이어가는 쓰우를 야혜에는 멍하니 쳐다봤다. 꿈이라도 꾸고 있나 싶었다.

"내일 촌장이 오면 계획을 실행하기로 해요. 촌장이 저를 보면 안 되니 지붕 위에서 이야기를 듣고 있을게요. 똑똑똑, 똑똑똑 하고 간격을 두고 세 번씩 문을 두 번 두드리면 이 쓰우라고 생각하셔요."

"하지만."

"지금 고민할 때가 아니에요. 촌장이 원망스럽지 않으세요?"

야혜에가 입을 다물고 있자 쓰우는 더욱더 몰아붙였다.

"쓰우 씨, 당신은 대체 무엇을 위해 이런 일을 벌이시는 겁니까?"

야혜에의 질문에 쓰우는 주저 없이 대답했다.

"은혜를 갚기 위해서랍니다. 저는 이런 것밖에 해드릴 게 없으니까요."

그렇게 말하는 쓰우의 눈동자 안쪽에서는 지금껏 처음 보는 어두운 그림자가 비쳤다. 야혜에는 순간 모든 것을 이해했다. 이 쓰우라는 여자도 촌장에게 어떤 원한 같은 게 있다는 것을.

"알겠습니다."

보이지 않는 힘에 이끌리듯 야혜에는 고개를 끄덕였다. 쓰우가 기쁘게 미소 짓고 미닫이문을 열어 안방에 들어가는 모습을 멍하니 바라봤다.

"제가 괜찮다고 하기 전까지는 무슨 일이 있어도 방 안을 엿보시면 안 돼요."

그 말을 끝으로 미닫이문이 닫혔다.

저 쓰우라는 여자는 대체 촌장에게 어떤 원한을 품은

걸까. 싸늘히 식은 화덕 옆에 앉은 야헤에의 의문에는 답해주지 않고 탁탁, 차르륵. 탁, 차르륵 하고 베틀 돌리는 소리가 울리기 시작했다.

- 1로 돌아가 3, 5, 7 순서로 읽는다 -

밀실 용궁

일본 전래 동화 원작,『우라시마 다로』

어부인 우라시마 다로는 괴롭힘을 당하는 거북이를 구해준 보답으로 용
궁에 초대받게 된다. 용궁에서 3년을 지낸 뒤 고향으로 돌아왔지만 인간
세상은 이미 300년이라는 세월이 지난 후였다.

거북이를 구해준 우라시마 다로는
거북이를 따라 용궁에 가서 연회를 즐긴다.
한편 그 시각, 용궁에서는 닭새우가 살해되는데…….

이

옛날 옛적 어느 마을에 우라시마 다로라는 이름의 마음씨 고운 젊은 어부가 살았습니다. 다로는 연로한 어머니와 둘이 살았습니다. 어느 날 아침, 다로는 평소처럼 물고기를 낚아 집에 돌아가려고 바닷가를 걷고 있었습니다. 그러자 다섯 명 정도 되는 어린아이가 뭔가를 둘러싼 것이 보였습니다. 아이들은 거북이 한 마리를 막대기로 찌르며 괴롭히고 있었습니다.

"이 느림보, 느림보.""얼른 머리를 내밀어 보라고."

"이봐, 거기 너희!"

다로는 참다못해 목소리를 높였습니다.

"거북이가 불쌍하지도 않아? 여기 조금 전 낚은 물고기가 있다. 이것과 거북이를 바꾸지 않겠어?"

다로는 물고기를 담은 바구니를 아이들 앞에 내밀었습니다. 아이들은 서로 얼굴을 마주 보다가 그 안에서 가장 나이가 많아 보이는 남자아이가 다로가 내민 바구니를 홱 낚아채고는 부리나케 뛰어갔습니다. 다른 아이들도 그 아이를 뒤쫓아 사라져버렸습니다.

"잠깐만."

그때 가장 몸집이 작은 남자아이가 다로를 향해 뭔가를 집어 던졌습니다. 연분홍색 작은 조개처럼 보입니다. 그것을 본 거북이가 모래를 헤치며 조개를 향해 기어가더니 그것을 소중히 품에 안았습니다. 거북이는 짧은 목을 옆으로 틀어 다로를 보더니 "덕분에 살았습니다" 하고 여자 목소리로 말했습니다. 다로는 화들짝 놀랐습니다.

"거북이가 인간의 말을 할 줄 아네?"

"전 평범한 거북이가 아니에요. 용궁에서 용녀님을 모시는 궁녀랍니다."

다로도 용궁 이야기라면 어린 시절 어머니께 들은 적이 있습니다. 아름다운 용녀님과 그녀를 보필하는 바닷속 생물들이 즐겁게 산다는 바닷속 성입니다. 다로는 허황한 옛날이야기라고 믿었지만 인간의 말을 할 줄 아는 거북이를 직접 만나고서야 그 이야기가 사실임을 알게 됐습니다.

"성함을 가르쳐주시겠어요?"

거북이가 다로에게 물었습니다.

"우라시마 다로라고 하네."

"우라시마 님, 절 구해주신 보답으로 우라시마 님을 용녀님과 만나게 해드리려 합니다. 용궁으로 함께 가시지요. 이 잔대 조개를 제 등딱지 가운데의 우묵한 곳에 넣어주시겠어요?"

잔대 조개. 그 기이한 이름의 조개에 대해서도 전에 어머니께 들은 적이 있는 것 같지만 잘 기억나지 않습니다. 거북이의 등딱지를 보니 분명 한가운데에 조개가 들어갈 정도로 작게 팬 곳이 있었습니다. 다로가 조개를 그 안에 집어넣자 거북이는 네 다리를 움직여 파도치는 해안으로 향했습니다.

"우라시마 님, 제 등에 올라타셔요."

다로가 등딱지 위에 올라가자 거북이는 파도치는 바다로 엉금엉금 기어갔습니다. 다로는 순간 당황해서 내리려 했지만 엉덩이가 풀이라도 붙은 것처럼 등딱지에서 떨어지지 않았습니다.

"이보게, 거북이."

"괜찮습니다."

바다 너머에서 유독 큰 파도가 밀려왔습니다. 다로는 거북이와 함께 그 파도에 휩쓸려 사라졌습니다.

02

참으로 신비로운 일이었습니다. 거북이는 다로를 등에 태운 채 바다 깊숙한 곳을 향해 쭉쭉 헤엄쳐 갔습니다. 다로의 얼굴과 몸에 바람처럼 물살이 밀려왔지만 조금도 괴롭지 않았습니다. 그러기는커녕 물고기와 오징어, 해초 등 평소에는 보지 못한 바닷속 풍경이 아름다워서 눈이 즐거울 지경이었습니다.

"어떻게 숨을 쉴 수 있지?"

"이 잔대 조개 덕분이랍니다."

거북이가 대답했습니다.

"이 조개에는 신비한 힘이 깃들어 있는데 주변에 둥근 거품 같은 것을 만들지요. 물을 아예 막아주는 것은 아니지만 어쨌든 이 거품 속에 있으면 숨을 쉴 수 있고 대화도 자유롭게 나눌 수 있답니다."

그러고 보니 전에 어머니도 그런 이야기를 들려주셨던 것 같습니다. 손을 뻗자 뭔가에 닿는 느낌은 없었지만 손이 어떤 막 같은 것을 뚫고 밖으로 나간 것처럼 느껴졌습니다. 안에 있으면 알 수 없지만 지금 거북이와 다로는 분명 거품 같은 구슬에 둘러싸여 있었습니다.

작은 물고기들이 무리 지어 옆을 헤엄쳐 지나갑니다. 얼마나 바다 깊은 곳까지 내려왔을까요. 마치 꿈을 꾸는 것 같았습니다.

"저것 보세요. 보이시지요?"

잠시 후, 바다 밑바닥에 딱 달라붙어 희미하게 빛나는 해파리 우산 같은 모양의 구슬 반쪽이 눈에 들어왔습니다. 크기가 몹시 큰 그 구슬 안에는 모든 벽면이 산호로 뒤덮인 멋들어진 2층 건물이 보였습니다. 건물 모서리는 구슬 가장자리에 아슬아슬하게 맞닿아 있었습니다.

"무당게 씨, 무당게 씨."

튼튼한 철문 앞까지 가자 거북이가 누군가를 불렀습니다. 그러자 문 옆 벽에 난 작은 창문이 열렸습니다. 그곳으로 얼굴을 내민 것은 얼굴이 붉고 눈이 부리부리한 사내였습니다.

"오, 거북이 아닌가."

거북이를 보자 그의 눈빛이 자상하게 변했습니다.

"저자는 누군가?"

무당게가 묻자 거북이는 그에게 바닷가에서 일어난 일을 설명해 줬습니다.

"흐음, 그렇다면 자네 말대로 마땅히 용녀님을 만나게 해드려야겠군. 조금만 기다리게."

무당게라고 불린 사내가 다시 창문 안으로 들어갔습니다. 잠시 후 끼익하는 소리와 함께 문이 열렸고 눈앞에는 무당게가 서 있었습니다. 우둘투둘한 돌기가 가득한 새빨간 갑주를 몸에 두른 채 마찬가지로 돌기투성이 삼지창을 손에 들고 있습니다. 수염이 덥수룩한 얼굴에 두툼한 팔다리. 힘이 센 비사문천毗沙門天*이 서 있는 듯한 그 위압적인 모습에 다로는 무심코 몸을 움찔하고 말았습니다.

등 뒤에서 무당게가 문을 닫는 소리를 남긴 채 거북이는 다로를 등딱지 위에 태우고 문을 쓱 지나 안으로 들어갔습니다. 안에는 하얗고 굵은 자갈이 깔려 있었습니다. 이곳이 아마 궁궐의 입구겠지요. 눈앞에는 검게 옻칠한 여닫이문이 있었습니다.

"우라시마 님, 이제는 내리셔도 됩니다."

다로는 거북이 등딱지에서 내렸습니다. 주변이 바닷물로 가득했지만 서서 걷는 것과 움직일 때의 느낌이 육지에 있을 때와 똑같았습니다.

"자, 가시지요."

문득 고개를 들어보니 거북이는 이미 자취를 감췄고 대신 열예닐곱 정도 돼 보이는 아름다운 여인이 서 있었습니다. 다로는 순간 할 말을 잃고 화들짝 놀랐습니다.

"용궁 문을 지나 안에 들어오기만 하면 바다 생물과 인간의 모습 중 어느 쪽을 선택할 수 있습니다. 대부분은 인간의 모습으로 살아가고 있지요."

---

* 불법을 수호하는 사천왕(四天王)의 하나.

그렇게 듣고 보니 검은자위가 큰 눈은 낯이 익었고, 옷과 어깨에 걸친 비단 같은 녹색 천은 거북이의 등딱지를 연상시켰습니다. 자세히 보니 여인의 이마에는 길이가 한 치 정도 되는 상처가 있었습니다. 바닷가에서 아이들에게 막대기로 찔렸을 때 난 상처겠지요. 거북이는 고개를 갸웃하더니 미소 지으며 검은 문을 열고 안에 들어갔습니다. 다로도 뭔가에 홀린 것처럼 그 뒤를 따랐습니다.

안에는 기름으로 광을 낸 것처럼 번쩍번쩍한 검은 돌바닥이 펼쳐져 있었습니다. 정면에는 붉은 울타리가 있고 검은 바닥은 그대로 좌우 복도로 이어져 있습니다. 붉은 울타리 너머에는 안뜰이 펼쳐져 있습니다.

이 얼마나 진귀한 풍경일까요. 뜰에는 눈부실 정도로 반짝이는 흰 모래. 산호와 아름다운 조개 장식, 그리고 해초가 넘실거리고 있습니다. 유독 눈에 띄는 것은 중앙의 거대한 잔대 조개가 놓인 흰 받침대와 그것을 둘러싼 네 개의 바위입니다. 빨강, 노랑, 보라, 녹색…… 바위들은 눈부시게 아름다운 빛을 뿜고 있었습니다.

"저것은 석류석, 저건 황옥, 그리고 저것은 자수정과 비취입니다."

거북이의 입에서 다로가 처음 들어보는 보석의 이름들이 나왔습니다.

"저 흰 받침대는 대리석입니다. 저곳이 정확히 용궁의 정중앙이지요. 저 거대 잔대 조개가 만드는 거품이 용궁 전체를 감싸고 있답니다."

그제야 다로도 조금 이해가 갔습니다. 용궁 위의 해파리 우산처럼 보이는 저 막이 잔대 조개가 만들어 낸 거품인 듯합니다.

그때 다로의 발밑에서 뭔가가 움직이는 느낌이 들었습니다. 바닥이 굼실거리고 있습니다. 어떻게 된 일인지 의아해하는데 별안간 잔거품이 일더니 검은 복식을 갖추고 나이는 열네댓 정도 돼 보이는 소녀가 모습을 드러냈습니다. 소녀는 특이하게도 얼굴 왼쪽에 두 눈이 몰려 있었습니다. 다로는 화들짝 놀라 하마터면 엉덩방아를 찧을 뻔했습니다.

"넙치야, 장난치지 말렴."

거북이가 타일렀습니다. 넙치라는 물고기가 모래 색깔에 맞춰 몸 빛깔을 바꿀 수 있다는 것은 어부인 다로도 알고 있었지만 바로 눈앞에서 그것을 본 것은 난생처음이었습니다.

"응? 거북이, 너 어쩌다 그렇게 됐어?"

넙치는 거북이가 화를 내도 아랑곳하지 않고 그녀의 얼굴을 빤히 들여다봤습니다. 이마에 난 상처를 걱정하는 듯 보였습니다.

"걱정하지 않아도 돼. 그보다 넙치, 용녀님은 지금 어디 계시니?"

"봄의 방에 계셔."

"고마워. 그럼 우라시마 님, 이쪽으로."

거북이는 우라시마를 데리고 복도를 왼쪽으로 꺾어 걸어갔습니다. 어느 방 앞까지 가더니 흰 나무로 만들어진 여닫이문을 엽니다. 안뜰과 똑같이 흰 모래가 가득 깔린 세 평쯤 되는 공간에는 장지문이 있고 그 안쪽에서 유쾌한 음악 소리가 들렸습니다.

거북이는 "실례하겠습니다" 하고 장지문을 열었습니다.

그곳에는 그야말로 봄의 풍경이 펼쳐져 있었습니다. 맑고 깨끗한 시냇물 부근에 푸른 잔디가 자라나 있습니다. 벚꽃이 만개한 벚나무도 여러 그루 있습니다. 그중 유독 줄기가 두꺼운 벚나무 아래에서 익살스러운 얼굴의 남자 한 명이 몸을 구불텅구불텅 움직이며 춤추고 있고, 열네 댓 정도 돼 보이는 소녀 세 명이 신명 나게 깔깔거리며 주변을 뛰어다니고 있습니다. 조금 떨어진 곳의 바위 위에는 값비싸 보이는 보라색 복색을 갖춘 얼굴이 갸름한 젊은 남자와, 새빨간 복색으로 치장한 열여덟 살가량의 여자가 앉아서 소녀들의 춤을 지켜보고 있습니다.

그보다 더 다로의 눈길을 잡아끈 것은 붉은 양탄자 위에 앉아 있는, 눈부시게 아름다운 차림새를 한 긴 머리의 여성이었습니다. 옆에 여섯 살 정도 돼 보이는 남자아이가 붙어서 커다란 부채를 흔들고 있습니다.

"용녀님."

거북이가 그렇게 입을 열자 양탄자 위에 있는 여성이 천천히 이쪽을 돌아봤습니다. 보라색 옷을 입은 젊은 남자와 붉은 옷의 여인도 이쪽을 봅니다. 남자와 여자들이 춤을 멈췄습니다.

"어머, 거북이. 바닷가에서 큰일을 겪었다더군요."

용녀님이 입가에 손을 갖다 댔습니다. 하얀 살결에 별빛처럼 빛나는 두 눈. 적당한 크기의 코에 입술은 꽃 조개처럼 가련합니다.

"여기 계신 우라시마 다로 님이 저를 구해주셨습니다."

거북이가 사정을 설명하자 용녀님은 몸을 일으켜 다로를 향해 고개를 숙였습니다.

"제 소중한 거북이를 구해주셔서 진심으로 감사드립니다. 사례라고 말씀드리기는 송구스럽지만 이곳에서 다로 님께 보답을 해드리고자 합니다. 모쪼록 용궁을 마음껏 즐기며 내키실 때까지 이곳에 계셔요."

"아, 네……."

다로는 마치 벼락이라도 맞은 사람처럼 등줄기를 꼿꼿이 펴고 대답했습니다. 다로는 해 질 녘 바닷가처럼 고요한 아름다움과 심해의 우아함을 겸비한 이 여인에게 완전히 매료되고 말았습니다.

"마래미, 지금 당장 가서 아귀와 꽁치에게 연회를 준비하라 전하고 오려무나."

그러자 부채를 부치던 남자아이가 가볍게 몸을 일으키더니 혀짤배기소리로 "알겠쭘니다" 대답하더니 콩콩거리며 봄의 방을 나갔습니다. 그 모습이 참으로 귀엽고 사랑스러웠습니다.

용녀님과 용궁 생물들은 그날 밤 다로를 위해 연회를 베풀어줬습니다. 술과 음식 모두 맛이 좋았지만 그중에서도 특히 눈에 띄는 것은 그들의 다채로운 재주였습니다. 도미와 넙치, 볼락과 나비고기 같은 어린 소녀들은 사랑스러운 춤을 보여줬고, 붉은 옷차림의 닭새우는 성숙한 여인의 매력을 듬뿍 발산하는 무용을 선보였습니다. 보라색 옷을 입은 젊은 남자인 바다소는 멋진 마술을 보여줬습니다. 아귀와 꽁치, 정어리가 들려준 피리와 북 연주, 쥐치의 전통 연극, 문어의 우스꽝스러운 춤사위, 성게의 곡예, 해삼의 만담까지……. 보기 드문 구경거리가 끝없이 이어져 아무리 시간이 많아도 부족할 지경이었습니다.

다로는 온종일 이어지는 연회를 즐기며 얼굴에 웃음꽃이 끊이지 않았습니다.

그때만 해도 연회 이후 그토록 끔찍한 사건이 자신을 기다리고 있을 줄은 꿈에도 상상하지 못했습니다.

용궁성 구조도

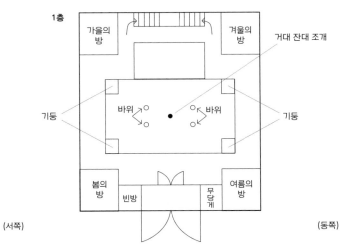

(북쪽)

1층

가을의 방

겨울의 방

거대 잔대 조개

기둥

바위

바위

기둥

봄의 방

빈방

무당게

여름의 방

(서쪽)

(동쪽)

2층

아귀

문어

꽁치

나비 고기

정어리

볼락

쥐치

도미

성게

넙치

해삼

거북이

바다소

빈방

빈 객실

닭새우

용녀님

마래미

우라시마 다로

(남쪽)

03

　2층 높이의 용궁은 위에서 보면 가운데에 안뜰이 있는 정사각형 모양 건물이라고 했습니다. 문지기이자 경비병인 무당게가 지키는 궁궐 입구가 건물 남쪽에 위치합니다. 1층은 매일 바다 생물들이 뛰노는 곳이고 2층은 모두가 지내는 거처가 나란히 늘어서 있습니다.

　다로가 안내받은 곳은 2층 남동쪽 끝에 있는 객실이었습니다. 새 다다미 위에 푹신푹신한 이불이 깔린 곳입니다. 온종일 연회를 즐기느라 몸이 노곤해졌을 만도 한데 다로는 전혀 졸리지 않았습니다. 아직 흥분이 가시지 않은 듯하지만 이러다가는 몸이 버티지 못합니다. 눈을 감고 즐거웠던 연회를 회상하고 있자 그제야 조금씩 졸음이 쏟아졌습니다.

　그때 방 밖에서 누군가의 비명이 들린 것 같았습니다. 다로가 벌떡 일어나 복도로 나가자 노란 꼬까옷을 입은 여자아이가 울상을 지으며 다로를 향해 뛰어오고 있었습니다. 나비고기였습니다.

　"웅? 무슨 일이냐?"

　다로가 묻자 나비고기는 다로 앞에 멈춰 섰습니다.

　"문어 오라버니께서 화를 내고 계셔요."

　연회에서 우스꽝스러운 춤사위를 보여 준 문어는 말을

재밌게 하는 재주도 있어 그야말로 호감 가는 사내였습니다. 그런 사내가 왜 화를 내고 있다는 걸까요.

"거북이가 오라버니께서 애지중지하는 항아리를 깨뜨렸거든요."

나비고기의 설명을 들어보니 문어가 지내는 북동쪽 끝 방은 다른 방보다 약간 넓어서 여자아이들이 그곳에 모여 무용 연습을 할 때가 많다고 합니다. 연회가 끝났는데도 흥을 가라앉히지 못한 생물들이 그곳에 모여 평소처럼 춤 연습을 하다가 거북이가 실수로 항아리를 깨뜨려버렸다는 것입니다. 문어는 얼굴이 붉으락푸르락해져서 화를 내며 날뛰기 시작했습니다. 복도 쪽에서 보니 문어의 방 앞에서 도미와 넙치, 볼락이 어찌할 바를 몰라 하고 있었습니다.

"꺅!"

그때 문어의 방에서 새카만 덩어리가 튀어나왔습니다. 인간의 모습을 한 거북이입니다. 다로는 복도를 뛰어가 거북이를 품에 안았습니다. 손에 검은 먹물이 잔뜩 묻었습니다.

"거북이, 자네 괜찮나?"

안쪽을 보니 문어가 이리저리 먹물을 뿜었는지 방 안이 온통 시커멓게 변해 있었습니다. 도미와 넙치가 우왕좌왕하고 있습니다.

"문어, 그만하게."

다로는 문어를 설득하려 했지만 온몸이 시뻘게진 그는 다로에게 눈길조차 주지 않았습니다.

그때 쿵쿵거리는 힘찬 발소리가 들렸습니다. 계단을 올라와 북쪽 복도를 빠른 걸음으로 걸어온 것은 붉은 갑옷을 몸에 두르고 붉은 삼지창을 든 건장한 문지기 무당게였습니다. 문어는 엄청난 기세로 복도로 뛰쳐나왔습니다.

"이 자식!"

무당게는 삼지창을 치켜들고 곧장 문어를 향해 돌진했습니다. 문어는 목을 제압당한 채 괴로운 듯 몸부림치며 벽 쪽으로 밀려갔습니다. 문어는 거칠게 날뛰었지만 돌기투성이 삼지창이 그의 매끈매끈한 몸을 꼼짝도 못 하게 제압했습니다. 두 사람의 몸싸움 때문에 벽에 걸려 있던 거울이 바닥에 떨어져 깨졌습니다. 여자아이들이 울음을 터뜨리며 비명을 질렀습니다.

"대체 무슨 일입니까?"

고개를 돌리니 다로가 묵는 객실 앞에서 용녀님이 이쪽을 쏘아보고 있었습니다. 그 옆에는 마래미라는 이름의 남자아이가 쩔쩔매며 서 있습니다. 나비고기가 용녀님께 다가가 사정을 설명했습니다.

"우라시마 님 앞에서 한심한 모습을 보이고 말았군요. 무당게, 지금 당장 문어를 징벌 바위 방에 가두세요."

"네, 알겠습니다!"

문어는 용녀님의 말을 듣고 더욱 격렬히 몸부림쳤지만 무당게가 그의 몸을 꽉 붙들고 성큼성큼 복도를 걸어 계단을 내려갔습니다.

"여러분, 오늘 춤 연습은 중지합니다. 각자 방에 돌아가세요."

용녀님이 그렇게 지시하자 모두 순순히 따랐습니다. 여자들이 전부 자취를 감추자 용녀님은 마래미를 내려다봤습니다.

"마래미는 지금부터 문어의 방을 깨끗이 청소하세요."

"알겠쯤니다."

마래미는 또다시 혀 짤배기소리로 대답하고 "청소 도구를 가져오겠쯤니다"라고 하더니 폴짝거리며 복도를 뛰어갔습니다. 용녀님은 저 기특한 남자아이를 용궁에서 가장 신뢰하는 것처럼 보입니다.

"우라시마 님, 볼썽사나운 꼴을 보이고 말았습니다."

용녀님이 다로의 얼굴을 바라봤습니다.

"아뇨, 괜찮습니다."

"사죄를 드리고 싶은데 제 방에 와주시겠습니까?"

"네……?"

"긴히 드릴 이야기가 있습니다."

다로는 용녀님의 촉촉한 눈망울에 빨려들어 갈 것 같

았습니다. 이토록 아름다운 여인의 권유를 거절할 남자가 과연 있을까요.

용녀님의 방은 2층 남쪽 중앙으로 정확히 정문 현관 위에 위치합니다. 다른 생물들의 방보다 한층 넓은 그 방 안의 산호초 바닥 중앙에 진주조개 침대가 있었습니다.

"자, 올라오셔요."

다로는 용녀님의 말대로 침대 위에 올라가 그녀의 무릎에 머리를 뉘었습니다. 이렇게 둘이 있자 다로는 깊은 안도감에 휩싸였습니다.

"우라시마 님……, 부디 편히 쉬시기를 바랍니다."

한밤의 바닷가 파도 소리처럼 고요하고 청아한 울림입니다. 이대로 평생 용궁에서 살았으면. 다로는 문득 저도 모르게 그런 생각을 떠올렸습니다. 육지에 돌아가면 이제 두 번 다시 용궁에는 오지 못할 것입니다. 도미와 넙치의 가련한 춤, 맛있는 음식, 이 아름다운 용녀님도 전부 꿈결처럼 거품처럼 사라지고 말겠지요.

꿈결처럼……, 거품처럼…….

04

누군가의 목소리가 들린 듯하여 다로는 눈을 떴습니다.

용녀님의 무릎에 머리를 올리고 있던 다로는 화들짝 놀라 몸을 일으켰습니다.

"어이쿠, 실례했습니다. 제가 얼마나 잠들었습니까?"

"글쎄요. 삼각三刻(여섯 시간) 정도였을까요."

"그토록 오래……."

"그만큼 오래 연회를 즐기기도 했으니까요."

용녀님은 상냥하게 미소 지었습니다. 그때 또다시 누군가의 목소리가 들렸습니다. 꿈속에서 들린 소리는 아닌 듯했습니다. 성인 남자가 울음을 터뜨리는 듯한 소리입니다.

"누가 우는 걸까요?"

다로가 물은 그때 누군가가 문을 쾅쾅쾅 두드렸습니다. 용녀님은 진주조개 침대에서 내려가 문을 열었습니다.

"아아, 아아아, 아아아……!"

방 안으로 뛰어들어온 것은 상반신은 알몸, 하반신에는 작은 천만 한 장 두른 사내였습니다. 나이는 서른 남짓, 어쩌면 마흔이 넘었을 수도 있습니다. 연회 자리에서는 보지 못한 얼굴입니다. 눈이 새빨갛게 충혈됐고 얼굴은 땀투성이에다가 입을 뻐끔거리며 뭔가를 호소하는 듯 보였습니다.

"당신은 누구지요?"

용녀님의 그 물음에 다로는 또다시 놀랐습니다. 용녀님이 모르는 남자가 이 용궁 안에 있을 리가 없으니까요.

그러자 사내는 갑자기 용녀님의 양어깨를 꽉 붙들었습니다.

"아아, 아아아, 아아아……!"

"꺄악!"

아연실색하던 다로는 용녀님의 비명에 정신을 번쩍 차리고 남자를 향해 뛰어갔습니다.

"이 자식, 그만두지 못해!"

정확히 무슨 일인지는 몰라도 어쨌든 수상한 침입자입니다. 다로는 남자를 용녀님에게서 떼어냈고 그 힘이 지나쳤는지 남자는 복도에 벌러덩 쓰러지고 말았습니다.

"아아, 아아아……."

남자는 몸을 일으키지도 않고 눈만 끔뻑이며 눈물을 흘리면서 천장을 올려다봤습니다. 다로는 그 모습이 왠지 딱해 보였습니다. 대체 이 남자는 누굴까요.

"용녀님!"

그때 동쪽 복도 모퉁이를 돌아 두 사람이 달려왔습니다. 붉은 갑옷을 두른 무당게와 노란 옷을 입은 나비고기입니다.

"……이 녀석은 누굽니까?"

둘은 쓰러진 남자 앞에 멈춰 서더니 수상쩍은 듯이 남자를 내려다봤습니다.

"저도 모르겠습니다."

"아, 아아아, 아아아······."

남자는 여전히 소리 높여 신음했습니다.

"지금 당장 내쫓아 주세요."

"아, 네. 알겠습니다. 이리 오거라, 이 수상한 놈!"

용녀님의 지시에 무당게는 남자의 팔을 움켜쥐고 억지로 일으켜 세웠습니다.

"참, 용녀님. 큰일 났습니다!"

나비고기가 불현듯 소리쳤습니다. 얼굴을 보니 울고 있었던 것처럼 보입니다.

"이번엔 또 무슨 일이지요?"

"닭새우 언니가······ 죽었어요."

나비고기가 대답했습니다.

"뭐라고요?"

"겨울의 방에 있는 눈덩이 집 앞에 쓰러져 있었습니다. 목에는 다시마가 칭칭 감겨서······."

다로는 그 이야기를 듣고 순식간에 등줄기가 오싹해졌습니다.

"닭새우는 스스로 목숨을 끊은 것처럼 보입니다."

무당게가 수상한 남자의 팔을 움켜쥔 채로 보고했습니다.

"아무튼 함께 가보시는 게 좋을 것 같습니다."

．．．

　용궁 1층은 네 귀퉁이에 각각 사계절의 방이 있습니다.

　남서쪽에 있는 방은 다로가 용녀님과 처음 만난 봄의 방, 남동쪽에 있는 방은 푸른 해초가 무성한 여름의 방, 북서쪽에 있는 방은 단풍이 아름다운 가을의 방, 그리고 북동쪽에 있는 방이 늘 암흑의 설경으로 휩싸여 있는 겨울의 방입니다.

　닭새우의 사체는 그 겨울의 방 거의 정중앙에 있는 눈덩이 집 앞에 있었습니다. 붉은 옷차림 그대로 위를 향해 누운 채 쓰러져 있습니다. 나비고기의 말대로 목에는 물에 젖은 다시마가 두 겹으로 감겨 있고 닭새우는 두 손으로 다시마의 끝부분을 쥐고 있었습니다. 스스로 목을 조른 것처럼 보입니다.

　"닭새우 언니……!"

　닭새우 옆에서는 도미가 울부짖고 있었습니다.

　"어떻게 이런 일이."

　용녀님이 슬퍼하며 닭새우의 검은 머리카락을 손으로 쓸었습니다.

　"닭새우 언니는 고민하셨어요."

　넙치가 말했습니다. 죽은 닭새우의 의복과 똑같은 새빨간 옷을 입고 있습니다.

"언제까지 이 용궁에서 이렇게 한가롭게 지낼 수 있을까, 언젠가 저 험한 망망대해로 나아가 나 자신을 시험해야 하지 않을까, 라고 했지요. 물론 저희는 닭새우 언니를 줄곧 말렸답니다. 결국 이러지도 저러지도 못한 언니는 이렇게 스스로……."

"아니야!"

넙치의 말을 가로막으며 도미가 돌아봤습니다. 원망스러운 듯이 넙치를 노려봅니다.

"닭새우 언니는 굳셌어. 아무리 고민스럽다고 해도 스스로 목을 졸라 죽을 만큼 약한 사람이 아니야. 언니는 다른 누군가에게 살해된 거야!"

도미의 외침은 황량한 겨울 풍경과 맞물려 방 안을 싸늘히 지배했습니다.

"그리고 닭새우 언니는 나와 약속하기도 했어. 둘이 함께 산호 목걸이를 만들자고."

도미는 울음 섞인 목소리로 말을 이었습니다.

"나와의 약속을 지키지도 않고 이렇게 먼저 세상을 떠날 리 없어……."

"하지만."

그때 나비고기가 끼어들었습니다.

"우리가 닭새우 언니를 발견했을 때 이곳 방문은 안쪽에서 빗장이 채워져 있었어."

"오, 그래. 맞아."

우렁찬 목소리가 들려서 우리는 고개를 돌렸습니다. 출입구를 가로막듯이 선 무당게의 듬직한 몸집이 보였습니다. 수상한 남자를 용궁에서 내쫓고 다시 겨울의 방에 돌아온 것입니다.

"내가 이 문을 부수기 전까지는 아무도 이 안에 들어오지 못했을 거야. 다시 말해 닭새우는 이 쓸쓸한 겨울의 방에 틀어박혀 빗장을 채운 채 스스로 목숨을 끊었다는 말이 돼."

"말도 안 돼. 어떻게 이런 말도 안 되는 일이⋯⋯."

용녀님은 그야말로 슬픈 얼굴로 고개를 떨궜습니다. 그 몸짓이 다로를 마음 아프게 했습니다. 이분을 꼭 돕고 싶다. 도움은 되지 못할지언정 곁을 지켜주고 싶다. 다로는 마음속 깊이 그렇게 느꼈습니다.

"너무도 끔찍해요⋯⋯."

용녀님은 마지막으로 그렇게 말하고 겨울의 방을 나갔습니다. 그 누구도 그녀를 향해 말을 걸지 않았고 뒤따르지도 못했습니다. 용녀님이 사라진 뒤에는 더 무거운 침묵이 방 안에 내려앉았습니다.

"용녀님이 슬퍼하실까 봐 말을 못 했지만⋯⋯. 무당게씨를 부르러 가기 전에 내가 이곳 문에 귀를 갖다 댄 걸 기억해?"

잠시 후, 거북이가 입을 열었습니다. 나비고기에게 묻는 듯했습니다.

"응, 기억해."

"그때 닭새우 언니의 목소리가 희미하게 들렸어. '그만해⋯⋯'라고 하는 것 같았어."

순간 모두의 얼굴에 전율이 스치고 지나갔습니다. 거북이는 다로의 얼굴을 쳐다봤습니다.

"역시 닭새우 언니는 누군가에게 살해된 거예요. 우라시마 님, 당신이 부디 그자를 찾아내 언니의 한을 풀어주셨으면 해요."

"어?"

아닌 밤중에 홍두깨라는 말은 바로 이럴 때 써야 할 것입니다.

"어째서 내가."

"저희 바다 생물들은 지혜가 부족하답니다. 인간의 지혜를 활용하면 언니의 한을 풀어줄 수 있을 거예요. 그리고 용녀님을 위해서라도⋯⋯."

그 말을 듣고서야 다로는 마음을 굳혔습니다. 다로는 고기잡이입니다. 사람(은 아니지만)이 사망한 중대 사건을 조사한 경험은 살면서 단 한 번도 없습니다. 그러나 용녀님을 위해서라면 못할 일이 없다며 불현듯 뜨거운 열정이 부글부글 끓어오른 것입니다.

"알겠네."

이리하여 다로는 용궁에서 일어난 불가사의한 사건의 조사를 맡게 됐습니다.

05

"그럼 우선 묻고 싶네만."

다로는 겨울의 방에 나란히 늘어선 용궁 생물들의 얼굴을 바라봤습니다.

"이 방에는 저 흰색 나무문과 장지문 외에 누군가가 드나들 수 있는 출입구가 있나?"

"아……."

그 말을 듣고 볼락이 무슨 생각이 떠오른 듯했습니다.

"아니, 거기는 무리야."

그러나 나비고기가 선수를 치며 말했습니다. 그러자 볼락도 "그래, 그렇겠지" 하고 고개를 끄덕였습니다.

"무슨 말이지?"

"실은 안쪽 벽에 외부와 이어지는 창문이 하나 있기는 한데, 밖에 산호가 잔뜩 달라붙어서 열 수가 없답니다."

다로는 거북이 등딱지 위에 올라타 용궁에 처음 왔을 때 건물 벽 대부분이 산호로 뒤덮여 있던 것을 떠올렸습니다.

"용궁이 처음 지어진 아주 오래전에는 열 수도 있었을 지도 모르겠네요. 하지만 선대 용왕님께서 산호가 붙어 있는 편이 보기 아름답고 수상한 자들도 안에 들어오지 못할 거라며 그냥 벽을 뒤덮게 놔두셨다고 해요."

수상한 자라는 말을 듣고 순간 그 상반신이 알몸이었 던 사내가 머리를 스쳤지만, 지금은 닭새우를 죽인 자가 이 겨울의 방에서 어떻게 나갔느냐는 수수께끼를 푸는 게 먼저입니다.

"한번 확인해 보시겠어요?"

도미가 물어서 다로는 고개를 끄덕였습니다. 모두는 황 량한 눈밭을 천천히 걷기 시작했습니다. 바닥에 깔린 눈 은 만년설처럼 단단해서 발자국은 남지 않았습니다. 봄의 방과 비교하면 그야말로 살풍경한 방입니다. 가운데에 눈 덩이 집만 덜렁 있고 마른 나무 한 그루조차 없는 캄캄한 설경이 펼쳐져 있습니다.

다로를 포함한 일행은 검은 벽 모퉁이 쪽으로 갔습니다. 그곳에는 사람 한 명이 간신히 빠져나갈 정도의 창이 있었 습니다. 다로는 힘을 실어 창문을 열어보려 했지만, 창문 은 꿈쩍도 하지 않았습니다. 바깥이 보이는 작은 창문 밖 에는 정말로 산호가 잔뜩 달라붙어 있는 듯했습니다.

다로는 포기한 채 다시 모두를 데리고 닭새우의 시신이

겨울의 방 확대 구조도

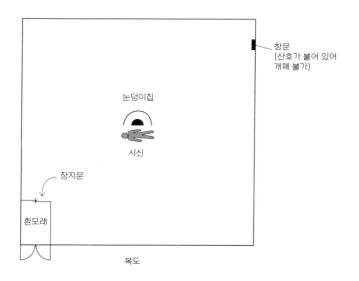

있는 눈덩이 집 옆을 지나 장지문을 열고 문 앞에서 발걸음을 멈췄습니다. 발밑에는 흰 모래가 깔려 있고 눈앞에는 무당게가 부쳤다는 흰 나무문이 있습니다.

"정말로 닭새우가 누군가에게 살해됐다면 그자는 닭새우를 죽이고 이곳을 나간 다음 어떤 수를 써서 빗장을 다시 채웠다는 말이 되네."

다로는 모두를 돌아봤습니다. 빗장은 길이가 한 척쯤

되는 둥근 봉입니다. 좌우 문에 각각 철 고리가 하나씩 달려 있는데, 그곳에 넣어서 문을 잠그는 구조입니다. 지금은 경첩이 부러진 채 문이 떨어져 있지만 원래는 문을 닫으면 조금의 빈틈도 생기지 않는다고 합니다. 밖에서 이 빗장을 채우는 것은 절대 불가능해 보입니다. 방 안에 불안한 침묵이 감돌았습니다.

"좋아."

다로는 모두를 안심시키듯 입을 열었습니다.

"한 명씩 증언을 듣도록 하지. 생전의 닭새우를 마지막으로 본 게 누군지, 닭새우가 살해된 시간에 다들 어디 있었는지 남김없이 털어놔야 할 거야."

용궁 생물들은 불안해하는 표정으로 서로의 얼굴을 힐끔거렸습니다.

...

다로는 봄의 방 안에서 용궁 생물들의 증언을 들었습니다. 실은 봄의 방에서는 정어리, 꽁치, 아귀, 쥐치 넷이 꽃구경을 즐기고 있었지만 무당게가 강력히 단속해 그들을 모두 해산시켰습니다. 덧붙이자면 이 넷은 사건이 일어난 시간에는 꽃구경을 즐기느라 닭새우를 죽일 수 없었다고 합니다.

하늘에서 만개한 벚꽃 잎이 흩날렸습니다. 방 안인데도 볕이 잘 들어오고 따스해서 조금만 방심하면 까무룩 잠들어버릴 수 있을 것 같지만 그럴 수는 없었습니다.

"무당게 씨가 문어를 체포해 징벌 바위 방에 데려갈 때 용녀님이 우리에게 모두 각자 방에 돌아가라고 하신 건 기억하시겠지요."

가장 먼저 증언한 상대는 거북이였습니다. 거북이는 조심스럽게 당시 상황을 설명했습니다. 바닷가에서 아이들 때문에 이마에 생긴 상처는 다 나은 듯했습니다.

"그 후, 저희는 지시받은 대로 각자의 방에 돌아갔습니다만 잠시 후에 볼락이 제 방에 들어와 '역시 춤 연습을 조금 더 하는 게 좋을 것 같아' 하고 절 꾀었지요. 그러지 않아도 저 역시 춤 연습을 좀 더 하고 싶었는지라 닭새우 언니도 부르려고 둘이 함께 언니 방에 갔습니다. 그러나 아무리 문을 두드려도 안에서는 대답이 없었어요."

그때 이미 닭새우는 겨울의 방에서 죽어 있었을까요. 다로는 그렇게 떠올리며 거북이에게 뒷이야기를 재촉했습니다.

"어쩔 수 없이 저희는 곧바로 도미와 나비고기를 찾아갔습니다. 넙치도 부르려 했지만 어디 갔는지 보이지 않더군요. 저희 넷은 1층의 빈방에 들어가기로 하고 우선 봄의 방 안을 엿봤는데, 아귀를 비롯한 오라버니들이 꽃구경을 한다며 저희를 쫓아내더군요. 그리고 여름의 방에서는 성게와 해삼 오라버니가 둘이 함께 바닥에 누워 일광욕을 하고 있었고요. 그보다 그 방은 너무 더워서 춤 연습을 할 수 없는 곳이지요."

성게와 해삼도 연회 이후 줄곧 함께 있었으니 닭새우를 죽일 수 없었다는 게 밝혀졌습니다.

"가을의 방에서는 바다소 씨가 시를 읊고 있었어요. 그 옆에서 춤 연습을 못 할 건 없지만, 나비고기가 영 쑥스럽다고 해서……."

"응? 왜 쑥스럽다는 건가?"

"우라시마 님, 실은 나비고기는 바다소 씨를 좋아한답니다."

용궁의 생물들 사이에서는 다양한 관계가 형성돼 있었습니다. 다로는 그에 관해 깊이 캐묻지는 않기로 했습니다.

"그래서 결국 겨울의 방에서 춤 연습을 하게 된 거로군."

"네. 그런데 겨울의 방 문이 열리지 않는 게 아니겠어요. 그 문에는 빗장이 달려 있기는 한데, 지금껏 단 한 번도 채워진 적이 없답니다. 안에서 대체 무슨 일이 일어나는지 궁금해 문에 귀를 갖다 대자 닭새우 언니가 괴로워하는 듯한 소리가 들렸습니다. 전 나비고기와 함께 현관에 가서 무당게 씨를 불러와 문을 두드렸어요. 하지만 끝까지 안에서 대답이 들리지 않아서 무당게 씨가 삼지창으로 문을 부쉈고, 그 뒤로 장지문을 열자 눈덩이 집 앞에⋯⋯."

거북이는 차마 말을 잇지 못했습니다.

"듣자 하니 닭새우가 '그만해'라고 했다던데."

"⋯⋯그 말이 정확한지 아닌지는 실은 자신이 없답니다. 하지만 괴로워했던 건 확실해요."

"그때 자네와 함께 있었던 건 나비고기, 도미, 볼락, 무당게까지 총 네 명이군."

"네. ⋯⋯아, 아뇨. 넙치도 있었지요."

"넙치? 넙치는 어디 갔는지 보이지 않았다고 하지 않았나?"

"저희가 닭새우 언니의 몸을 붙잡고 흔들고 있을 때 출입구에서 '무슨 일이야?' 하고 넙치가 들어왔어요."

"그전까지 넙치는 어디 있었지?"

"모르겠습니다."

거북이는 고개를 가로저었습니다. 다로는 다음으로 증언을 들을 상대를 넙치로 정했습니다.

• • •

"넙치, 자네는 문어 소동 이후 거북이와 볼락이 함께 춤 연습을 하자며 방을 찾았을 때 안에 없었다고 하던데 그때 어디 있었나?"

넙치는 얼굴 한쪽으로 쏠린 눈을 이리저리 굴리며 몸을 배배 꼬면서 곰곰이 생각하다가 잠시 후 대답했습니다.

"실은…… 바다소 씨를 보고 있었답니다."

"바다소?"

"할 일이 없어서 방을 나가 1층에 내려가자 가을의 방 근처에서 울타리에 몸을 기댄 채 안뜰을 바라보는 바다소 씨가 보였어요. 전 곧장 몸을 복도 색으로 바꾸고 바다소 씨를 몰래 구경했답니다."

나비고기뿐 아니라 이 넙치도 잘생긴 바다소에게 연심을 품은 것으로 보입니다.

"바다소 씨는 안뜰을 보면서 뭔가 이상하다는 듯이 고개를 갸웃거리다가 잠시 후 가을의 방으로 들어가셨지요. 저도 따라서 그 방에 들어가 바닥에 떨어진 단풍 사이에 몸을 숨긴 채 바다소 씨를 지켜봤어요. 시구를 떠올리는 바다소 씨의 모습은 그야말로 멋졌답니다. 그러다가 잠시 후에 멀리서 뭔가가 부서지는 소리, 뒤이어 비명이 들린 것 같아요. 전 순간 무슨 일이 일어났나 싶어 복도로 나가 겨울의 방 쪽으로 향했습니다. 그러자 겨울의 방은 방문이 부서져 있었고 안에서 닭새우 언니가 쓰러져 있었지요."

이다음의 이야기는 거북이의 증언과 일치했습니다.

"닭새우를 살해할 만큼 미워했을 물고기로 혹시 짚이는

자는 없나?"

"없습니다. ……아니, 실은 있기는 한데, 그분은 이미 오
래전에 닭새우 언니와 크게 다퉈서 용녀님의 분노를 사는
바람에 용궁에서 쫓겨나 버렸답니다."

그렇다면 그자는 닭새우를 죽일 수 없었을 것이다. 다
로는 이제는 넙치를 풀어주기로 했습니다.

• • •

"그 말씀대로 전 그때 안뜰을 바라보고 있었습니다."

붉은 양탄자 위에 앉은 바다소는 검고 긴 머리카락을
손으로 쓸며 말했습니다. 얼굴이 왠지 중성적이고 목소리
도 아주 명료한 미청년입니다.

"평소라면 안뜰 가운데에 있는 거대 잔대 조개 받침대
와 그걸 둘러싼 바위의 균형감이 참으로 아름답습니다만,
그때만큼은 받침대와 바위의 배치가 뭔가 어긋난 느낌이
들더군요. 누군가 안뜰 구조를 바꾸기라도 했나 싶어 의
아했지만 조금 전에 가보니 평소와 똑같았습니다. 아마도
기분 탓이었던 것 같습니다."

뭐가 우스운지 바다소는 갑자기 하핫 하고 웃음을 터
뜨렸습니다.

"혹시 넙치가 자네를 지켜보고 있었다는 걸 알고 있었

나?"

"아뇨, 눈치 못 챘습니다. 그 아이는 몸을 바닥 색과 똑같이 위장할 수 있으니까요."

바다소는 안뜰을 바라보다가 가을의 방에 들어갔고 그 안에서 머릿속으로 시구를 떠올렸다고 했습니다. 거북이와 넙치의 증언과 일치합니다.

"혹시 닭새우에게 원한을 품을 만한 자로 짚이는 자가 있나?"

다로의 질문을 듣고 바다소는 눈에 띄게 불쾌해했습니다.

"이 용궁은 모두가 부러워하는 이상향입니다. 다 함께 사이좋게 지내고 있지요. 그런 갈등 같은 것과는 거리가 먼 곳입니다. 저 때문에 그 누구도 싸우지 않았으면 하는 바람입니다."

마지막 말은 뭘까. 다로는 의아해했습니다. 아무래도 이 청년은 얼굴은 잘생겼지만 증언이 왠지 횡설수설한 감이 있어 신뢰하기 어려워 보였습니다.

● ● ●

이후 조사는 나비고기, 볼락, 무당게로 이어졌고 그 뒤로도 다로는 용궁의 거의 모든 생물을 만났습니다.

"이런…… 아까는 한심한 모습을……. 오, 제가 마지막인가 보군요."

다로 앞으로 나온 문어는 길쭉한 팔을 뻗어 반질반질한 대머리를 툭툭 두드리며 겸연쩍은 듯 미소 지었습니다. 마지막이라는 말이 다로는 마음에 걸렸습니다. 사건이 일어난 이후 방 안에만 틀어박혀 있는 용녀님을 제외하더라도 그 밖에 용궁 주민이 한 명쯤 더 있었던 것 같은 느낌이 들었기 때문입니다.

"우라시마 나리, 왜 그러시지요?"

골똘히 떠올리고 있을 때 문어가 말을 걸어서 다로는 일단 그의 이야기를 듣기로 했습니다.

"문어, 자네는 사건이 일어난 시간에 계속 징벌 바위 방에 있었던 게 맞나?"

"네, 당연하지요. 무당게 자식의 힘이 워낙에 세야 말이지요, 예이."

"그 방은 어디 있지?"

"지하입니다. 계단 아래에 문이 있지요? 그곳을 열면 지하로 이어지는 계단이 나오는데 그 아래에 축축하고 음산한 바위 방이 있습니다, 예이."

문어는 얼굴을 찌푸렸습니다.

"이 용궁 주민들은 다들 사이좋게 지냅니다. 그래도 가끔 못된 짓을 저질러 용녀님의 분노를 사게 되면 그 안에 간히게 되지요."

"자네는 여태껏 그 안에 갇혀 있었던 건가?"

"그렇습니다. 닭새우가 살해됐다고 해서 얼마나 놀랐는지 모릅니다."

하나밖에 없는 바위 방 열쇠는 줄곧 무당게가 갖고 있었다고 했습니다. 문어에게는 닭새우를 죽일 기회가 없었다는 뜻이 됩니다.

"문어, 자네는 혹시 닭새우를 죽일 자로 짚이는 자가 있나?"

"실은 닭새우가 그 포악한 무당게를 싫어해서 근처에도 가기 싫다고 한 적이 있습니다만."

문어는 자신의 대머리를 또다시 찰싹 때렸습니다.

"하지만 무당게가 닭새우를 죽였을 것 같지는 않습니다. 그보다 여자들 쪽이 의심스럽지요. 그런데 뭐 저는 그런 애정과 관련된 일에는 완전히 젬병이라서 말입니다."

"애정과 관련된 일?"

"바다소를 둘러싼 갈등입지요. 우라시마 나리도 벌써 이틀이나 이 용궁 안에 계셨으니 아시지 않습니까? 그 녀석은 저와 달리 아주 호색한입니다. 넙치뿐 아니라 나비고기와 볼락, 도미까지 모두 바다소에게 홀딱 반해 있지요. 하지만 그중에서도 바다소와 가장 친했던 여자가 바로 닭새우였습니다. 다른 여자들보다 성숙한 매력이 있었으니까요."

"그럼 여자 중 누군가가 닭새우에게서 바다소를 빼앗기 위해 그녀를 죽였다는 말인가?"

"저는 그런 말은 안 했습니다요."

그러나 문어의 생각은 그런 것으로 보였습니다. 바로 그때 다로의 머릿속에서 뭔가가 번뜩이기 시작했습니다.

"근데 뭐, 이 용궁 안에서는 전에도 복어 일이 있기도 했고요."

다로가 생각을 정리하는 동안 문어는 사건과 관련 없는 이야기를 꺼냈습니다.

"나리가 묵고 계시는 곳 옆방이 비어 있지요? 그곳에는 원래 복어라는 이름의 뚱뚱한 여자가 살았습니다. 그런데 그 여자가 바다소에게 지나치게 빠진 나머지 닭새우에게 독을 마시게 하니 마니 하는 요란한 소동이 벌어졌지요."

다로는 그런 예전 사건에는 관심이 없었습니다. 지금 관심 있는 것은 오로지 용궁 안에서 벌어진 살인 사건입니다.

"복어는 처음부터 독을 쓰지 않는다는 조건으로 이 용궁에 살게 됐습지요. 그런데 그 일로 결국 용녀님의 분노를 사서 이곳에서 추방되고 말았습니다. 사실 전 그때 복어가 누명을 썼다고 생각했지만……. 이런, 죄송합니다. 상관도 없는 이야기를 주저리주저리. 그나저나 제 증언이 도움이 좀 됐습니까?"

"그래. 고맙네."

다로는 문어와 함께 붉은 양탄자에서 몸을 일으켰습니다. 추리는 이미 완성된 상태였습니다.

06

범죄 현장이 된 겨울의 방 출입구 근처에 사건 관계자들이 모였습니다. 그러나 용녀님의 모습은 보이지 않았습니다.

"용녀님은 어디 계시지?"

다로는 입구 앞에 모인 이들을 둘러보며 물었습니다. 나비고기가 대답했습니다.

"몸이 좋지 않아 방 안에 계십니다."

"그러고 보니 마래미도 없군."

볼락이 지적했습니다. 봄의 방 안에서 증언을 들었을 때 용녀님뿐 아니라 마래미도 모습을 드러내지 않았다는 걸 다로는 그제야 깨달았습니다.

"용녀님 옆에 계속 붙어 있겠지요."

거북이가 말하는 것과 거의 동시에 무당게가 한 걸음 앞으로 쓱 나왔습니다.

"어쩔 수 없지. 자, 슬슬 시작하시지요, 우라시마 님."

무당게는 부리부리한 눈으로 다로를 노려봤습니다.

"닭새우는 역시 살해된 겁니까?"

그러자 다로는 고개를 크게 끄덕였습니다.

"범행 이유는 바다소를 독차지하기 위한 갈등 때문이었던 것으로 보이네."

순간 그 자리에 있는 여자들이 일제히 고개를 떨궜습니다. 역시 다들 조금씩은 느끼고 있었던 것입니다. 다로에게 처음 질문을 던진 무당게는 눈을 크게 뜬 채 입을 꾹 다물고 있습니다. 문어는 자신의 머리를 찰싹 때렸고, 당사자인 바다소만이 태연한 얼굴로 있었습니다.

"범인은 춤 연습을 하기에는 이곳이 좋을 거라며 닭새우를 부추겨 겨울의 방으로 불러들였고, 빈틈을 노리고 있다가 감춰둔 다시마를 닭새우의 목에 감아 숨통을 졸라서 그녀를 죽였네. 그리고 빗장을 안에서 채우고 밖에 누군가의 기척이 들릴 때를 노려 목소리를 냈겠지. 아마도 신음 같은 소리를 냈을 테니 그때 거북이가 '그만해'라고 들은 건 역시 착각이었을 거야. 어쨌든 그자는 이곳에서 무당게가 문을 부수기 전까지 가만히 기다렸네."

"문을 부쉈을 때 그자가 아직 방 안에 있었다는 말이에요?"

나비고기가 입가에 손을 갖다 대며 물었습니다. 다로는

고개를 끄덕였지만 무당게가 "아뇨, 그럴 리 없습니다" 하고 고개를 흔들었습니다.

"전 닭새우의 사체를 발견했을 때 방 안을 꼼꼼히 둘러봤습니다. 보다시피 아무것도 없는 황량한 방입니다. 어디를 봐도 해마 새끼 한 마리 보이지 않았습니다."

"그자는 장지문 안쪽에 있었던 게 아닐세. 바로 이곳에 있었던 거야."

다로는 발밑을 가리켰습니다. 그곳에는 새하얀 모래만 있을 뿐입니다.

"우라시마 님, 무슨 말도 안 되는 말씀을……."

나비고기가 거기까지 말하고 화들짝 놀란 듯했습니다. 모두의 눈이 일제히 어느 자에게 쏠립니다. 그자의 낯빛이 순식간에 새파래졌습니다. 다로는 그 얼굴을 지그시 바라봤습니다.

"넙치, 자네가 닭새우를 자살로 연출해 살해한 게 맞나?"

"아, 아니에요……."

"무당게가 문을 부수고 셋이 장지문 안쪽에 있는 닭새우를 발견할 때까지 이 흰 모래에 몸을 숨긴 채 가만히 기다렸고, 그 뒤로 인간의 모습으로 돌아가 지금 막 방 안에 들어온 것처럼 연기했겠지."

"아니에요! 누명이에요!"

도망치려는 넙치의 목을 무당게가 삼지창으로 제압했습니다. 넙치는 벽 쪽으로 몰렸고 용궁 주민들이 그녀의 작은 몸을 에워쌌습니다.

"넙치, 너무하잖아. 어떻게 닭새우 언니를 죽일 수가 있어?"

볼락이 큰 눈에서 눈물을 뚝뚝 흘렸습니다. 도미와 나비고기는 머리에 손을 갖다 대고 진저리가 난다는 듯이 고개를 젓고 있습니다. 거북이는 망연자실하게 넙치를 바라봤습니다.

"아니야. 아니라고."

"넙치, 그만해. 볼썽사나우니까. 너만 할 수 있는 게 맞잖아. 빗장이 걸린 방 안에 몰래 들어가는 건."

문어가 자신의 머리를 찰싹찰싹 때렸습니다. 무당게가 무시무시한 얼굴을 넙치에게 들이밀었습니다.

"그러고 보니 생각나는군. 닭새우가 스스로 죽음을 택했다는 말을 가장 먼저 꺼낸 것도 너였다는 게. 닭새우가 자살한 것으로 우리의 이목을 집중시킬 속셈이었겠지."

다로는 까맣게 잊고 있던 사실이었습니다. 떠올려 보면 그 역시 넙치의 범행을 뒷받침하는 것처럼 느껴집니다.

"넙치!" "이 거짓말쟁이!" "자기가 못생겼다고 예쁜 언니를 질투했구나!" "배신자!"

용궁 생물들은 넙치에게 험한 욕설을 퍼붓고 지금 당장

그녀를 처단하려는 것처럼 으르렁거렸습니다.

"그만 하세요!"

갑작스럽게 들린 날카로운 목소리에 단숨에 소란이 잦아들었습니다. 복도 너머에서 용녀님이 걸어오고 있었습니다. 그녀의 표정은 참으로 슬퍼 보였습니다.

"우라시마 님, 마침내 사건의 진상을 밝히셨군요."

무슨 일일까요. 용녀님의 말을 듣고 다로뿐 아니라 다른 생물들도 이상하다는 듯이 고개를 갸웃거렸습니다.

"무당게, 넙치를 바위 방에 가둬주세요. 조만간 그 아이를 어떻게 할지 결정할 겁니다."

"네!"

"용녀님!"

넙치의 비통한 외침이 다로의 귀를 스쳐 갔습니다. 용녀님은 사건의 진상을 알고 있었던 걸까요.

"우라시마 님, 드릴 말씀이 있습니다. 지금 바로 제 방으로 와주세요."

용녀님은 반론은 허용하지 않겠다는 듯이 그렇게 말했습니다.

• • •

"저는 지금 아주 슬프답니다."

진주조개 침대 위에서 용녀님은 우울한 얼굴로 말했습니다. 그토록 달콤한 시간을 보냈던 그 침대에 다로는 지금 올라앉는 것조차 허락받지 못하고 있습니다.

"아바마마이신 용왕님께 물려받은 이 용궁 안에서 차마 눈 뜨고 볼 수 없는 추악한 다툼이……."

"용녀님은 넙치가 닭새우를 죽였다는 걸 알고 계셨습니까?"

용녀님은 촉촉해진 눈망울로 다로의 얼굴을 바라봤습니다.

"아아, 참으로 무자비한 질문을 하시네요. ……하지만 눈치챘다면 눈치챘다고 해야겠지요. 이게 다 제가 용궁 안 모든 생물의 마음을 제대로 파악 못 해서 벌어진 일이랍니다."

"아뇨. 그런 건……."

"우라시마 님, 저는 이제 넙치를 벌해야 한답니다. 그것도 무시무시한 방법으로요."

다로는 간담이 서늘해졌습니다.

"그러니 더는 다로 님을 대접해 드릴 수 없을 것 같습니다. 제멋대로 구는 것 같아 송구스럽지만 이제는 육지 세계로 돌아가시길 바랍니다. 이곳에 처음 오셨을 때와 마찬가지로 거북이에게 배웅해 드리라고 하겠습니다."

무서울 만큼 진지한 용녀님의 표정을 보며 다로는 아무

대꾸도 못 했습니다. 이제 이곳은 예전의 그 즐거운 용궁이 아닙니다. 외부인인 나는 얼른 돌아가는 게 낫겠다. 다로는 스스로 그렇게 되뇌었습니다.

그때 용녀님이 다로의 눈앞에 뭔가를 내려놨습니다. 찬합처럼 보이는 검은 상자에 붉은 끈이 묶여 있습니다.

"이건 옥수함玉手函이라고 불리는 것입니다. 선물로 드리겠습니다."

다로는 상자를 건네받았습니다.

"저희 용궁 생물들은 밖으로 나가도 마음은 예전과 똑같이 지낼 수 있답니다. 하지만 우라시마 님은 그러지 못하십니다."

"그게 무슨 말씀입니까?"

"우라시마 님, 부디 명심하셔요. 이 상자는 무슨 일이 있어도 열어서는 안 됩니다."

별안간 대화가 잘 맞물리지 않는 것 같아서 다로는 기분이 울적해졌습니다. 그러나 말없이 고개를 끄덕일 수밖에 없습니다.

용녀님은 그제야 원래의 상냥한 얼굴로 돌아갔습니다.

"전 평생 우라시마 님을 잊지 못할 거예요."

그 말을 듣고 다로는 몹시 아쉬운 기분이 들었습니다.

07

다로는 거북이와 함께 용궁 입구로 걸어갔습니다. 무당게는 삼지창을 손에 든 채 툭 불거진 눈으로 두 사람을 바라봅니다.

"우라시마 님께서 돌아가십니다."

그렇게 말하고 거북이는 웬일인지 무당게에게 죽통 하나를 내밀었습니다.

"무당게 씨, 이건 제 선물입니다. 달콤한 감로수예요. 최근에 이런저런 일로 고생하셨으니."

그러자 무당게가 기쁜 듯 미소 지었습니다. 뺨이 붉게 물드는 것처럼 보입니다. 이곳에 처음 왔을 때부터 어렴풋이 느꼈지만 무당게는 거북이에게 마음이 있어 보입니다. 그러나 이제는 다로와 상관없는 일입니다.

무당게가 두꺼운 빗장을 풀었습니다. 문이 열리자 바깥으로 시원하게 펼쳐진 바다 세계가 눈에 들어왔습니다.

"우라시마 님, 제 등딱지 위로."

그곳에는 이제 아름다운 아가씨가 아닌 바닷가에서 처음 만났을 때 모습의 거북이가 있었습니다. 다로는 상자가 떨어지지 않게 소중히 가슴에 품고 거북이의 등딱지 위에 올라탔습니다.

육지로 돌아가는 길은 고요했습니다. 모처럼 보는 아

름다운 풍경도 다로의 마음을 기쁘게 해주지 않았습니다. 용녀님은 이제 곧 넙치에게 벌을 내리겠지요. 얼마나 무서운 벌일까요. 그 아름다운 용녀님이 무자비한 벌을 내릴 생각을 하자 기분이 축 가라앉았습니다.

"우라시마 님."

용궁에서 얼마나 멀어졌을까요. 그전까지 묵묵히 헤엄치던 거북이가 입을 열었습니다.

"넙치는 왜 겨울의 방 안쪽에서 빗장을 채웠을까요."

다로는 이제 와서 이상한 말을 다 한다고 생각했습니다.

"닭새우가 스스로 목을 맨 것처럼 연출하기 위해서겠지."

"우라시마 님은 그게 거짓말이라는 걸 곧장 알아차리지 않으셨나요? 그 문을 열어두면 누가 닭새우 언니를 죽였는지 그 뒤로도 영원히 알 수 없었을 거예요. 오히려 빗장을 채우면 몸을 흰 모래처럼 위장하는 능력이 있는 건 그 아이뿐이니 내 손으로 죽였다고 고백하는 거나 마찬가지 아닌가요?"

과연. 그렇게 듣고 보니 그런 것 같기도 했습니다.

"넙치가 물고기에서 인간의 모습으로 변할 때 입고 있던 옷이 이제까지 몸을 숨기던 곳과 같은 색으로 물들어 버린다는 걸 알고 계셨나요?"

"아⋯⋯."

분명 처음 넙치를 만났을 때 검은 바닥에서 인간의 모

습으로 돌아온 넙치는 검은 옷을 입고 있었습니다.

"닭새우 언니의 시신을 처음 발견했을 때 넙치의 옷은 어떤 색이었지요?"

거북이는 바닷속을 거침없이 헤엄치며 물었습니다. 다로는 곧장 떠올렸습니다. 넙치는 몸이 싸늘히 식은 닭새우와 비슷한 새빨간 옷을 입고 있었습니다. 직전까지 흰 모래로 몸을 위장했다면 흰옷을 입고 있어야 합니다.

"……가을의 방에서 단풍 사이에 숨어 바다소를 지켜봤다는 말이 사실이었다는 건가."

"애초에 넙치는 닭새우 언니와 사이가 좋았지요. 둘이 함께 계획을 세워 복어가 독을 넣으려 한다는 소문을 흘리고 그녀를 용궁에서 추방할 정도였으니까요."

거북이는 다로의 질문에는 답하지 않고 어째서인지 이제는 사라진 복어 이야기를 꺼냈습니다.

"복어 언니는 참 착했어요. 전 그 통통하고 귀여운 언니를 아주 좋아했지요. 그런 언니가 닭새우 언니를 독살하려 했다는 건 당연히 거짓말이에요. 복어 언니는 용궁을 나갈 때 마지막 선물이라며 제게 독이 든 술잔을 줬답니다."

"거북이, 자네는 왜 이제 와서 그런 이야기를."

"글쎄요. 이 역시 마지막 선물이라고 해야 할까요. 자, 슬슬 바닷가에 도착할 시간입니다."

철퍼덕하는 소리를 울리며 다로의 머리가 바닷물 밖으

로 나갔습니다. 오랜만에 보는 햇빛이 눈을 찌릅니다. 얼마 후, 다로는 그리운 바닷가로 나갔습니다.

"그럼 우라시마 님, 앞으로도 모쪼록 몸 건강히."

"그래……."

다로는 왠지 석연치 않은 기분으로 대답했습니다. 거북이는 손을 두어 번 흔들더니 파도치는 바다 쪽으로 점차 자취를 감췄습니다. 이별은 순식간이었습니다.

이후 바닷가 풍경이 왠지 이상하다는 것을 눈치채기까지 그리 오랜 시간이 걸리지는 않았습니다.

그곳은 분명 다로가 매일 물고기를 낚던 바다였습니다. 특징적인 생김새의 바위나 멀리 있는 산이 그것을 알려줍니다. 그러나 바위 옆에 자라 있던 작은 소나무가 허리가 굽은 나이 든 나무로 바뀌었고, 나무 표면에는 심지어 비늘 같은 이끼가 잔뜩 껴 있습니다. 다로는 어머니가 기다릴 집으로 발걸음을 서둘렀습니다. 그러자 그곳에는 다로의 집이 아닌 처음 보는 석조 건물이 세워져 있었습니다. 돌…… 저것은 정말 돌일까요. 저토록 하얗고 직사각형 모양의 돌은 다로는 지금껏 본 적이 없었습니다.

어안이 벙벙해져 있자 건물 안에서 노인 한 명이 나왔습니다. 그 노인은 상의와 하의가 둘로 나뉜 기묘한 옷을 입고 있었습니다.

"저기, 말씀 좀 여쭙겠습니다."

다로가 말을 걸자 노인이 화들짝 놀랐습니다.

"이런, 자네 모습이 왜 그런가? 꼭 우라시마 다로 같구먼."

"네, 제가 우라시마 다로입니다."

"하핫, 재밌는 젊은이군. 우라시마 다로라면 벌써 400년 전에 이 바닷가에서 바닷속으로 사라진 남자일세."

400년 전······?

"그렇게 진지한 표정 짓지 말게나. 흔하디흔한 옛날이야기이니."

노인의 웃음소리는 이미 다로의 귀에 닿지 않았습니다.

어디를 어떤 생각으로 걷고 있었을까요. 다로는 어느새 다시 바닷가 바위 위에 걸터앉아 멍하니 바다를 바라보고 있었습니다.

"앗!"

다로는 순간 자신의 손을 내려다봤습니다. 손에 옥수함이 들려 있습니다. 이것을 열어보면 뭔가 알 수 있을지도 모릅니다. 용녀님과 한 약속이 머리를 스쳤지만 다로는 피어오르는 욕망을 주체할 수 없었습니다. 상자에 묶인 끈을 풀고 뚜껑을 엽니다.

그러자 상자 속에서는 흰 연기가 뭉게뭉게 피어올랐습니다. 갑자기 다로의 양손이 주름투성이로 변해 갑니다.

늙어가고 있다. 그렇게 느꼈을 때 다로는 문득 그 기억을 떠올렸습니다.

'잔대 조개'라는 이름의 전설 속 분홍 조개. 설화에서 그것은 가지고 있는 사람의 주변 시간 흐름이 멈춰버린 것처럼 느껴질 만큼 시간을 느릿하게 지나가게 하는 능력을 지녔다고 전해집니다. 용궁에서 다로가 보낸 시간은 고작 이틀. 그동안 잔대 조개의 힘이 미치지 않는 바깥 세계에서는 무려 400년의 세월이 흘러 버린 것입니다.

─저희 용궁의 생물들은 밖으로 나가도 마음은 예전과 똑같이 지닐 수 있답니다. 하지만 우라시마 님은 그러지 못하십니다.

다로는 용녀님이 했던 말의 진의를 조금씩 깨달으며 거북이를 구해줬을 당시 상황을 떠올렸습니다.

거북이는 그때 바닷가에 있던 아이들에게 잔대 조개를 빼앗겨 잠시 거품 밖으로 나가고 말았겠지요. 마음은 그대로, 그러나 몸만은 조금씩 나이 들어버린 것입니다. 거북이도 아마 용궁을 떠나기 전까지는 넙치와 나비고기처럼 열네 살 남짓 되는 여자아이였을 겁니다. 넙치가 거북이를 보고 "어쩌다 그렇게 됐어?"라고 물은 것과 용녀님이 거북이에게 "큰일을 겪었다더군요"라고 한 것은 이마에 난 상처가 아닌, 거북이의 몸이 순식간에 성인처럼 변해버린 것을 뜻한 말이었겠지요. 용궁 생물들에게 거품 밖의 시간은 빨리 흐르니까요.

"……앗!"

그리고 다로는 연기 속에서 순식간에 깨달았습니다. 겨울의 방을 밀실로 만들 또 하나의 방법을요!

바로 산호로 뒤덮인 그 창문입니다. 밖에 있는 산호를 미리 떼어내 창문을 열 수 있게 해둡니다. 그자는 닭새우를 겨울의 방에 불러 다시마를 써서 죽이고 흰 나무문에 빗장을 채워 둔 다음, 창문을 통해 밖에 나가고 다시 아무렇지 않은 얼굴로 문을 지나 방에 돌아옵니다. 산호는 걱정할 필요가 없습니다. 범행 후, 안뜰 가운데에 있는 거대 잔대 조개를 받침대 그대로 남서쪽으로 옮겨두면 그만이니까요. 용궁은 거대 잔대 조개의 신비한 거품 속에 네 귀퉁이가 아슬아슬하게 담기는 건물입니다. 그렇게 *잔대 조개를 조금만 옆으로 옮겨두면 거품 전체가 남서쪽으로 이동해 겨울의 방 창문이 거품 밖으로 나가게 됩니다*. 다로가 잠들어 있던 삼각 남짓의 시간 동안 *거품 밖에서는 수십 년의 시간이 흐르고, 그러면 용궁 생물인 산호가 다시 벽을 뒤덮어 창문을 열 수 없게 되는 것입니다!* 그리고 보니 바다소가 안뜰 잔대 조개 받침대와 그것을 둘러싼 바위의 배치가 뭔가 어긋난 것 같았다는 말을 하기도 했습니다.

옥수함에서는 여전히 연기가 뭉게뭉게 뿜어져 나옵니다. 이미 뼈와 거죽만 남은 다로는 고개를 가로저으며 이 말도 안 되는 가설을 머릿속에서 떨쳐내려 했습니다. 그러나 또다시 깨닫고 맙니다. 이 가설을 뒷받침하는 또 하나의 사실을요.

겨울의 방에서 닭새우가 살해되는 동안 그 위에 있는 문어의 방 역시 거품 밖으로 나가게 됩니다. 그러니 이 계획을 세운 자는 계획이 들키지 않도록 그 시간에 문어의 방에 아무도 들어가지 못하게 손을 쓴 것입니다. 그러나 그 때문에 피해를 본 자도 있습니다. 용녀님의 지시로 청소를 맡았던 마래미입니다. 거품 밖으로 나간 공간은 문어의 방 안 아주 작은 귀퉁이였겠지만 청소 도중 그곳에 들어간 마래미는 몸이 성장해 버리지 않았을까요.

"아아……."

다로는 한숨을 내쉬었습니다. 마래미가 성장하여 방어로 이름이 바뀐다는 것을 어부인 자신이 지금껏 까맣게 잊고 있었다는 사실에 한탄했습니다. *용녀님의 방을 찾은, 상반신이 알몸이었던 그 수상한 중년 남자. 그는 바로 방어가 돼버린 마래미였던 것입니다!* 무당게가 문어를 체포할 때 그는 바닥에 떨어져 부서진 거울 파편 속 자신의 모습을 보고 순간 착란에 빠져 놀라서 용녀님께 도움을 청하러 간 것이 분명합니다. 봄의 방에서 다로가 용궁 생물들의 증언을 들을 때도 마래미는 나타날 수 없었습니다. 그때 마래미는 이미 무당게의 손에 추방된 뒤였으니까요.

이 얼마나 무시무시한 일인가요. 이 닭새우 살해 계획을 세운 자는 대체 누굴까요.

삼지창으로 산호를 부수거나 창문을 열 수 있었던 것은 무당게뿐일 것입니다. 힘이 센 무당게라면 거대 잔대 조개를 받침대째로 옮길 수도 있었을 것입니다. 그러나 닭새우에게 미움을 받던 무당게는 닭새우를 겨울의 방에 부를 수 없었습니다.

머릿속에 떠오른 절망스러운 결론에 다로는 눈물을 흘리지 않고 배길 수 없어졌습니다. 문어의 방에 아무도 들어가지 못하게 일부러 문어의 분노를 사서 먹물을 사방에 뿌리게 한 자. 닭새우가 괴로워하는 소리를 들었다는 것도 넙치에게 죄를 덮어씌우기 위한 거짓말이었겠지요. 무당게에게 미인계를 써서 계획에 협력하게 하기도 손쉬웠을 겁니다. 선물이라고 속이고 지금껏 감춰뒀던 복어 독을 건네고 그가 그것을 마시면 앞으로 비밀이 새어나갈 염려도 없습니다. 애초에 다로를 용궁에 데려간 것도 사건을 이런 잘못된 결론으로 이끌기 위한 신뢰할 만한 외부인이 필요해서였을지 모릅니다. 그리고 이 모든 것은 복어를 용궁에서 추방한 닭새우와 넙치에게 복수하기 위해…….

"아아, 아아……."

다로는 바닷가에서 몸을 웅크렸습니다. 잔잔히 몰아치는 파도 소리가 지금은 왠지 사악한 존재의 속삭임처럼 들립니다.

이대로 모래가 되고 싶다. 세상에서 사라져 버리고 싶다.

다로는 그렇게 기원했고, 이윽고 정신이 아득해지는 것을 느꼈습니다.

흰 모래가 눈부신 고요한 바닷가입니다. 그곳에 연약해 보이는 두루미 한 마리가 있습니다. 두루미는 슬픈 듯이 한 번 울더니 하늘을 향해 날아오릅니다. 파란 겨울 하늘로 사라지는 쓸쓸한 흰 두루미. 이제 두 번 다시 이곳에 돌아올 일은 없겠지요.

그 뒤에 남은 것이라고는 아무도 없는 바닷가, 그리고 아무도 없는 시간입니다. 파도는 끝없이 끝없이 몰아치고 다시 밀려갑니다.

먼바다의
도깨비섬

일본 전래 동화 원작, 『모모타로』

복숭아에서 태어난 엄지손가락 크기의 모모타로는 열다섯 살이 되자 도깨
비섬 이야기를 듣고 모험을 떠난다. 할머니가 싸준 수수 경단을 들고, 여행
도중에 만난 개, 원숭이, 꿩과 함께 나쁜 도깨비들을 물리친 모모타로. 도깨
비로부터 빼앗은 보물을 가지고 돌아와 모두 행복하게 살게 된다.

도깨비섬에서 이뤄진 모모타로 일행과
도깨비들의 혈투는 모모타로의 승리로 끝난다.
하지만 진정한 싸움은 지금부터 시작되는데…….

이

옛날 옛적 이 할미가 어렸을 적 이야기란다.

이 도깨비섬에는 마흔 마리 정도 되는 도깨비가 지금처럼 한가롭고 의좋게 살고 있었지.

그러던 어느 해, 섬에 무시무시한 폭풍우가 몰아쳤어. 도깨비 장로님의 지시로 도깨비들은 일찍이 동쪽 뿔 바위 동굴로 대피해 목숨을 건졌지만 논밭은 모조리 못쓰게 돼버렸지. 그것도 모자라 그날 이후로는 바다에 고기를 잡으러 가도 고기가 한 마리도 잡히지 않게 돼버렸단다. 도깨비들은 굶주린 끝에 하나둘 쓰러지기 시작했어. 참으로 고된 시기였지. 지금도 폭풍우가 몰아치면 하늘을 원망하

도깨비섬 지도

(동쪽)

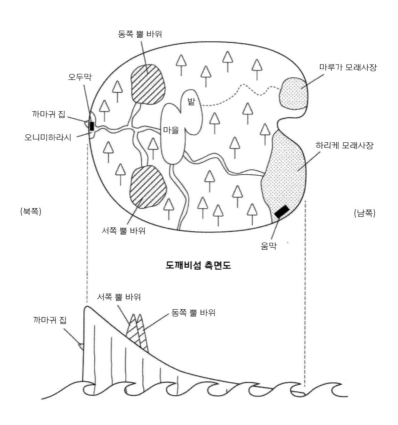

동쪽 뿔 바위

오두막

까마귀 집

오니미하라시

밭

마을

마루가 모래사장

하리케 모래사장

서쪽 뿔 바위

움막

(북쪽)

(남쪽)

도깨비섬 측면도

서쪽 뿔 바위

동쪽 뿔 바위

까마귀 집

(서쪽)

고 비가 내리는 날에는 집에서 나가지 않는 풍습이 만들어진 것도 다 그날의 폭풍우가 계기였단다.

그때 굶주린 동료들을 구하려 나선 도깨비가 바로 오니조라는 이름의 젊은 붉은 도깨비였어. 오니조는 두 동생과 함께 하리케 모래사장에서 뚝딱뚝딱 배를 만들었지. 그리고 쇠몽둥이를 들고 배에 올라타고는 먹을 것을 찾아 바다 너머로 떠났단다.

그로부터 사흘 후, 오니조가 섬으로 돌아왔어. 배에는 쌀자루와 채소, 술, 금은보화가 가득 실려 있었지. 섬에 있는 도깨비들은 하나같이 놀라고 기뻐했어. 이런 걸 도대체 어디서 구했느냐고 도깨비 장로님이 묻자, 오니조는 바다 너머에 '인간'이라고 불리는 이들이 살고 있다고 대답했단다.

오니타, 네게는 이미 여러 번 이야기했으니 알고 있지? 그 인간이라는 게 바다 너머에 사는 흰 피부를 지닌 존재들을 말한다는 걸. 오니조는 키는 도깨비보다는 약간 작고 머리에는 뿔 대신 검은 머리카락이 난 데다가 온몸에는 천을 두른 그 기이한 자들이 굶주림에 시달리는 도깨비섬의 사연을 듣고 우리를 가엾게 여겨 먹을 것과 보물을 흔쾌히 나눠줬다고 했단다. 도깨비들은 고맙고 또 고마운 마음에 눈물을 머금으며 바다 너머를 향해 두 손을 모았어.

그날 밤에는 오랜만에 술잔치가 벌어졌단다. 우리는 인간이라는 이름의 그들이 나눠준 것들을 맛있게 먹고 술을 마시며 신나게 춤췄지. 기분이 완전히 달아오른 도깨비들. 그 안에서 오니조가 한 발짝 앞으로 나와 이렇게 말했어.

"여러분, 이제는 밭에 나가 일하거나 바다에서 고기를 잡지 않아도 됩니다. 저와 동생이 가면 인간들이 언제든 먹을 것과 술, 보물을 나눠준다고 했으니까요. 내일부터 신나게 놀면서 지내셔도 됩니다."

그 말을 듣고 모두 기뻐했지만 도깨비 장로님을 비롯한 몇몇 도깨비는 오니조에게 반대했어. 장로님은 그렇게 일이 술술 잘 풀릴 리 없다며 모두를 꾸짖으셨지. 열심히 일하며 살아가지 않으면 하늘의 해님을 똑바로 볼 수도 없을 거라면서 말이야. 모처럼 일하지 않아도 먹고 살 수 있게 됐다며 기뻐하던 도깨비들은 장로님과 몇몇 도깨비들의 지적을 그냥 잔소리처럼 한 귀로 듣고 흘렸단다. 그러다가 끝내는 오니조의 지시로 도깨비 장로님과 나머지 몇몇을 번쩍 들어서 섬 동쪽의 뿔 바위 동굴에 던져 넣고 철문에 자물쇠를 채워버렸지.

그날 이후 도깨비들은 매일 놀고먹으면서 지내게 됐다. 먹을 것과 술이 떨어지면 오니조와 동생들이 인간이 있는 곳에 배를 타고 가서 얻어 가지고 왔으니까. 도대체 인간들은 왜 이토록 우리에게 친절을 베푸는 걸까. 흥청망청 살아가던 도깨비 중에 그런 의문을 떠올리는 자는 아무도 없었어.

그날은 아마 검은 안개가 바다를 뒤덮은 으스스한 날이었던 것 같구나. 매일 술잔치를 벌이며 곤드레만드레 취해 있던 도깨비들이 하리케 모래사장에 드러누워 쿨쿨 잠들어 있었지. 그때 파란 도깨비 한 마리가 문득 눈을 뜨고 먼바다에 떠 있는 배 한 척을 발견했단다. 배는 시간이 갈수록 점점 커졌어.

뱃전에 다리를 걸치고 있는 자는 어린아이였지만 차림새가 왠지 기묘했다고 해. 위로는 비단 같은 천, 아래로는 새빨간 천을 두르고 머리에 뭔가를 감고 있었지. 뱃전에는 깃발 같은 게 달려 있었는데 거기에는 처음 보는 글자도 적혀 있었어. 흰 피부와 검은 머리카락, 그리고 무엇보다 신기한 것은 머리에 뿔이 없다는 점이었지. 파란 도깨비는 문득 깨달았다. 저게 바로 오니조에게 늘 먹을 것과 술, 진귀한 보물을 나눠주는 인간이라는 생물이구나. 도깨비섬이 어떤 곳인지 구경하러 왔구나. 파란 도깨비는 그 인간이 물가에 배를 대는 걸 도와줘야 한다고 생각해 바다에 뛰어들었어. 그리고 그 인간에게 인사를 건네려 한 바로 그때였지.

배에서 바다에 뛰어든 갈색 짐승 한 마리가 "끼깃!" 하고 외치며 파란 도깨비를 향해 헤엄쳐 오더니 도깨비의 배를 확 할퀴는 게 아니겠니. 파란 도깨비는 배에서 피를 뿜으며 놀라움과 통증 때문에 파도 속에서 엉덩방아를 찧고 말았지.

뒤이어 "그르르" 하는 울음소리와 함께 나타난 하얀 짐승이 파란 도깨비에게 달려들어 목덜미를 콱 물었어.

마지막으로 파란 도깨비를 공격한 것은 노랑과 녹색 날개를 지닌 새였다는구나. 그 짐승은 파란 도깨비의 눈을 날카로운 부리로 콕콕 쪼았어.

"내 부하들아, 지금부터 나를 따라 도깨비들을 한 마리도 남김없이 해치운다!"

인간 아이가 그렇게 외쳤어.

그 후, 바닷가에서는 끔찍한 지옥도가 펼쳐졌다. 갈색 털에 얼굴과 엉덩이만 새빨간 무시무시한 '원숭이'라는 이름의 짐승은 나무와 바위를 손쉽게 오르내리는 재주를 지녔는데, 이 녀석이 잠든 도깨비들의 몸을 손톱으로 갈기갈기 찢어발기며 다녔지. 날카로운 이빨과 흰 털을 지닌 '개'라는 짐승은 도깨비들의 목덜미를 연이어 물어뜯고 다녔고, 이 녀석에게 양쪽 귀를 모두 잡아 뜯긴 도깨비도 있었다는구나. 그리고 노랑과 녹색 섞인 깃털의 '꿩'이라는 이름의 새는 날카로운 부리로 도깨비들의 눈동자를 쪼고 다녔다.

짐승들이 도깨비를 습격하고 있을 때 하리케 모래사장

에 두 다리로 내려선 이가 바로 조금 전 그 머리에 뿔이 없는 인간 아이였어.

"내 이름은 모모타로! 우리가 사는 마을에 나타나 먹을 것과 금은보화를 약탈해 가는 이 도깨비 녀석들아. 이 모모타로 님이 왔으니 이제는 너희도 끝이다. 모조리 토벌해 주마!"

세 마리의 짐승에게 공격받으며 그 외침을 들은 도깨비들이 얼마나 놀랐는지는 굳이 설명하지 않아도 알겠지. 모두 오니조와 그의 동생들을 돌아봤고 이내 깨달았단다. 오니조가 지금껏 거짓말을 해왔다는 것을 말이야. 오니조와 동생들은 인간에게 먹을 것과 금은보화를 얻어온 것이 아니라 힘으로 빼앗아온 거야. 실로 무시무시한 짐승들을 부하로 거느린 이 모모타로라는 이름의 인간 아이는 그 복수를 하러 도깨비섬을 찾은 거고.

모모타로는 오니조와 동생들을 발견하고 허리춤에서 예리하게 빛나는 검을 뽑아 드나 싶더니 엄청난 기세로 모래사장을 뛰어왔다. 그리고 검을 한일자로 휘두르자 오니조와 동생들의 목이 마치 낫에 베인 잡초처럼 우수수 떨어져 나갔지.

우리도 오니조 형제에게 지금껏 속았다는 이야기를 했지만 모모타로와 그 부하들이 들어줄 리는 만무했어. 도깨비들은 남녀노소 가리지 않고 그들의 손에 모두 살해

당하고 말았단다.

잠시 후, 하리케 모래사장은 도깨비들의 피로 새파랗게 물들었고 스산한 정적이 흘렀어. 그 안에 아직 숨이 붙은 어린 도깨비가 딱 한 마리 남았지. 모모타로는 그 도깨비의 뿔을 쥐고 억지로 고개를 들게 하더니 "도깨비섬의 우두머리가 지금 여기에 없는 것 같은데 어디 있느냐?" 하고 물었어.

그 시각, 하리케 모래사장에서 모모타로 일당에게 공격당한 도깨비들의 비명은 동쪽 뿔 바위 동굴까지 전해졌다. 그 안에 갇힌 이들도 무언가 좋지 않은 일이 일어난 게 분명하다고 걱정했어. 그리고 얼마 후, 굳게 닫힌 철문을 쿵쿵 두드리는 소리가 들렸지.

"너희는 모두 안쪽에 숨어 있거라."

도깨비 장로님은 다른 도깨비들을 돌아보며 지시했어. 그 안에는 오니마루와 오니호타루라는 젊은 부부와 어린 소녀 도깨비도 있었지. 젊은 부부는 장로님의 지시대로 다른 도깨비와 자기 딸을 데리고 동굴 안쪽으로 숨어들었어.

잠시 후, 모모타로가 자물쇠를 부수고 철문을 열자 안에서 도깨비 장로님이 나왔단다.

"네놈이 이 도깨비섬의 우두머리인가?"

모모타로 일당을 보고 도깨비 장로님은 하리케 모래사장에서 일어난 일과 오니조가 저지른 짓을 모두 깨달았어.

장로님은 모모타로보다 먼저 입을 열었지.

"이 도깨비섬 안에는 이제 나밖에 없네. 이 섬에서 보물이 있는 곳까지 자네들을 안내해 주겠네. 음식들은 전부 먹어버려서 돌려줄 수 없어. 그 대신 내 목숨을 바칠 테니 그걸로 용서하게나."

동굴에서 끌려나간 장로님은 섬의 보물들을 숨겨둔 서쪽 뿔 바위 동굴까지 모모타로 일당을 안내했어. 모모타로는 그곳에서 도깨비 장로님을 단칼에 쓰러뜨리고 보물을 배에 실은 다음, 짐승들과 함께 의기양양하게 도깨비섬을 떠났지. 그때 모모타로는 쓸데없다고 여긴 보물 몇 개를 섬에 남겨뒀는데 그건 지금도 서쪽 뿔 바위 동굴 안에 있단다.

동굴 안쪽에 숨어 있던 도깨비들은 다행히 들키지 않았어. 도깨비들은 모모타로 일당이 사라지고 하루가 지나서야 바닷가에 내려갔지. 너희도 알겠지만 도깨비는 죽고 나서 하루만 지나면 몸이 전부 시들어 썩은 귤처럼 갈색으로 변하고 쭈글쭈글해진다. 섬에 남은 이들은 그런 도깨비의 사체들을 흐느끼며 바다에 흘려보냈어. ……그 지옥 같은 비참한 풍경을 힘없이 지켜보던 오니마루와 오니호타루의 딸인 어린 소녀 도깨비……. 그 도깨비가 바로 이 할밈이란다. 오니겐은 아직 태어나지 않았을 때니 아무것도 모르겠지. 모모타로가 저지른 끔찍한 짓을 아는 도깨비는 이제 이 섬 안에 할미밖에 없을 거다…….

흐음……, 미안하구나. 그날을 떠올리는 것만으로 눈물이 나서.

오니타, 오니시게. 할미 말을 잘 들어라. 지금 이 도깨비 섬에 있는 도깨비들은 모두 장로님 덕분에 목숨을 구한 도깨비의 자손들이란다. 도깨비 장로님께 감사하며 사이좋게, 그리고 정직하게 살아가야 한다. 동료를 배신하거나 지나친 욕심을 부리면 언제 또다시 모모타로가 원숭이, 개, 꿩을 데리고 이 섬에 쳐들어올지 모르니까. 알겠느냐?

02

움막 안은 모래사장 위에 조악한 거적때기를 한 장 깔았을 뿐이어서 바닥 군데군데에 돌부리가 튀어나와 있다. 오니타는 파도 소리를 들으며 돌부리 하나를 베개 삼아 드러누웠다. 잠들고 싶어도 무서워서 정신이 말똥말똥했다.

다툼의 원인은 저녁밥으로 나온 경단이었다. 이 섬에서 비가 내리지 않는 날에는 아침, 점심, 저녁 모두 도깨비 촌장님 집 앞 광장에서 모닥불을 둘러싸고 함께 먹는다. 매일 배식 당번이 정해져 있는데 오늘 당번은 파란 도깨비 오니시게였다. 한 마리당 네 개씩 나눠주는 보리 경단이 오니타의 접시에 세 개밖에 없었다. 오니시게가 일부러 한 개 덜 준 것이 분명했다.

오니시게 녀석은 요즘 아버지 오니마쓰와 사이가 좋지 않아 예민한 상태다. 그뿐만 아니라 틈만 나면 "이 섬에 있는 도깨비들이 다 싫다" "난 섬을 나갈 거다"라는 건방진 말을 늘어놓는다. 점심에도 오니시게는 오니타에게 먼저 시비를 걸었다. 그때는 참았지만 역시 먹을 것이 얽히면 이야기가 달라진다. 오니타는 오니시게에게 따지고 들었고 오니시게는 "너처럼 키 작은 꼬맹이는 작은 경단 세 개로 충분해" 하고 얄밉게 빈정거렸다. 그래서 더 화가 난 오니타는 오니시게의 이마를 할퀴고 말았다. 오니시게도 오니타의 얼굴을 똑같이 할퀴며 반격했고 둘이 계속 몸싸움을 벌이고 있자, 모두가 몰려와 오니타와 오니시게를 떼어놨다.

도깨비섬에서는 아이들이 다투면 늘 다툰 아이 모두를 벌한다. 오니타와 오니시게의 양손은 각기 등 뒤에서 가시나무 덩굴로 묶였다. 그러고는 둘 다 뒷덜미를 붙잡힌 채 오니겐의 저택 별당으로 끌려가 오니오바바 할머니 앞에서 정좌하고 모모타로 이야기를 듣게 됐다.

그 옛날, 이 도깨비섬에서 정말로 일어났다는 그 이야기는 몇 번을 들어도 오니타를 공포에 질리게 했다. 원숭이, 개, 꿩이라는 기묘한 이름의 난폭한 짐승들. 그것들을 부하로 거느린 모모타로라는 이름의 냉정한 인간 아이. 평소 할머니는 오니타에게 나이 든 갈매기를 통해 알게 됐다는 인간 이야기를 이것저것 많이 해줬다. 피부색이 하얀데 반해 머리카락은 새까맣고 기이하게도 머리에 뿔이 돋지 않았다니, 떠올리는 것만으로도 등골이 오싹해지는 존재다. 그런 인간 모모타로의 검에 도깨비들이 연이어 베여 죽었다…….

오니오바바 할머니의 이야기가 끝나자 마을 촌장 오니겐이 들어왔다. 섬에서 유일한 검은 도깨비로 할머니의 동생이라 나이는 많을 테지만 몸은 젊은이와 견줄 만큼 우람하다. 오니겐은 오니시게와 오니타에게 따로따로 갇혀 하룻밤 머리를 식히라고 지시했다. 오니타는 형인 오니로의 손에 이끌려 하리케 모래사장의 움막 안에 갇혔다. 오니로는 문에 쇠자물쇠를 철컥 채우고 잘 자라는 한마디도 없이 사라졌다.

다행히 여름이라 춥지는 않고 창문으로 들어오는 달빛 덕에 어둠이 무섭지 않았다. 다만 아무도 없는 이 작은 움막 안에서 멍하니 있다 보면 저도 모르게 모모타로와 짐승들 이야기가 머릿속에 떠올랐다. 오니타는 문에 달린 작은 창을 통해 바다를 봤다.

모모타로 일당이 제일 처음 섬에 상륙한 곳이 이 하리케 모래사장이라고 한다. 만약 오늘 밤 또다시 그들이 이곳을 덮친다면……. 가장 먼저 죽는 건 나 아닐까. 오니시게 녀석은 오니미하라시에 있는 오두막에 갇혔다고 들었다. 오니미하라시는 섬 북쪽 끝의 깎아내린 절벽 위에 있는 탁 트인 공간으로, 모모타로가 만약 이 섬을 덮친다면 그 오니미하라시는 가장 마지막에나 찾아가게 될 것이다. 이게 무슨 공평한 쌍방처벌이냐며 오니타는 갑자기 두려움과 분한 기분이 몰려와 하마터면 눈물이 터질 뻔했다.

그때 마을로 가는 길목에서 도깨비 두 마리가 걸어오는 것이 보였다.

"오니타." "벌써 잠들었니?"

달이 뜬 밤하늘에 울리는 목소리를 듣고서야 그들의 정체를 알아차렸다.

"오니유리 누나, 그리고 오니우메 누나."

"아하하, 아직 깨어 있었구나."

웃으며 문 앞에 선 도깨비는 오니유리, 오니우메라는 이름의 여자 도깨비였다. 두 마리 다 오니타보다 나이가 조금 많아서 오니타는 마치 친누나처럼 두 도깨비를 따르고 있다. 날씬한 분홍 도깨비 오니유리는 술병과 건어물을 손에 들고 있고, 조금 살집이 있는 녹색 도깨비 오니우메는 마른 나뭇단 세 다발을 품에 안고 있었다.

"날 구해주러 온 거야?"

"바보. 구해주긴 뭘 구해줘. 감시하러 왔지."

오니타가 도망치지 못하도록 둘에게 오니겐이 감시를 지시했다고 했다.

"어휴, 정말. 그러니까 왜 싸우고 그래?"

오니우메는 움막과 그리 멀지 않은 곳에 나뭇가지를 차곡차곡 쌓더니 부싯돌로 불을 붙이기 시작했다. 잠시 후, 탁탁 소리를 내며 불이 붙자 그 위에 건어물을 굽고 술을 마시며 두 도깨비는 수다를 떨기 시작했다. 대화의 주제는 거의 젊은 남자 도깨비에 관한 것이다. 오니유리가 오니로의 팔심이 세서 멋있다고 하자 오니우메는 넌 역시 취향이 별로라며 고개를 절레절레 흔들었다. 그러더니 이번에는 오니우메가 오니히로를 좋아한다고 고백하자 그 애야말로 정말 아니라며 오니유리가 되받아쳤다.

따분해. 오니타는 다시 바닥에 드러누워 눈을 감았다.

취기가 올랐는지 누나들의 목소리가 점점 커졌다. 이제 오니타에게는 신경도 기울이지 않는 듯했다. 오니타는 모모타로가 두렵기는 해도 조금 전의 그 정적이 그리워졌다.

03

"일어나!"

요란한 목소리에 오니타는 깜짝 놀라 몸을 벌떡 일으켰

다. 눈앞에 선 도깨비는 형 오니로였다. 사납게 화를 내는 고래와 같은 눈빛을 하고 있다. 오니로 옆에는 마른 체형의 파란 도깨비 오니히로가 괭이를 들고 서 있다. 두 도깨비의 등 뒤 즉, 문밖에서는 오니유리와 오니우메가 걱정스럽게 움막 안을 엿보고 있다.

"오니타, 아무리 그래도 꼭 죽여야 했나?"

오니로가 물으며 오니타의 멱살을 움켜쥐었다.

"응? 느닷없이 그게 무슨 소리야?"

"오니로, 잠깐만."

오니유리가 들어와 오니로를 말렸다.

"아직 오니타가 저질렀다고 확실히 밝혀진 것도 아니잖아."

"당연히 이놈 짓이지. 이게 그걸 뒷받침하고."

오니히로가 손에 든 괭이를 내려다봤다. 오니로는 무시무시한 얼굴로 오니타를 계속 노려봤다.

"도대체 무슨 소린지 모르겠어. 누가 죽었는데?"

"오니시게."

오니타는 순간 눈앞이 캄캄해졌다. 오니시게가 죽었다고?

"잔말 말고 따라와."

오니타는 오니로에게 뒷덜미를 붙잡혀 마을로 질질 끌려가는 동안 사건 경위를 듣게 됐다. 오니시게는 어젯밤

섬의 북쪽 벼랑인 오니미하라시에 있는 오두막 안에 갇혀 있었다. 오두막 문에는 자물쇠가 채워져 있었고, 하리케 모래사장의 움막보다 튼튼한 자물쇠라 안에서는 절대 열지 못할 거로 생각해 따로 감시를 붙이지도 않았다. 해가 떠서 아침밥을 먹을 무렵, 오니겐이 오니시게 쪽은 이제 용서해 줘도 괜찮을 것 같다고 말했다. 오니로가 오니미하라시로 향했을 때는 이미 오두막 문 자물쇠가 돌로 쳐부순 것처럼 망가져 있었다. 놀란 오니로는 오두막 안을 샅샅이 뒤졌지만 오니시게는 보이지 않았다. 그 뒤, 오두막을 나가 주변을 살피자 비로소 오니시게가 발견됐다고 한다.

오니미하라시 벼랑에서 바다까지 높이는 넉넉잡아도 삼백 척(약 90미터)은 된다. 그곳의 정확히 절반 정도 되는 곳 부근에 '까마귀 집'이라고 불리는 선반처럼 툭 튀어나온 바위가 있다. 넓이가 다다미 두 장 정도 되는 좁은 그 까마귀 집에 파란 도깨비 한 마리가 하늘을 바라보며 누운 자세로 쓰러져 있었다. 유심히 보니 얼굴은 날카로운 손톱에 긁힌 듯한 상처로 엉망진창이었고 파란 가슴에도 무수한 찰과상이 보였다. 오니로는 오니시게의 이름을 외쳤지만 반응이 없는 걸 보니 죽은 건 확실한 듯했다.

까마귀 집까지는 따로 발 디딜 곳이 없어서 내려가기가 극히 어렵고, 아래에서부터 오르려 해도 도깨비섬의 북쪽 바다는 파도가 높아 쉽지 않다. 오니시게의 사체는 일단 그대로 둔 상태라고 한다.

오니겐의 집 앞 광장에는 이미 도깨비들이 빙 둘러 서 있었고 오니로는 오니타를 그 가운데에 밀어 넣었다. 바닥에 무릎을 부딪힌 오니타는 무릎을 손으로 감싸며 주변에 선 도깨비들의 얼굴을 둘러봤다.

현재 도깨비섬에는 총 열세 마리의 도깨비가 살고 있다.

오니겐(검은 도깨비)과 오니오바바(노란 도깨비) 할머니 남매.

오니로(붉은 도깨비)와 오니타(붉은 도깨비) 형제.

오니마쓰(파란 도깨비)와 오니시게(파란 도깨비) 부자.

오니자(노란 도깨비), 오니기쿠(분홍 도깨비) 부부와 그 딸 오니유리(분홍 도깨비).

오니헤이(녹색 도깨비), 오니후지(붉은 도깨비) 부부와 그 딸 오니우메(녹색 도깨비).

그리고 평소 혼자서만 고고한 척하는 태도가 아니꼬운 고아 출신의 오니히로(파란 도깨비)다.

이렇게 쭉 한꺼번에 보니 그야말로 각양각색이지만 오니타는 숫자가 왠지 적은 느낌이 들었다. 까마귀 집에서 죽었다고 하는 오니시게와 다리가 좋지 않아 별당에서 나오지 못하는 오니오바바 할머니가 없는 것은 그렇다 쳐도 그 둘 외에 한 마리가 더 없는 듯했다.

"오니겐 촌장님, 전 오니시게를 죽인 도깨비가 이 오니타라고 생각합니다."

오니타가 누가 이 자리에 없는지 떠올리고 있을 때 오니히로가 불쑥 입을 열었다. 오니겐이 한 발짝 앞으로 다가와 오니타를 노려봤다. 그 엄해 보이는 검은 얼굴을 보며 오니타는 몸을 움찔했다.

"그게 사실이냐?"

"아, 아니에요. 전 아니에요."

오니타가 오니겐의 다리를 붙들고 호소하려 하자 오니겐은 "만지지 마라" 하고 엄포를 놓고 한 발짝 뒤로 물러섰다. 그는 어째서인지 다른 도깨비가 자신의 몸을 만지는 걸 극도로 싫어했다.

"전 아니에요."

오니타는 다시 한번 호소했다.

"전 어제 하리케 모래사장에 있는 움막 안에 갇혀 있었어요. 문밖에서는 누나들이 감시하고 있었고요."

그러자 모두의 시선이 두 여자 도깨비에게 향했다.

"맞아요. 오니타가 말한 대로 저희는 어제 온종일 움막 앞에서 오니타를 감시했어요. 그러느라 한숨도 못 잤지요. 오니타는 저희가 모닥불을 피우자 얼마 안 돼 움막 안에서 잠들어버린 것 같았고, 조금 전 오니로 씨가 움막 자물쇠를 풀고 깨우기 전까지는 움막에서 나오지 않았답니다."

술 냄새를 풍기고 있기는 하지만 오니유리의 증언은 오니타에게 유리했다. 그러나 오니히로가 빈정거리듯 되받아쳤다.

"오니타는 그런 난국에서도 오니시게를 죽인 거라니까."

오니히로는 벼 이삭처럼 노란 머리카락을 쓸어 올리며 귀 뒤로 넘기더니 다리 옆에 둔 괭이를 집어 모두가 보이도록 높이 들었다.

"이건 어제 오니타가 갇힌 모래사장 움막에서 나온 겁니다."

어젯밤에 그런 게 움막 안에 있었는지 오니타는 알지 못했다.

"이걸 쓰면 그 움막에서 나갈 수도 있지요."

오니히로는 다른 도깨비들을 자신에게서 떨어지게 하더니 괭이를 위로 치켜들고 "덴구의 딸꾹질, 딸꾹, 딸꾹, 딸꾹!"하는 이상한 말을 중얼거리며 흙 위에 괭이를 꽂았다. 그러자 한 줄기 바람이 불더니 땅에 성인 도깨비가 들어갈 정도의 구멍이 뚫렸다.

"이건 서쪽 뿔 바위 동굴에 보관돼 있던 덴구 괭이라는 이름의 보물입니다."

"그래. 그건 덴구 괭이가 맞아."

오니겐이 말을 받았다.

"옛날에 오니조라는 도깨비가 바다 너머 인간들에게서 빼앗아온 보물 중 하나지. 모모타로 일당은 이 괭이의 가치를 알지 못하니 섬에 그냥 두고 갔고, 뒤에 남겨진 도깨비들은 그 참사를 잊지 말자는 의미에서 동굴에 괭이를 보관해 뒀어."

오니히로는 오니겐을 보며 고개를 끄덕였다.

"오니타는 그 이야기를 알고 있었으니 이걸 미리 훔쳐서 모래사장 움막 안에 넣어뒀겠지요. 그리고 어젯밤 오니시게와 다퉈서 움막에 갇혔고 문 앞을 감시하는 두 도깨비가 오자 몰래 바닥을 판 겁니다."

하리케 모래사장 움막의 거적때기 밑에는 바닷가 모래뿐이다. 신비한 능력을 지닌 덴구 괭이를 쓰면 감시하는 두 도깨비가 있는 곳과 반대쪽으로 탈출구를 팔 수 있다. 오니타는 그 구멍으로 몰래 움막을 빠져나가 오니미하라 시의 오두막에 가서 오니시게를 죽이고 다시 하리케 모래사장의 움막에 돌아와 구멍을 메워 없앴다는 것이 오니히로의 추리였다.

"그건 좀 이상한 것 같아."

오니히로의 의견에 이의를 제기한 도깨비는 오니유리였다.

"아무리 움막 안에서 탈출구를 팠다고 해도 오니미하라시에 가려면 마을을 지나야 해. 그 길은 우리 눈이 닿을 수밖에 없는 곳에 있고."

"맞아, 맞아."

오니우메도 합세했다. 그러나 오니히로는 반론도 이미 준비한 것처럼 보였다.

"오니타 녀석은 서쪽 뿔 바위 동굴에서 보물을 두 개 더 가져왔던 거야. 그중 하나가 바로 두루미의 날개옷이었어."

주변에 있는 도깨비들이 또다시 술렁이기 시작했다.

"그건 또 뭐야?"

"두루미의 날개 깃털로 짠 신비한 옷이지. 그걸 걸치면 몸이 바람처럼 가벼워져."

"그걸 입고 하늘을 날았다는 거야?"

오니유리와 오니우메가 어이없다는 듯이 웃음을 터뜨렸지만 오니히로는 진지하기 그지없는 얼굴로 고개를 저었다.

"아니, 그럴 수는 없었겠지. 다만 바람과 비슷한 정도, 그러니까 몸무게를 거의 무시할 수 있을 정도로 몸이 가벼워졌던 거야."

오니히로의 말에 두 여자 도깨비가 웃음을 멈췄다. 오니히로는 "이해한 것 같네" 하고 후련해하는 얼굴로 설명을 이었다.

"오니타는 바닷가 움막을 탈출한 다음, *바다 위를 걸어*

북쪽 벼랑 아래에 도착했습니다. 북쪽 바다는 모두 아시다 시피 파도가 거세지요. 그러나 파도 위를 걸을 수만 있다면 고생스럽기는 하겠지만 거기까지 가는 게 아예 불가능한 건 아닙니다."

"벼랑 아래에 도착하고서는 어떡하는데? 우리 도깨비들은 그 깎아내린 듯한 벼랑을 오를 수 없어."

오니우메가 물었다.

"거기서 등장하는 게 바로 또 하나의 보물, 요술 방망이야."

그 말을 듣고 이번에는 오니겐이 "흠……" 하더니 목소리를 높였다.

"그래. 서쪽 뿔 바위 동굴에는 그것도 있지. 살아 있는 것의 크기를 자유자재로 바꿀 수 있는 신비한 방망이가."

오니히로는 만족스럽게 고개를 끄덕였다.

"오니타는 북쪽 벼랑 아래에 도착하고서 그 요술 방망이로 *자신의 몸을 벼랑과 비슷한 높이가 되도록 크게 키웠습니다.* 그리고 벼랑을 타고 올라간 후 다시 원래 크기로 돌아간 겁니다."

너무도 황당무계한 추리에 모두 대꾸하지 못하고 입을 다물었다. 그런 일이 가당키나 하다는 말인가. 그러나 오니히로의 추리가 틀리지 않았을 거라는 분위기가 지금 이곳을 지배하고 있었다.

"그럼 그 오두막의 자물쇠는?"

오니유리가 그렇게 물어서 오니타는 내심 쾌재를 불렀다.

"덴구의 딸꾹질, 딸꾹, 딸꾹, 딸꾹!"

오니히로는 또다시 덴구 괭이를 내려치더니 바닥에 구멍을 팠다.

"이 괭이를 쓰면 자물쇠를 부수는 건 일도 아니지."

그러자 오니유리 역시 할 말을 잃은 듯했다.

"두루미의 날개옷과 요술 방망이는 하리케 모래사장으로 돌아간 다음, 바다에 던져버리지 않았을까요. 덴구 괭이만은 구멍을 다시 메울 때 필요하니 버리지 못하고 움막에 도로 가져갈 수밖에 없었던 겁니다. 그 역시 나중에 처분할 속셈이었겠지만 이 오니히로의 눈은 속일 수 없지요."

"왜 그런 짓을 한 게냐?"

오니로가 눈이 새빨개져서 오니타의 어깨를 붙들고 흔들었다.

"아니야. 난 아니야."

"볼썽사납군."

오니히로가 딱 잘라 말했다.

"오니타. 넌 오니오바바 할머니의 옛날이야기를 누구보다 열심히 들었어. 할머니가 늙은 갈매기에게 전해 들었다는 은혜 갚은 두루미 이야기와 엄지 동자 이야기까지. 넌 그 세 가지 보물의 신비한 힘에 대해 잘 알고 있었던 거야."

오니타는 분명 할머니가 해주는 옛날이야기를 좋아해서 덴구 괭이와 두루미의 날개옷, 요술 방망이에 대해 알고 있었다. 그러나 할머니가 실물을 궁금해하지 말라고 신신당부해서 지금껏 그것들을 실제로 본 것은 고사하고 서쪽 뿔 바위 동굴에 들어가 본 적도 없지만, 오니타의 변명을 들어줄 도깨비는 이제 없는 듯했다.

"지금 당장 오니타 녀석을 꽁꽁 묶어라!"

오니겐의 불호령에 도깨비들이 일제히 오니타에게 덤벼들었다. 오니타는 미처 저항할 새도 없이 팔다리가 가시나무 덩굴로 단단히 묶였다. 높은 하늘에서는 늙은 갈매기 한 마리가 유유히 날고 있었다.

04

"제기랄……."

오니타는 암흑 속에서 중얼거렸다. 오니겐의 집 창고 2층. 눅눅하고 곰팡내가 풍겨서 차라리 하리케 모래사장의 움막이 훨씬 나을 지경이다. 몸부림을 칠수록 가시나무 덩굴이 살갗을 파고들었다.

"휴우……."

오니타는 이제는 다 체념하고 싶었다. 오니겐의 의심을

산 이상 이제는 어쩔 도리가 없다.

검은 도깨비 오니겐의 아버지와 어머니는 바로 어제 들었던 모모타로 설화 속에 등장한 오니마루와 오니호타루다. 오니마루는 모모타로의 일당이 섬을 휩쓸고 간 이후 섬의 새로운 우두머리가 됐고 남은 도깨비를 통솔해 지금 같은 마을을 부활시킨 위대한 도깨비다. 그래도 말년에는 도깨비섬의 미래를 위해 아직 할 일이 남았다며 원통해했다. 그래서 숨이 끊어지기 직전 머리맡에 오니겐을 불러 "아버지가 못다 한 일은 네가 이루도록 해라"라는 유언을 남겼다고 한다. 우직한 성격의 오니겐은 아버지와의 약속을 지키기 위해 지금껏 엄격하게 도깨비섬의 촌장 임무를 맡아왔다. 아버지 오니마루가 만들었다고 전해지는, 폭풍우가 쳐서 비가 내리는 날은 불길하니 절대 밖에 나가서는 안 된다는 규칙은 지금도 절대적이다. 이 규칙을 깬 도깨비는 열흘 동안 그 누구와도 대화하지 못하는 벌을 받는다. 이런 엄격한 규칙 덕에 도깨비섬은 지금껏 평화를 유지해 왔다. 적어도 오니타가 사리 분별을 하게 되고서부터 도깨비 살해 같은 사건은 일어나지 않았다.

오니타의 가슴속에서 슬픔과 증오가 소용돌이쳤다. 오니타는 마음을 가라앉히기 위해 오니오바바 할머니에게 들은 옛날이야기를 떠올렸다. 할머니는 늙은 갈매기의 말을 알아들을 수 있다고 한다. 늙은 갈매기가 먼 인간 세

계까지 날아가 보물에 얽힌 옛날이야기를 듣고 와서 그녀에게 들려주는 것이다. 오니타는 모모타로 이야기가 아닌 다른 옛날이야기를 떠올리려고 했다.

잠시 그러는 동안 오니타는 문득 깨달았다.

그래, 이로써 내가 오니시게를 죽이지 않았다는 것을 증명할 수 있다. 그러나 나에게 과연 해명할 기회가 주어질까.

게다가 내가 오니시게를 죽이지 않았다는 것을 증명한다고 해도 오니시게를 죽인 도깨비가 누군지까지는 밝혀지지 않는다. 누굴까. 오니시게는 마을 안에서 사랑받는 아이였다. 오니유리의 어머니 오니기쿠는 오니타와 오니시게에게 똑같은 샅가리개를 만들어주기도 했다. 이해할 수가 없다. 오니겐의 훌륭한 지도로 지금껏 이 섬의 도깨비들은 사이좋게 지내왔다. 이 도깨비섬 안에서 다른 도깨비를 죽일 도깨비 따위…….

"앗…….."

그때 오니타의 머릿속에 한 가지 가설이 떠올랐다. 설마 그럴까 싶지만 이제는 떨쳐낼 수 없다. 그렇다. 재앙은 또다시 이 섬을 덮쳤을지도 모른다.

그때 계단 아래에서 끼익 하는 소리가 들리더니 아래로 내려가는 사다리 구멍에서 빛이 들어왔다. 누군가 창고 문을 연 것이다. 거친 숨소리를 내며 2층에 얼굴을 들이민 도깨비는 형 오니로였다.

"오니타, 괜찮냐?"

오니로는 오니타의 다리에 묶인 가시나무 덩굴을 풀기 시작했다. 오니로에 이어 오니히로도 올라왔다. 오니히로는 "미안" 하고 오니타에게 사과했다.

"오니타, 넌 오니시게를 죽이지 않았어."

"당연하지, 이 자식아."

오니타는 자신보다 나이가 많은 오니히로를 지금껏 꼬박꼬박 형으로 대우했지만 지금만큼은 화를 참을 수 없었다. 그리고 조금 전 자신이 깨달은 사실을 두 도깨비에게도 들려주기로 했다.

"실은 그 요술 방망이는 말이지……."

"*자기 자신을 키우거나 줄일 수는 없다.* 그 말을 하려는 거지?"

오니히로가 선수를 쳤다.

그렇다. 엄지 동자 설화에서 요술 방망이는 "커져라" 혹은 "작아져라" 하고 읊고 휘두르면 눈앞에 있는 생물의 크기를 조절할 수 있다. 그러나 자기 자신에게는 효과가 없다. 오니타가 몸 크기를 바꿔 벼랑을 오르내렸다는 오니히로의 추리는 현실적으로 불가능하다는 뜻이다.

"나도 조금 전에 막 깨달았어. 그리고 그 덴구 팽이 말인데, 오니헤이 씨가 어제 낮에 자기가 모래사장 움막에 갖다 놨다고 자백했어."

오니헤이는 그의 딸 오니우메보다 더 둥글고 통통한 체형의 녹색 도깨비로 이 섬에서 제일가는 대식가다. 어제 하리케 모래사장에서 조개를 많이 캤는데 하필 조개껍데기를 깔 도구가 없었고, 문득 서쪽 뿔 바위 동굴에 괭이가 있는 것이 떠올라 그것을 가져와 조개껍데기를 깠다. 오두막에서 혼자 조개를 잔뜩 먹고 잠시 쉬다가 괭이를 깜빡하고 그대로 집에 돌아가 버렸다고 한다.

"오니헤이 씨는 왜 이제야 그걸 털어놨대?"

"모두가 널 의심하는 것 같아서 차마 입이 떨어지지 않았대. 용서해 줘. 지금은 그게 문제가 아니야."

오니타는 화가 치밀었지만 오니로와 오니히로가 왠지 불안해하는 것 같아서 분노가 가라앉았다.

"무슨 일인데?"

"또 살해됐어."

오니로가 가시나무 덩굴 매듭과 사투를 벌이며 대답했다.

"누, 누가?"

"오니오바바 할머니."

05

어젯밤 오니타와 오니시게가 그 무서운 모모타로 이야

기를 들은 별당에 지금은 오니자와 오니헤이가 있었다. 여자 도깨비들은 다 어디 갔을까.

"데려왔습니다."

오니로의 말에 도깨비들이 돌아봤다. 순간 별당 안의 참혹한 상황이 오니타의 눈에 들어왔다.

방 한가운데에서 오니오바바 할머니가 위를 보고 누워 있었다. 머리카락은 헝클어졌고 눈을 까뒤집은 채 누런 송곳니가 보이게 입을 쩍 벌리고 있다. 처음 보는 할머니의 끔찍한 모습이었지만 그보다 더 오니타의 눈길을 빼앗은 것은 그 어깨에 난 상처였다. 잘 들지 않는 녹슨 칼 같은 것으로 어깨를 도려낸 듯했다. 주변에 파란 피가 잔뜩 튄 것을 보면 할머니가 극심한 고통 때문에 정신을 잃고 그대로 세상을 떠났다는 것을 알 수 있었다.

"여자 도깨비들은 다 겁을 먹고 혼란에 빠졌어."

눈앞의 상황을 보며 할 말을 잃고 있자 어디선가 오니겐이 돌아와 말했다.

"오니헤이, 자네 집에 여자 도깨비들을 모아놓고 그 안에서 한 발짝도 움직이지 말라고 했네."

"네."

오니헤이가 고개를 숙였다. 오니타는 그제야 여자 도깨비들이 이곳에 없는 이유를 깨달았다.

그 뒤 오니타는 모두에게서 이런저런 이야기를 들었다.

도깨비들은 오니타를 창고에 가두고 아침을 먹으며 오니타에게 어떤 벌을 내릴지 상의했지만, 오니유리만이 계속 오니타의 범행을 부정했다고 한다. 오니유리는 밤까지 오니타가 하지 않았다는 증거를 찾아올 테니 기다려달라고 간청했고 결국 마음이 움직인 오니로가 그 의견에 동의하자 다른 도깨비들도 수긍해 도깨비들은 일단 해산했다.

그로부터 얼마 후 오니겐이 곧 있을 작물 수확에 대해 오니오바바 할머니와 상의하려 별당을 찾았다가 그녀의 변사체를 발견했다.

"유감스럽지만 범인은 지금 우리 안에 있는 것 같군. 그리고 오니타, 오니오바바 할머니를 죽이지 않은 게 확실한 도깨비는 지금 너뿐이다."

오니겐은 그렇게 말하며 자기 누나의 시신에서 오니타 쪽으로 시선을 향했다.

"앗."

"살아생전 누님을 마지막으로 만난 도깨비는 오니우메. 아침 식사 시간이었지."

모두 함께 아침을 먹고 있을 때 오니우메는 별당에 있는 오니오바바 할머니에게 아침밥을 가져다줬다. 오니우메는 그때 할머니와 두어 마디를 주고받았다고 한다. 그 후, 오니겐이 할머니의 시신을 발견하기 전까지 모든 도깨비가 혼자 있던 시간이 생겨서 공교롭게도 창고에 갇혀 있던 오니타만이 용의선상에서 제외됐다.

"거기에 오니히로의 이야기를 들어보니 요술 방망이 또한 혼자서는 쓸 수 없다더군. 오니타, 지금 이 자리에서 믿을 수 있는 도깨비는 너밖에 없다."

오니겐의 말에 조금 전 일이 마치 거짓말처럼 느껴졌다.

"오니타."

오니로가 오니타의 어깨에 손을 얹었다.

"우리는 지금 서로를 의심하고 있어. 도깨비섬에 사는 도깨비 중에 오니시게와 오니오바바 할머니를 죽인 도깨비가 있다고 생각하면 불안해서 아무것도 손에 안 잡히는 상황이야. 지금은 남자 도깨비들이라도 협력해서 이번 일을 헤쳐 나가야 한다고 생각하지만, 뭘 어떻게 시작해야 좋을지 모르겠다."

"오니타, 뭐든 좋으니 떠오른 게 있으면 말해줘."

오니히로까지 오니타에게 부탁했다. 오니자와 오니헤이도 연신 오니타, 오니타 하며 그를 불렀다. 오니타는 조금 전 자신이 떠올린 생각을 입에 담았다.

"창고 안에서 문득 떠오른 게 있어요."

"오, 그게 뭐냐?"

오니타에게 기대의 눈빛이 쏠렸다.

"오니로 형, 까마귀 집에 있던 오니시게의 시신 가슴에 뭔가에 긁힌 상처가 있었다고 했지?"

"응⋯⋯, 그래."

오니타는 잠시 망설였다. 그것의 이름을 입에 담는 것이 두려웠기 때문이다. 그러나 말해야 한다고 생각했다.

"범인은 원숭이 아닐까."

그러자 오니로가 소스라치게 놀랐다. 다른 도깨비도 마찬가지였는데 오직 오니히로만 오니타가 지금 무슨 말을 하는지 이해한 듯했다.

"옛날이야기 속 모모타로가 데려왔다는 그 짐승 말이야?"

그러자 오니겐이 "말도 안 돼" 하고 고개를 흔들었다.

"모모타로 일당이 이 섬에 온 건 아주 오래전이다. 나조차 태어나지 않은 시기였어."

"하지만 그렇게 생각하면 광장을 지나지 않고 오니미하라시에 가서 오니시게를 죽인 걸 설명할 수 있어요."

오니타가 대답했다.

"오니오바바 할머니의 이야기 속에서 원숭이라는 짐승은 헤엄에 능하고 나무나 벼랑 같은 것도 쓱쓱 잘 올라간다고 해요. 배를 타고 그 벼랑 근처까지만 가면 그 뒤에는 벼랑 아래까지 헤엄쳐 가서 벼랑을 오르지 않았을까요?"

"그럼 오두막의 자물쇠도 원숭이가 부쉈다는 말이냐?"

"무시무시한 짐승이라고 하니 그 정도는 할 수 있었겠지요."

"흐음……."

오니겐은 영 수긍이 안 되는 듯했다. 오니타 역시 옛날 이야기 속 짐승이 오니시게를 죽였다는 이야기가 설득력이 없다는 건 안다. 그러나 오니타는 눈앞에 있는 오니오바바 할머니의 시신을 보고 자신의 가설이 옳다는 것을 확신하기 시작했다.

"이걸 봐주세요. 할머니의 어깨에 난 상처. 이건 누군가에게 물어뜯긴 상처처럼 보이지 않나요?"

"그래. 듣고 보니 분명 그렇지만 우리 도깨비의 송곳니로 물어도 이 정도 상처는 생길 거다."

"도깨비가 이런 잔혹한 짓을 할 리 없어요. 이건……."

"개의 소행이라는 말이군."

옆에서 오니히로가 가로채듯 말했다. 오니히로는 이미 오니타의 의견에 마음이 기운 것처럼 보였다.

"모모타로 일당이 지금 이 섬에 몰래 숨어 있다고?"

안색이 변한 오니로. 무슨 잠꼬대 같은 소리를 하느냐는 표정이던 오니자와 오니헤이도 이제는 오니타의 이야기를 조금씩 믿는다는 것을 알 수 있었다.

"모르겠어. 하지만 형, 지금은 우리가 서로를 의심하기 전에 다른 누가 이 섬에 들어오지 않았는지 확인하는 게 먼저라고 생각해."

"그래, 맞아." "오니타가 말한 대로야."

도깨비의 소행이 아닐 수 있다는 이야기에 용기를 얻었는지 오니자와 오니헤이는 힘 있게 오니타를 지지했다.

"오니타, 벼랑을 오를 수 있는 원숭이 외에 다른 누가 섬 북쪽을 통해서 이 섬에 들어오는 건 무리겠지?"

오니자가 물었다.

"그럴 거예요. 북쪽뿐만 아니라 동서로 있는 벼랑도 불가능하지 않을까요."

"어젯밤 하리케 모래사장에는 너와 여자 도깨비들이 있었는데 누군가 상륙하는 낌새는 없었지?"

"네."

"그럼 그 외부자들이 상륙한 곳은……."

도깨비들은 서로의 얼굴을 마주 봤다. 그곳이 어딘지 우리는 모두 알고 있었다.

06

마루가 모래사장은 도깨비섬 남동쪽에 있는 작은 모래사장이다. 하리케 모래사장과는 후미를 사이에 두고 맞은편 숲 너머에 있다. 울창한 나무가 주변을 에워싸고 있어 평소에는 아무도 드나들지 않지만 배를 타고 와서 상륙할 수는 있을 것이다.

마을 남동쪽 밭을 둘러싼 숲속에 마루가 모래사장으로 내려가는 좁은 길이 있다. 평소에는 짐승이 다니는 그 길을 지금은 네 마리의 도깨비가 걷고 있다.

가장 앞장선 도깨비는 몸집이 크고 우람한 오니로. 그 뒤의 오니히로, 오니타에 이어 맨 뒤에 따라가는 도깨비는 오니유리의 아버지 오니자다. 저택에는 촌장 오니겐과 그를 지키기 위해 오니우메의 아버지 오니헤이가 남았다. 오니헤이는 젊은 시절 맨손으로 범고래를 세 마리나 때려잡았다며 걸핏하면 자랑하고는 했다. 지금은 배가 불룩 나왔지만 팔심은 여전히 세다고 한다.

앞장선 오니로는 나무꾼 칼을 휘두르면서 앞길을 막는 나뭇가지와 풀을 헤치며 나아갔다.

"오니타, 이 길은 역시 최근에는 아무도 지나지 않은 것처럼 보이는데?"

오니히로가 돌아보며 오니타에게 물었다. 만약의 사태를 대비한다며 그는 손에 덴구 괭이를 들었다. 오니타는 오니겐에게 빌린 낫을 들고 있었다.

"그럴지도 몰라. 하지만 모모타로의 부하라면 이 정도 풀은 피하면서 지났을 수도 있어. 원숭이는 나무를 타고 다니고 새인 꿩은 하늘을 날 수도 있으니까."

그러자 오니히로는 "그래, 그러네" 하고 이해한 듯이 앞을 봤지만 곧 "잠깐만" 하고 다시 돌아봤다.

"그럼 모모타로는? 인간에게는 날개가 없고 나무 위를 뛰어다니는 능력도 없으니 이 길을 걷지 않았을까? 하지만 이 길에는 아무도 지나간 흔적이 없잖아. 어쩌면 마루가 모래사장에서 모모타로가 우리를 기다리고 있을지도……."

오니히로의 타고난 파란 얼굴이 더욱 새파래졌다. 오늘 아침 생트집을 잡아가며 목청 높여 오니타를 비난하던 기세는 어디 갔을까.

"이제 와서 뭘 겁내냐. 애초에 침입자를 발견하는 게 목적이기도 하잖냐."

오니타 뒤에서 오니자가 말했다. 역시 연장자라 그런지 배짱이 있다. 오니히로가 대답을 머뭇거리고 있을 때 저 멀리 앞쪽에서 "어이, 모래사장에 다 왔어" 하는 오니로의 목소리가 들렸다. 오니타도 오니자와 오니히로를 재촉해 내리막길을 내려가서 마루가 모래사장으로 나갔다.

하리케 모래사장보다는 약간 작고 둥근 형태의 모래사장이다. 주위에는 푸른 바다만 펼쳐져 있고 배 따위는 어디에도 보이지 않았다. 오니히로가 헤헷 하고 웃음을 터뜨렸다.

"무슨 놈의 모모타로야. 역시 그런 건 옛날이야기에 불과했어. 겁쟁이 오니타한테 완전히 휘둘렸네."

"겁쟁이가 도대체 누군데."

오니타는 발끈했지만 형 오니로가 오니타를 말렸다.

"우선 바다에서 몸을 좀 씻자."

네 도깨비는 숲을 헤치며 산에서 내려오느라 온몸이 흙투성이가 돼 있었다. 오니로에 이어 세 마리도 모두 바다에 들어가 몸을 씻었다.

"수상한 구름이 몰려오네."

오니로가 중얼거렸다.

"곧 폭우가 쏟아질지도."

오니타는 하늘을 올려다봤다. 분명 바다 너머에서 다가오는 먹구름이 보였다. 마치 그 구름을 불러오는 것처럼 한 마리의 늙은 갈매기가 유유히 날고 있다. 저 녀석은 모든 것을 알고 있지 않을까. 할머니처럼 저 녀석의 말을 이해할 수만 있다면……. 오니타가 그렇게 내심 안타까워하고 있을 때였다.

"오니로~, 오니히로~."

산 쪽에서 누군가의 목소리가 들렸다.

"오니자~, 오니타~."

나무 사이를 지나 모래사장에 내려온 것은 공처럼 둥근 체형의 녹색 도깨비 오니헤이였다. 그는 모래밭을 뛰어오더니 철벅 철벅 소리를 내며 바다에 들어왔다.

"무슨 일인가, 오니헤이. 자네는 오니겐 님 곁을 지켜야 할 텐데."

"오, 오니자…… 오니우메가…… 그리고 자네 딸 오니유리도……."

오니헤이의 눈이 벌겋게 충혈돼 있다. 설마.

오니타는 몸이 싸늘히 식었다. 그만해, 오니헤이 아저씨. 그 이상은 말하면 안 돼.

"살해돼 버렸네."

눈앞이 캄캄해졌다.

07

오니헤이의 가족이 사는 집은 마을 동쪽 끝에 있다. 오니겐의 저택에서는 광장을 사이에 두고 맞은편에 해당한다.

오니겐 옆을 지키게 된 오니헤이는 일단 무기를 가지러 집에 갔는데 집이 가까워질수록 왠지 불안했다고 한다. 여자들은 보통 어떤 상황에서든 여럿이 모이면 수다스러워질 때가 많은데 집 안이 묘하게 고요했기 때문이다. 오니헤이는 두근거리는 가슴을 부여안고 단숨에 문을 열었다.

마룻바닥에는 파란 피바다가 펼쳐져 있었다. 여자들의 몸이 차곡차곡 포개져서 쓰러져 있었다. 모두 차라도 마셨는지 화덕에는 쇠주전자가 있고 쓰러진 찻잔에서는 액체가 바닥을 흘렀다.

오니헤이는 아내와 딸의 몸을 흔들며 이름을 불렀지만 대답이 없었다. 오니유리와 오니기쿠 역시 마찬가지였다. 오니헤이는 전율과 분노, 후회가 뒤섞인 감정을 느끼며 다시 오니겐의 저택으로 돌아가려다가 문득 또 한 가지 이상한 점을 눈치챘다. 집의 서쪽 뒷문이 열려 있었던 것이다. 그곳을 나가면 좁은 길이 섬의 서쪽 벼랑까지 이어져서 쓰레기 등을 바다에 버리러 갈 때 쓰는 길목이었다.

여자 도깨비들을 죽인 자가 아직 이 근처에 있을지 모른다. 오니헤이는 뒷문을 박차고 나가 뛰었다. 그러나 서쪽 벼랑에 도착하기 전까지는 개미 새끼 한 마리 보이지 않았다. 벼랑에서 아래를 내려다봐도 부서지는 파도만 보일 뿐이었다. 배 같은 건 물론 없었다. 오니헤이는 도움을 구하러 밭 안쪽의 짐승 길을 지나 마루가 모래사장으로 내려왔다고 했다.

일동은 산속 길을 되돌아가서 저택에 있던 오니겐과 함께 오니헤이의 집으로 달려갔다.

"이렇게 끔찍할 수가……."

오니헤이의 집 내부 상황을 보자마자 오니로가 중얼거렸다. 화덕 너머에서 천장을 바라본 채 쓰러져 있는 오니후지. 그 옆에는 오니기쿠가 엎드려 있다. 오니유리는 화덕 바로 앞에서 위를 향해 누운 자세로 눈을 감고 있고 그 오니유리 위에 통통한 체형의 오니우메의 시신이 십자 모양으로 얹혀 있었다. 네 구의 시신은 창처럼 뾰족한 것에 몸 여러 군데를 찔린 상태였다.

"오니유리, 눈을 뜨거라, 오니유리!"

오니자의 비통한 외침에도 흰 송곳니가 드러난 오니유리의 입에서는 아무 말도 나오지 않았다. 오니겐은 비통한 얼굴로 싸늘히 몸이 식은 여자 도깨비들을 바라봤다.

그때 우르릉 하는 천둥소리가 들렸다. 비구름은 어느덧 도깨비섬을 뒤덮은 것처럼 보였다.

"오니유리 누나……."

오니타는 이름을 중얼거리자 눈에 눈물이 고였다. 어릴 때부터 늘 오니타에게 상냥하게 대해준 누나. 꼬맹이 시절 처음 제힘으로 처음 낚은 물고기를 선물하니 뛸 듯이 기뻐하던 누나. 오늘 아침, 오니히로의 추리 때문에 다른 도깨비들이 오니타를 의심할 때도 오니유리만은 끝까지 오니타를 감싸줬다.

울면 안 돼. 오니타는 마음을 다그쳤다. 이런 잔인한 짓을 저지른 녀석을 절대 용서 못 해. 반드시 붙잡아주마. 오니타는 오니유리의 얼굴을 다시 내려다봤고, 그리고 순간 가슴이 덜컥했다. 어쩌면 지금 우리는 터무니없는 착각을 하고 있는지도 모른다.

"꿩의 소행이 확실해."

오니헤이가 불룩한 배를 손으로 쓸며 말했다.

"이 찔린 상처는 꿩의 날카로운 부리 때문에 생긴 거겠지. 내가 뒤쫓아도 찾을 수 없었던 건 저 벼랑을 날아가 도망쳐 버렸기 때문이야."

"아아아, 또다시 모모타로 일당에게 당하다니" 하고 분개하는 오니헤이. 그를 "잠깐만" 하고 멈춰 세운 사람은 오니히로였다.

"쓰러진 도깨비들의 입가를 자세히 봐. 다들 거품 섞인 피를 뿜고 있어."

조금 전까지만 해도 혼란스러웠지만 오니히로는 다시 냉정한 일면을 보였다. 모두 함께 오니히로가 지적한 곳을 확인했다. 오니자가 "이건……" 하고 입을 열었다.

"오니코베 독이야."

오니코베 독이란 도깨비섬에 자생하는 오니코베 풀을 바짝 졸여 만든 독으로 화살촉에 발라서 새나 물고기를 잡을 때 쓴다. 오래전 이 섬에서는 그런 사냥과 고기잡이가 빈번히 이뤄졌지만, 오니코베는 흔히 사용되는 것이 아니었다. 오니코베 독은 화살을 잘못 다뤄서 독이 묻은 화살촉에 찔리거나 독을 만진 손가락을 깜빡하고 혀로 핥으면 곧바로 효과가 나타나 목숨을 잃을 정도로 위험하기 때문이다. 독 자체가 금지되지는 않았지만 지금도 오니코베 독과 화살을 다룰 줄 아는 사람은 섬 안에서 오니헤이 뿐이었다.

오니헤이는 대번에 안색이 변하더니 벽 옆에 있는 발디딤대를 가져와 천장 널빤지를 한 장 뜯고 그 안을 뒤적였다.

"없어. 이곳에 넣어 둔 화살촉과 오니코베 독이 없어."

그 말을 들은 순간 우리 사이를 공포의 바람이 훑고 지나갔다.

"모모타로 일당이 화살을 써서 여자 도깨비들을 죽였다는 말인가?"

오니로의 질문에 오니타는 "아닐 거야" 하고 대답했다.

"모모타로라면 이런 곳에 화살이 숨겨져 있다는 걸 모를 테고 그걸 떠나 애초에 화살 같은 걸 쓸 필요도 없겠지. 오니헤이 씨, 오니헤이 씨 말고 이 독화살에 대해 아는 도깨비가 있었나요?"

"오니자는 알고 있었지."

"그래."

"그리고 오니겐 님과 오니마쓰에게도 말한 바 있어."

오니타는 그의 대답을 듣고서야 아침부터 느꼈던 위화감의 정체를 깨달았다. 오니시게의 아버지인 파란 도깨비 오니마쓰. 그의 모습이 아침부터 보이지 않았다.

"그러고 보니 오니마쓰는 지금 어딨지?"

오니겐이 오니타와 같은 의문을 떠올린 듯했다.

"아침에 오니시게 일을 알리러 갔을 때부터 집에 없었습니다."

오니로의 발언에 모두는 또다시 얼어붙었다.

그때 지붕에서 툭툭 하는 소리가 들렸다. 비가 내리기 시작한 것이다. 폭풍우를 불길하게 여기는 도깨비섬에서는 비가 내리면 곧장 집에 들어가 그칠 때까지 밖에 나가지 않는 것이 규칙이다.

"오니마쓰는 요즘 아들 일로 고민하지 않았나? 아들이 죽은 이런 때 대체 어디로 가버렸지?"

오니젠이 다시 말했다.

점차 거세지는 빗소리를 들으며 오니타는 머릿속이 묘하게 식는 느낌이었다. 뭔가가 번뜩일 것 같았다.

오니시게는 요즘 아버지와 사이가 좋지 않았다. 도깨비섬이 싫다는 말도 꺼냈다. 오니시게의 체격은 오니마쓰와 비슷할 만큼 닮아서 멀리서 보면 분간하기 힘들 정도다. 까마귀 집에 있는 오니시게의 시신은 얼굴에 할퀸 상처가 가득해 누군지 알아보기 어려웠다.

"그런가……."

"응? 오니타, 왜 그러냐?"

"오니시게는 죽지 않았어요. 까마귀 집에 있던 그 시신은 오니시게의 아버지, 오니마쓰 씨예요."

오니타의 말에 모든 도깨비가 숨을 집어삼켰다.

"오니마쓰 씨는 어젯밤 남몰래 오니시게를 풀어주려고

오니미하라시 오두막에 가서 자물쇠를 부수지 않았을까요? 그때 오니시게는 아버지를 죽이고 얼굴을 알아보기 힘들도록 잔뜩 할퀴고 까마귀 집에 떨어뜨렸어요. 오니마쓰 씨는 키가 오니시게와 거의 비슷하고 피부도 파래요. 오니시게는 가까이서 유심히 보지 않는 한 모두 아버지의 시신을 자신의 시신으로 착각하리라고 생각한 거예요. 오니시게는 그렇게 해서 대번에 의혹에서 벗어났고 몸을 숨긴 채 자유롭게 살해를 저지르고 다닐 수 있게 됐어요."

"말도 안 되는 소리 하지 마라. 오니시게가 우리를 왜 죽인다는 말이냐?"

"그 녀석은 아버지를 싫어했습니다. 그러다가 오니마쓰 씨뿐 아니라 이 섬 자체가 싫어졌겠지요."

오니타보다 오니히로가 먼저 오니로의 질문에 대답했다.

"얼마 전 전골 요리를 만들 때도 내가 주의를 좀 주니 대번에 날 노려보더군. 그렇게 무서운 오니시게는 처음 봤어. 살의까지 느껴졌을 정도야."

오니히로의 말이 오니타의 가설을 뒷받침했다. 오니자, 오니헤이와 오니겐도 고개를 끄덕였다.

"이거 큰일이군. 그 말이 사실이라면 다시 한번 확인해야겠어."

오니로는 다리 밑에 내려 둔 나무꾼 칼을 집어 들고 문을 열었다. 밖에는 비가 내리고 있었다.

"오니로, 안 된다. 비가 오는 날에는 밖에 나가지 않는
게 규칙이잖느냐."

오니겐이 그렇게 말려도 듣지 않고 오니로는 밖에 뛰어
나갔다. 형만 혼자 보내면 위험하다며 오니타도 낫을 들
고 그 뒤를 쫓았다.

08

빗속을 달리는 것은 예상보다 더 힘들었다. 발이 연신
미끄러졌고 얼굴에는 빗방울이 튀어 따가운 데다가 시간
이 갈수록 몸이 싸늘히 식었다. 그래도 오니타는 오니로
를 쫓아 쉴 새 없이 오르막길을 올랐다. 오니미하라시는
바람이 거세서 가만히 눈 뜨고 있는 것조차 힘들었지만
벼랑 끝에 납죽 엎드린 오니로 옆에서 오니타도 함께 까
마귀 집을 내려다봤다. 분명 파란 도깨비의 시신이 그곳에
있지만 할퀸 상처 때문에 얼굴을 분간할 수 없었다.

"오니시게일까, 오니마쓰 씨일까."

한발 늦게 쫓아온 오니히로가 똑같은 자세로 아래를 내
려다보며 중얼거렸다. 세 도깨비는 그대로 잠시 까마귀 집
을 응시하며 파란 도깨비 시신의 정체를 알아내고자 했다.
그러나 거리가 멀고 비까지 사정없이 쏟아붓는 상황이다.

까마귀 집보다 더 아래쪽에서는 높은 파도가 바위 표면에 부딪혀 산산이 부서졌다.

"정말로 잘 모르겠네……."

오니로가 포기한 것처럼 말했다.

"오니시게인지 오니마쓰 씨인지 모르겠지만 어쨌든 둘 중 하나가 오니코베 독을 바른 화살을 들고 지금도 어딘가에 숨어 있을지 몰라."

"우리를 다 죽일 작정일까."

오니히로의 떨리는 목소리를 듣고 오니로는 "글쎄……" 하고 힘없이 중얼거렸다. 그때 오니타는 화들짝 놀랐다.

"오니헤이 씨랑 오니자 씨는 어딨어?"

"오니겐 촌장님이 마을 규칙상 비가 내리는 날에는 밖에 나갈 수 없다고 해서 두 분은 촌장님을 지키기 위해 남았어."

오니히로가 대답했다.

"모두 한곳에 모여 있는 게 안전하지 않나?"

아무리 상대가 독화살을 갖고 있고 또다시 누군가가 그 화살에 맞아 살해된다고 해도 옆에 있으면 화살이 날아온 방향을 파악할 수 있다. 그러면 오니시게인지, 오니마쓰인지 이 무시무시한 살육을 벌이는 자를 붙잡을 수도 있을 거라고 오니타는 추측했다.

세 마리의 도깨비는 흙투성이가 돼 서둘러 다시 경사길

을 내려갔다.

"이런."

오니헤이의 집 앞에 갔을 때 오니로의 발걸음이 멈췄다. 집 문이 열려 있었다. 불길한 예감에 세 도깨비는 누가 먼저랄 것도 없이 빠르게 뛰어가 집 안을 들여다봤다.

여자 도깨비들의 시신에 더해 시신이 또 세 구 늘어 있었다.

엎드린 채 누워 있는 검은 도깨비 시신. 그 머리 위를 덮은 통통한 체형의 녹색 도깨비. 그 옆에는 마른 노란 도깨비까지.

"오니겐 촌장님, 오니헤이 씨, 오니자 씨."

오니타는 집 안에 들어가 그들의 이름을 외쳤지만 세 도깨비가 모두 죽은 건 확실했다. 검정, 녹색, 노란 도깨비의 몸에는 여자 도깨비들과 마찬가지로 수많은 찔린 상처가 있고 시신 주변에는 파란 피바다가 펼쳐져 있었다.

"또 오니코베 독이야."

세 도깨비의 얼굴을 확인한 오니히로가 공포에 질린 얼굴로 말했다.

"제기랄!"

오니타가 외치자 오니로는 옆에서 "조심해"라고 했다.

"아직 이 집에 숨어 있을지 모르고 가까운 곳에 있을 수도 있어. 이제 섬에 남은 건 우리뿐이야. 일분일초도 떨어져 있어서는 안 돼. 그게 우리가 살아남을 유일한 방법이야."

오니타는 형의 얼굴을 바라보며 침을 꿀꺽 삼켰다.

09

오니타를 비롯한 세 도깨비는 오니헤이의 집보다 훨씬 견고하게 지어진 오니겐의 저택으로 옮겨 갔다. 입구 문, 툇마루 문을 꽉 닫고 숨죽이고 있은 지 얼마나 됐을까. 비바람에 휩쓸려 집이 날아갈 일은 없겠지만 빗소리가 잦아들기는커녕 오히려 더 거세져서 세 도깨비의 불안감을 증폭시켰다.

"배고프네."

"지금 그런 말 할 때냐?"

오니로가 충혈된 눈으로 덴구 괭이를 품에 안은 오니히로를 노려봤다.

"어떻게든 살아남아야 해. ……비가 그치면 움직이기도 수월해지겠지. 녀석을 반드시 찾아내 붙잡고 말겠어."

어스름한 어둠 속에서 송곳니를 드러낸 오니로의 얼굴은 그야말로 도깨비다웠다. 위축된 오니히로에게 오니타는 질문을 던졌다.

"오니히로, 오니겐 촌장님과 오니자 씨, 오니헤이 씨도 오니코베 독에 당한 거야?"

"그래……. 세 도깨비의 입에서 피거품이 흘러나온 건 너도 봤지? 그 찔린 상처는 살해를 꿩의 소행으로 연출하기 위한 눈속임이었어. 오니마쓰 씨나 오니시게 중 누군가가 집 뒤에 몰래 숨어 우리 대화를 엿듣고 있다가 우리 셋이 오니미하라시로 떠나서 머릿수가 줄자 집을 급습했겠지."

"그럼 세 도깨비의 몸에 찔린 상처를 남긴 건 좀 이상하지 않아? 우리가 이미 꿩이나 원숭이의 소행이 아닌 것을 알아낸 걸 범인도 눈치챘을 텐데. 그리고……."

"자꾸 사소한 것에 집착하지 마라."

오니로가 오니타의 머리를 툭 쳤다.

"세 도깨비 다 살해된 게 분명해."

그렇다. 그건 틀림없다. 그토록 수많은 곳을 찔려서 살아남을 도깨비는 없다. 오니타는 그 밖에 계속 신경 쓰이는 것들이 더 있었지만 이제는 따져 봐야 소용없어 보였다. 오니히로는 몸을 덜덜 떨기만 했다.

그때 오니로가 갑자기 몸을 일으켰다.

"오니시게든 오니마쓰 씨든 상관없어! 숨어 있지만 말고 얼른 튀어나와라!"

그렇게 외치며 오니로는 나무꾼 칼을 붕붕 휘둘렀다. 그 모습에서는 눈에 보이지 않는 적을 향한 공포가 고스란히 드러났다.

그때였다.

누군가 툇마루 쪽 문을 거세게 두드렸다.

세 도깨비는 서로 얼굴을 마주 봤다. 빗발은 아니다. 바람도 아니다. 지금 이 섬에는 우리 셋밖에 남아 있지 않을 것이다. '그냥 지나가던 동물이면 좋을 텐데……' 하고 오니타가 속으로 바랐을 때 또다시 문을 두드리는 소리가 들렸다.

"히익! 살려줘!"

오니히로가 두 손으로 머리를 감쌌다.

"시끄러워!"

오니로가 문에 다가가 단숨에 문을 열어젖혔다. 밖에서 비가 쏟아져 들어왔다.

"응……?"

오니로가 응시한 곳은 툇마루 너머로 보이는 평소 다 함께 모여 밥을 먹는 광장이었다. 모닥불을 피우는 곳에 누군가 하늘을 바라본 자세로 누워 있다. 파란 도깨비다.

"앗, 저건!"

오니히로가 덴구 괭이를 들고 뛰어나갔다. 오니로와 오니타도 뒤따랐다. 빗발이 몰아치는 모닥불 가장자리. 공허한 눈빛으로 위를 향해 누워 있는 파란 도깨비는 오니시게의 아버지 오니마쓰였다. 가슴에는 아들과 똑같이 날카로운 손톱으로 긁힌 듯한 무수한 찰과상이 나 있었다.

"……대체 뭐가 어떻게 된 거야. 오니마쓰 씨는 범인이 아니었어?"

오니히로는 비를 맞으며 오니로 옆에 달라붙었다. 도깨비섬에 파란 도깨비는 세 마리밖에 없다. 오니마쓰, 오니시게, 그리고 오니히로다. 오니마쓰의 시신과 오니히로가 여기 있다면 까마귀 집의 그 파란 도깨비 시신은 역시 오니시게라는 말이 된다. 지금 이 섬 안에서 살육을 반복하는 상대는 오니마쓰도, 오니시게도 아니라는 뜻이다.

"하…… 하하, ……하하하."

오니히로는 입을 쩍 벌리고 하늘을 바라보며 웃기 시작했다. 빗물을 마시는 것처럼 보이기도 했다.

"그래, 그렇구나. 너희였구나. 너희 두 형제가 협력해서 다른 도깨비들을 죽이고 다닌 거구나. 참 대단하네. 하, 하하…… 하하."

말투가 평소의 왠지 거슬리는 투로 돌아왔지만 표정이 심상치 않았다.

"정신 차려, 오니히로. 우리는 줄곧 함께 있었잖아. 우리가 어떻게 이 시신을 여기에 두고 문을 두드렸겠어?"

"덴구의 딸꾹질, 딸꾹, 딸꾹, 딸꾹!"

그러자 순간 오니로의 코끝을 덴구 팽이가 부웅 하고 스치더니 땅바닥에 커다란 구멍이 뚫렸다.

"그걸 어떻게 믿어?"

오니히로는 얼음장처럼 차가운 눈빛으로 오니로를 봤다. 그러더니 또다시 날카롭게 웃으며 덴구 괭이를 휘둘렀다.

"따라오지 마. 따라오면 죽인다."

오니히로는 그렇게 내뱉고 오니미하라시로 향하는 길 쪽으로 뛰어가 버렸다. 오니타가 곧장 따라가려 했지만 오니로에게 손목을 붙들렸다.

"뭐 하는 거야, 형! 오니히로를 혼자 두면 위험해."

"아니, 지금 저 길로 가는 게 훨씬 위험하다. 아직도 모르겠냐? 문을 꽉 닫고 저택 안에 있는 게 가장 안전하다는 걸."

오니타는 오니로에게 이끌려 저택 안에 억지로 끌려 들어갔다.

10

어느새 빗소리가 작아졌다. 비가 완전히 그치지는 않았지만 부슬비로 바뀐 듯했다. 오니타는 형과 등을 맞댄 채 멍하니 앉아 있었다. 형은 나무꾼 칼, 오니타는 낫을 손에 꼭 쥐고 있다.

오니타는 오니겐, 오니자, 오니헤이가 쓰러져 있던 그

집 안 내부를 다시 떠올렸다.

……역시 이상하다. 이 문제를 형에게도 말해야 할까. 그래, 역시 말해야겠어.

"형……."

"오니타, 실은 한 가지 신경 쓰이는 게 있는데."

오니타가 마음을 굳혔을 때 오니로가 먼저 말을 걸었다.

"왜 네가 두 번째로 살해되지 않았지?"

"뭐?"

"이상하잖아. 넌 그때 창고 안에 갇혀서 팔다리가 묶여 있었어. 그 창고에는 아무도 다가가지 못했지. 이 섬의 도깨비들을 다 죽일 목적이라면 가장 죽이기 쉬운 순서대로 죽이는 게 낫지 않나? 그때 가장 죽이기 쉬운 상대는 오니오바바 할머니가 아니라 너였어."

"아니, 물론 그야 그렇지만……. 그래서 형은 대체 무슨 말을 하고 싶은 건데?"

오니타의 등줄기에 끈적한 땀이 배어났다. 등 뒤에서 형이 쓱 몸을 일으켰다. 돌아보니 형은 나무꾼 칼의 칼끝을 오니타에게 향하고 있었다.

"난 속지 않는다, 오니타."

"그게 무슨 소리야. 그 칼 내려놔."

"지금 너한테는 협력자가 있다. 지금 넌 그 녀석과 이 도깨비섬에 둘이 남기 위해 살해를 반복하는 거야. 누구랑 일을 벌이고 있는지 순순히 털어놔라."

"협력자 같은 건 없어. 모두 죽어버렸잖아."

오니타는 날카롭게 빛나는 칼과 무섭도록 차가운 오니로의 얼굴을 번갈아 보며 호소했다. 그러자 오니로가 하하 하고 웃음을 터뜨렸다.

"오니유리인가. 넌 걔를 좋아한다고 했지."

"오니유리 누나도 죽었어."

"그게 과연 정말일까? 내 눈으로 오니유리의 시신을 정확히 본 건 아니니까. 걔는 죽은 척만 하고 있었고 여전히 살아 있겠지."

그 말을 듣고 오니타는 문득 슬픔 속에서 한 가닥 희망의 실을 붙잡은 기분이 들었다.

"그래, 형 말이 맞아! 죽은 척만 하고 있던 도깨비가 있었던 거야! 하지만 그게 오니유리 누나는 아니야. 형, 내 이야기를 들어줘. 오니헤이 씨의 집 말인데…… 아앗!"

오니로가 오니타를 향해 나무꾼 칼을 휘둘렀다. 상대를 죽이려는 자의 눈빛이다. 오니타는 툇마루 쪽으로 달아나 문을 열고 밖에 뛰어나갔다. 오니로는 송곳니 사이로 침을 질질 흘리며 오니타를 쫓아왔다.

"거기 서!"

"잠깐, 형, 내 이야기 좀 들어보라니까!"

오니타는 오니헤이의 집으로 향했다. 오니유리의 시신을 다시 한번 확인하면 형도 이해해 줄 거라 믿었다.

　그러나 곧 다시 생각을 고쳤다. 집처럼 밀폐된 곳에 들어가면 형이 곧장 나를 막다른 곳에 몰아넣고 칼을 휘두를지 모른다. 평소 착했던 형이 극심한 공포 때문에 망가져버렸다. 이제는 돌이킬 수 없나……. 아니, 아직 오니히로가 남았다. 오니히로는 미덥지 못하지만 힘이 센 형이 이렇게 된 이상 둘이 힘을 합칠 수밖에 없다.

　오니타는 마지막 희망을 걸고 오니미하라시로 향하는 길을 뛰었다.

　"죽여주마! 죽여주마!"

　오니로는 나무꾼 칼을 붕붕 휘두르며 붉은 얼굴에 노기와 광기를 띤 채 오니타를 쫓아왔다.

　순식간에 오니미하라시에 도착했다. 오니히로는 보이지 않았다. 오두막 안에 있는 걸까.

　"잡았다!"

　오니타가 오두막 문에 손을 얹었을 때 오니로가 어깨를 붙들었다. 형을 돌아본 순간 오니타는 두 볼에서 광기의 바람을 느꼈다. 칼은 오니타의 볼을 아슬아슬하게 스쳐 오두막 문에 박혔다. 오니타는 오니로를 밀치고 벼랑 쪽으로 도망쳤다.

　오니로가 문에서 칼을 뽑더니 오니타를 향해 칼을 집어

던졌다. 오니타가 곧장 몸을 웅크리자 칼은 오니타의 머리 위를 넘어 벼랑 아래 바다로 떨어졌다. 그 모습을 눈으로 좇다가 오니타는 질겁했다.

저 먼바다 물결 위에 파란 도깨비 한 마리가 하늘을 바라본 자세로 둥둥 떠 있었다. 멀리서 봐도 알 수 있다. 조금 전까지 살아 있었던 오니히로가 두 눈을 감은 채 파도에 몸을 싣고 있었다.

"앗! 오니히로까지 당했어. 저기 파도 위에…… 크윽."

오니타가 돌아봤을 때 오니타의 목에 오니로의 손이 닿았다. 이제 오니타의 목소리는 형의 귀에 들리지 않는 듯했다. 오니로가 손에 힘을 줘 오니타의 목을 꽉 붙들었다. 오니타의 시야가 흔들렸다.

"크윽. ……그만, 그만…… 그만해!"

오니타는 형의 손을 손톱을 세워 푹 찔렀다. 순간 목을 조르던 오니로의 손에서 힘이 풀렸다.

"우오오오옷!"

어디에 이런 힘이 남아 있었을까. 오니타는 왼발을 회전축 삼아 몸을 뒤로 돌리며 오른발로 오니로를 냅다 걷어찼다. 몸의 균형이 무너진 오니로는 순간 기우뚱하더니 벼랑 끝에서 발을 헛디디고 또다시 우오오오 하고 땅이 울리는 비명을 지르며 오니타의 시야에서 사라졌다. 오니로의 우람한 몸이 하얀 파도 위에 떨어진다. 떨어지는 도중

까마귀 집 바위 가장자리에 머리를 부딪히자 오니로의 비명이 멎었다.

그 뒤 얼마나 부슬비를 맞고 있었을까.

오니타는 구역질을 하며 바다를 바라봤다. 붉고 거대한 오니로와 연약한 오니히로의 몸이 나란히 파도 너울에 흔들리고 있다. 하늘에서는 여전히 부슬비가 내리고 있었다.

오니타는 몸을 일으켜 발걸음을 뗐다. 이제는 몸과 마음이 모두 녹초가 됐다. 다리가 내 것이 아닌 것처럼 느껴졌다.

마을로 이어지는 익숙한 내리막길. 그러나 이제 아무도 이 길을 지나지 않을 것이다.

모두 죽어버렸다. 이 먼바다의 도깨비섬 안에는 이제 나밖에 없다.

'이제는 아무도……' 하고 떠올리고 있을 때 오니타는 문득 발걸음을 멈췄다.

고개를 들었다.

눈앞에 우뚝 서 있는 자가 있었다.

옛날이야기에서 들었던 하얀 피부. 머리에는 뭔가를 둘렀고 오른손에 검을 쥐고 있다.

"……아아."

어째서인지 공포보다 안도감 비슷한 감정이 앞섰다. 정

말로 이렇게 하얀 피부를 가진 자가 이 세상에 존재했구나 하는 생각이 들어 신기했다.

그자는 비에 젖은 땅을 박차고 검을 휘두르며 오니타를 향해 뛰어왔다. 저항하지 않는 오니타의 가슴을 뜨거운 무언가가 쭉 스치고 지나간다. 오니타는 가슴에서 파란 피를 뿜으며 무릎을 꿇고 진흙 길에서 하늘을 바라보며 쓰러졌다.

"역시 당신이었나……."

마지막 숨통을 끊으려는 그자를 향해 오니타는 입을 열었다.

"……모모타로."

칼날은 하늘에서 땅으로 오니타의 몸을 뚫고 지나갔다.

그 섬은 주변이 바다에 둘러싸인 작은 섬이다. 두 개의 뾰족한 바위가 우뚝 솟아서 멀리서 보면 도깨비 같은 형상을 하고 있다. 늘 음울한 안개가 껴 있고 부슬비가 섬을 슬픔의 빛으로 물들이고 있다.

이제는 도깨비의 숨소리가 끊겨버린 섬의 운명을 내려다보는 것처럼 한 마리의 늙은 갈매기가 날아가다가 잠시 후 바다 너머로 사라진다. 그 짙은 잿빛의 모습은 뭔가를 체념한 것처럼 보이기도 했다.

II

기비국 모모 계곡에서 어느 나이 많은 원숭이가 어린 원숭이들에게 들려준 이야기

오늘 너희를 모이게 한 건 다른 이유가 아니다. 모모타로와 도깨비섬 이야기를 들려주기 위해서지. ……흐음, 분명 나이 많은 원숭이들은 모모타로의 무공에 대해 지금껏 수없이 들었겠지. 그렇지만 어제 늙은 갈매기가 찾아와 내게 새로운 이야기를 들려줘서 너희에게도 전하려 한다.

우선 나이 어린 원숭이들에게는 지금껏 들려주지 않았던 도깨비 이야기부터 시작하마.

도깨비라는 녀석들은 무서운 괴물들이다. 바위처럼 크고 단단한 몸에 허리에는 호랑이 가죽을 둘렀고 덥수룩한 머리에는 소처럼 뿔이 돋았지. 몸은 까맣거나 빨갛거나 파랗거나 노랗거나 녹색이거나 분홍색으로 정해져 있고, 인간처럼 피부가 하얀 도깨비는 존재하지 않는다.

도깨비는 저 먼바다의 도깨비섬에서 사는데 옛날에는 인간이 사는 산골 마을에 나타나 먹을 것과 술, 그 밖에 인간들이 여기저기서 수집한 신비한 힘을 지닌 보물을 빼앗으며 살았다고 한다. 그들에게 당한 건 꼭 인간만이 아니야. 도깨비들은 바다를 건너와 인간이 사는 산골 마을로 향하는 숲속에 사는 동물들도 깡그리 잡아다가 우적우적 씹어 먹었지. 우리 원숭이 일족도 큰 피해를 봤는데, 당시 젊었던 할아버지는 분하고 원통한 마음에 언젠가는 도깨비 녀석들을 내 손으로 죽이고야 말겠다며 매일 수련했을 정도다. ……아니, 내 이야기는 아니야. 내 할아버지 이야기지. 그래. 그러니까 아주 아주 옛날 옛적 이야기란다.

어느 날, 평소처럼 수련 중이던 할아버지는 인간이 다니는 길을 가로지르고 있었다. 그러자 산골 마을 쪽에서 나이가 스무 살 정도 돼 보이는 인간 청년이 옆에 개 한 마리를 데리고 나타난 게 아니겠니. 그 청년은 제법 값나가는 것들을 몸에 두르고 있었는데 그중 허리에 찬 주머니에서는 말로 형용하기 어려울 정도의 향긋한 냄새가 풍겼지. 배가 고팠던 할아버지는 그게 뭔지는 몰라도 내게도 좀 나눠줄 수 없겠느냐며 청년에게 부탁했다고 한다.

모모타로라는 이름의 그 청년은 지금 도깨비를 토벌하러 가는 길인데 같이 가주면 먹을 걸 나눠주겠다고 했지. 듣자 하니 옆에 함께 있는 개도 친형제가 도깨비의 손에 죽어 따라왔다고 하는 게 아니겠어? 이건 하늘이 내려 주신 기회라고 생각한 할아버지는 그 자리에서 제안을 승낙하고 모모타로를 따라가기로 했다. 그때 모모타로가 할아버지에게 준 것이 지금도 산골 마을에서 인간이 가끔 가져다주는 그 수수 경단이란다.

그렇게 도깨비를 토벌하러 가는 길에 또다시 같은 뜻을 가진 꿩을 만났고, 할아버지를 포함한 모모타로 일행은 배를 타고 바다를 건너 도깨비섬에 도착했다. 도깨비들은 힘이 아주 셌지만 매일 수행을 거듭한 할아버지의 적수가 되지는 못했지. 모모타로와 개, 꿩은 도깨비 퇴치에 큰 수고를 들이지 않았고, 할아버지 혼자 잽싼 몸놀림과 날카로운 손톱으로 서른 마리 남짓 되는 도깨비를 쓰러뜨렸을 정도다.

애초에 우리 원숭이 일족은 머리가 영리해서 다른 어떤 짐승도 우리의 적수가 되지 못해. 마음만 먹으면 마음껏 힘을 발휘할 수 있단다. 이런 원숭이로 태어나서 너희도 행복하지 않으냐?

아무튼 그 이야기는 나중에 하고, 당시 모래사장에 있던 도깨비들을 힘을 합쳐 퇴치한 모모타로 일행은 도깨비가 인간에게서 빼앗은 보물들을 찾아 나섰다고 해. 도깨비섬은 모모타로 일행이 상륙한 남쪽 모래사장에서 북쪽 벼랑까지 험한 오르막길이 이어졌고, 중턱에는 동서로 뿔처럼 툭 튀어나온 바위가 하나씩 있었다. 그 동쪽 바위의 뿌리 부분에 커다란 동굴이 있었는데 튼튼한 철문에 자물쇠까지 채워져 있었다는구나.

모모타로가 온 힘을 다해 그 자물쇠를 부수자 웬 나이 많은 도깨비 한 마리가 그 안에서 나왔다. 도깨비는 서쪽 뿔 바위 동굴에 보물이 있다고 했지. 모모타로는 그 도깨비를 가차 없이 베어 쓰러뜨리고 서쪽 뿔 바위 동굴에서 보물을 꺼내 배에 실었다. 그리고 대뜸 우리 할아버지와 개, 꿩에게 먼저 돌아가라고 했다고 한다.

모모타로는 만약 도깨비가 한 마리라도 살아남았다면 나중에 복수하러 올지도 모르니 섬에 도깨비가 남아 있는지 샅샅이 뒤지고 돌아가겠다고 했다는구나.

"아뇨, 모모타로 씨만 두고 돌아갈 수는 없습니다." 할아버지는 그렇게 말했지만 모모타로는 어서 산골에 가서 인간들에게 보물을 돌려주라며 채근했다고 해. 결국 할아버지를 비롯한 짐승들은 어쩔 수 없이 먼저 돌아가기로 했단다. 배의 키잡이는 물론 할아버지가 맡았지. 개나 꿩은 그런 데서는 아무 도움도 되지 않으니까.

……자, 여기서부터는 나도 어제 늙은 갈매기에게 들어서 처음 알게 된 이야기다.

모모타로가 도깨비섬에 남은 데는 실은 할아버지와 다른 짐승들은 모르는 다른 이유가 있었다고 한다. 동쪽 뿔 바위 동굴의 문을 열었을 때 모모타로의 눈에 나이 많은 도깨비의 뒤쪽 바위 그늘에 숨은 다른 도깨비들이 보였다더구나. 그 안에는 아름다운 붉은 여자 도깨비가 있었고, 모모타로는 하필 그 도깨비에게 첫눈에 반해버렸다는 게 아니겠어? 할아버지와 다른 짐승들을 먼저 돌려보내고 동쪽 뿔 바위 동굴에 간 모모타로는 다른 도깨비들에게는 동굴에서 한 발짝도 나오지 말라고 지시했단다. 그리고 오니호타루라는 이름의 그 붉은 여자 도깨비의 손을 잡아끌고 마을의 빈집에 들어갔다고 한다. 그리고 그곳에서 오니호타루와 함께 살기 시작했지.

모모타로는 오니호타루에게 자상하게 대해서 처음에는 그를 무서워하던 오니호타루도 조금씩 모모타로에게 마음을 열었다고 한다. 그러나 그런 삶이 오래 이어질 수는 없었지.

한 달 정도 지났을 때 모모타로가 돌아오지 않아서 이상하게 여긴 꿩이 도깨비섬에 날아가 둘의 소식을 알게 된 거다. 혼비백산한 꿩은 정신 차리라며 모모타로를 설득했다. 모모타로도 도깨비를 토벌하러 온 자신이 도깨비와 함께 사는 상황에 나름대로 고민하고 있었는지 깊이 숙고한 끝에 결국 도깨비섬을 떠나기로 마음먹었다고 하더구나.

오니호타루와의 이별이 괴로웠던 모모타로는 살아남은 다른 도깨비들을 퇴치할 기력도 잃었고, 그걸 넘어 "이것을 나라고 생각해 부디 소중히 간직하게"라고 하고 오니호타루에게 자신이 가지고 있던 검을 건넸다고 한다.

모모타로가 사라져 안심하게 된 도깨비들은 오니호타루를 생명의 은인으로 여기며 칭찬했다고 한다. 그러나 그로부터 얼마 지나지 않아 터무니없는 사건이 일어났지. 오니호타루가 남자 도깨비를 출산했는데, 그 아이는 머리에 뿔이 돋지 않은 것은 물론, 도깨비는 절대 가질 수 없는 새하얀 피부를 지닌 것이 아니겠냐. 오니호타루는 모모타로의 아이를 임신한 것이지. 남편인 오니마루는 당장 그 아이를 죽이라고 오니호타루를 위협했지만 그녀는 거부했다. 그리고 섬의 도깨비들을 구해 준 생명의 은인인 아내가 반대하니 오니마루도 더 강하게 나갈 수는 없었고. 결국 오니겐이라고 이름 붙인 그 아이는 다른 도깨비들에게 모모타로의 아들이라는 사실을 숨기기 위해 늘 몸에 그을음을 묻혀 가며 검은 도깨비로서 키워지게 됐다.

오니겐의 몸에 묻힌 그을음이 물에 쓸려 내려가는 상황을 두려워한 오니마루는 어느 날 섬에 폭풍우가 몰아친 것을 계기로 도깨비섬 도깨비들에게 폭풍우를 불길한 존재로 인식하게 했단다. 그리고 비가 내리는 날에는 집 밖에 나가지 말라는 규칙까지 만들었다. 또 오니겐에게는 절대로 다른 도깨비가 네 몸을 만지게 해서는 안 된다고 단단히 주의를 시키기도 했지.

오니겐은 자신이 인간과 도깨비 사이에서 태어난 자식이라는 걸 몰랐지만, 점차 커 가면서 자신의 하얀 피부를 가족이 아닌 다른 도깨비들에게는 들켜서는 안 된다는 것을 깨닫고 스스로 몸에 그을음을 묻히게 됐다고 한다.

그리고 수십 년의 세월이 흘러 오니호타루는 세상을 떴

고 뒤이어 오니마루도 죽었지. 오니마루는 죽을 때 오니겐에게 "아버지가 못다 한 일은 네가 이루도록 해라"라는 유언을 남겼고, 아버지를 존경한 오니겐은 그 말을 자기 나름대로 해석해 다른 도깨비들의 신망을 조금씩 얻어가며 도깨비섬의 대장 같은 존재가 됐다.

그로부터 또 몇십 년의 세월이 흘러 오니겐은 완전히 도깨비섬의 수장이 됐어. 모모타로 일행이 도깨비섬을 덮쳤다는 걸 아는 도깨비는 이제 오니마루와 오니호타루의 친자식밖에 없었지. 모두에게서 오니오바바 할머니라는 이름으로 불린 그 여자 도깨비는 오니겐이 원래 모모타로의 자식이라는 걸 감추기 위해 평소 모모타로 이야기를 아이들을 훈계하는 옛날이야기로서 들려줬다고 한다.

물론 모모타로가 섬에 남았다는 것과 오니호타루와의 관계는 이야기에서 생략했고 누구보다 오니겐에게 그걸 계속 감췄다는구나. 실제로는 스무 살 정도 되는 청년이었던 모모타로를 어린아이라고 속였을 만큼 이야기 조작에 심혈을 기울였다고 해.

그러나 얼마 전 오니오바바는 자신에게 죽음이 다가온 것을 깨달았다고 한다. 나이를 먹어 정신이 혼탁해진 상황에서 이대로 출생의 비밀을 오니겐에게 끝까지 전하지 않고 죽어도 될지를 고민하며 늙은 갈매기에게 그걸 상담했다고 하더구나.

그런 와중에 열 살쯤 되는 어린 붉은 도깨비 오니타와 파란 도깨비 오니시게가 다툼을 벌였다. 도깨비들은 다리 관절이 좋지 않아 저택 별당 안에서 지내는 오니오바바에게 두 아이를 데려갔고, 두 도깨비는 거기서 또다시 훈계의 의미로 모모타로 이야기를 듣게 됐어.

그 후 반성의 의미로 오니타는 섬의 남쪽 모래사장에 있는 움막에, 오니시게는 북쪽 벼랑에 세워진 오두막에 갇혔다고 한다. 오니오바바는 아이들에게 모모타로 이야기를 들려주고 감정이 격해져서 이제는 오니겐에게 모든 걸 털어놔야 한다는 마음이 들었고, 그길로 오니겐을 불러 마침내 수십 년 전의 진실을 이야기했다고 해.

그때 늙은 갈매기가 오니오바바가 사는 별당 뒤에서 남매가 나누는 대화를 몰래 들었는데, 당시 오니겐이 혼란스러워하는 기색은 없었다고 한다. 어떤 계기로 자신에게 모모타로의 피가 흐르고 있다고 스스로 깨달았을지도 모르지. 그리고 그때 오니겐의 머릿속을 스친 것이 바로 오니마루의 마지막 유언이었던 것 같다.

'아버지가 못다 한 일은 네가 이루도록 해라'라는 그 유언 말이야.

오니겐은 우직한 도깨비로 그전까지는 오니마루의 과업을 달성해 마을 촌장 자리에 오르는 게 아버지의 유지라고 생각했지만, *자신의 진짜 아버지가 모모타로였다는*

것을 깨달아버린 거야. 모모타로가 도깨비섬에서 못다 한 일이 과연 뭘까. ……세상에서 가장 머리가 좋은 우리 원숭이 일족이라면 금세 알 수 있겠지.

오니겐은 깊이 고민했지만 결국 유언은 지켜야 한다고 결심했던 것 같다. 그는 아침까지 오랜 시간에 걸쳐 열심히 도깨비 토벌 계획을 세웠어.

오니겐이 처음으로 노린 상대는 오니시게의 아버지 파란 도깨비 오니마쓰였다. 오니시게가 없는 오니마쓰의 집에 몰래 들어가 그의 목을 졸라 죽이고 시신을 자신이 사는 저택으로 가져와 마룻바닥 아래에 숨겼지. 도깨비는 힘이 세서 나이가 들어도 다른 도깨비 한 마리쯤은 가볍게 들어 옮길 수 있단다.

오니겐은 다음으로 오니미하라시로 가서 오두막 문에 달린 자물쇠를 부수고 안에서 잠들어 있던 오니시게도 죽였다. 오니시게의 가슴에 우리 원숭이 일족이 저지른 것 같은 할퀸 상처를 남기고 얼굴을 알아볼 수 없게 엉망진창으로 만들었지. 그다음, 벼랑 중간에 있는 까마귀 집이라는 이름의 바위에 떨어뜨리고 오니겐은 서둘러 마을로 돌아갔어. 늙은 갈매기는 이때가 이미 바다 위로 아침 해가 서서히 얼굴을 내미는 시간대였다고 말했다.

모두가 잠에서 깨어나자 오니겐은 오니시게를 풀어줘야겠다고 하고 오니로라는 젊은 붉은 도깨비를 오니미하라시의 오두막에 보내 오니시게의 시신을 발견하게 했어. 그때 다른 도깨비들이 오니마쓰가 보이지 않는다는 것을 깨달았지만 오니시게 일 때문에 깊이 신경을 못 쓰게 됐지.

얼마 후, 오니로와 오니히로라는 이름의 마른 파란 도깨비가 모래사장 쪽 움막에 갇혀 있던 오니타와 그를 감시하던 두 여자 도깨비를 데리고 돌아왔다. 오니히로는 오니타가 오니시게를 죽인 가설을 제멋대로 떠올려서 모두 앞에서 자랑스럽게 설명했고, 그 일로 오니타는 또다시 창고에 갇히게 됐지만 그런 건 오니겐에게는 아무래도 상관없었다.

이후 오니겐은 다리가 좋지 않아 별당에서 나오지 못하는 오니오바바마저 죽이고 시신의 어깨를 도려낸 다음에 자신의 잇자국을 남겨 마치 개가 죽인 것처럼 연출했어. 그리고 오니겐은 네 마리의 여자 도깨비를 한군데에 모이게 해서 차라도 마시고 있으라며 직접 독이 든 차를 건네 여자 도깨비들을 죽이는 데 성공했지. 여자 도깨비들의 몸에는 창으로 찌른 상처를 내서 마치 꿩에게 당한 것처럼 연출했고.

범행을 모모타로 부하들의 소행으로 연출한 건 남자 도깨비들을 교란해서 조금이라도 그들을 죽이기 쉬운 환경을 만들 목적이었던 것으로 보인다. 이 계획은 오니오바바의 시신이 발견될 때까지는 아주 잘 굴러갔지만 여자 도깨비들의 시신이 발견됐을 때 갑자기 벽에 가로막히게 됐지. 오니히로라는 그 잘난 척하기를 좋아하는 파란 도깨비가 여자 도깨비들 입에서 거품 섞인 피가 흘러나온 것을 발견했고, 독 바른 화살을 쓸 줄 아는 오니헤이라는 도깨비가 독살 가능성을 지적하고 나섰으니까.

오니겐은 초조했을까. 아니, 당치도 않다. 오니겐은 여기서 밤중에 미리 마련해 둔 오니마쓰의 시신을 활용하기로 한 거야. 그는 우선 다른 도깨비들 앞에서 오니마쓰가 보이지 않는다는 말을 입에 담았고, 오니마쓰가 평소 아들과의 관계 때문에 고민했다는 걸 은근히 암시했어. 오니겐이 의도한 대로 반응한 도깨비는 오니타였다더군. 그러니까 오니타는 어젯밤 오두막에서 나간 오니시게가 아버지 오니마쓰를 죽이고 얼굴을 알아볼 수 없도록 만든 다음, 까마귀 집으로 떨어뜨려서 마치 자신이 죽은 것처럼 연출했고 그렇게 몸을 숨긴 채 다른 이들을 차례로 죽이고 있는 게 아니냐는 의혹을 제기한 거야. 그러니 도깨비들은 다시 한번 오니시게의 시신을 확인하러 오니미하라 시로 갈 수밖에 없었지.

오니겐은 애초에 자신은 이제 나이가 들어 다리 힘이 약해져서 거기까지 못 간다는 식의 변명을 하고 자신을 지키러 남은 도깨비들을 죽일 심산이었겠지만, 이때 때마침 비가 내리기 시작했다. 젊은 세 도깨비는 오니겐이 의도한 대로 오니시게의 시신을 확인하려 오니미하라시로 떠났지만, 나이 많은 두 도깨비는 규칙을 지키기 위해 집에 남았지.

오니겐은 이 두 마리를 독화살로 죽인 다음, 저택에 돌아가 마루 밑에 숨겨 둔 오니마쓰의 시신을 꺼내 왔어. 그리고 그 파란 도깨비의 온몸에 그을음을 묻혔지. 어린 시절부터 다른 도깨비들 몰래 직접 해와서 이미 익숙한 작업이야. 파란 오니마쓰의 몸은 눈 깜짝할 사이에 검은 도깨비의 몸으로 바뀌어버렸다.

오니겐은 오니마쓰의 몸을 바닥에 엎드려 눕히고 나이 많은 두 도깨비의 시신을 그 위에 얹어서 검은 도깨비의 얼굴을 알아보지 못하게 했어. 오니마쓰의 시신은 죽은 지 이미 시간이 꽤 흘러서 창으로 찔러도 피가 나지 않았지. 위에 두 마리의 시신을 얹은 건 피를 흘려서 그걸 감출 목적도 있었을 거다. 결국 살아남은 이 세 젊은 도깨비들은 찔린 상처투성이의 시신 세 구를 보고 도깨비섬의 유일한 검은 도깨비 오니겐이 죽어버렸다고 믿게 됐단다.

공포에 질린 세 도깨비는 오니겐의 저택 안에 틀어박히고 말았어. 주위를 경계하는 세 도깨비를 단숨에 죽이기는 어려운 법. 그래서 오니겐은 거기서 더욱더 대담한 계획을 세웠다. 조금 전 자기 대역으로 쓴 오니마쓰의 시신을 다시 가져와 빗물로 그을음을 씻어 없애고 원래의 오니마쓰의 시신으로 세 도깨비 앞에 등장시킨 거야. 등 뒤에 생긴 찔린 상처는 위를 향해서 눕히면 보이지 않지. 오니로, 오니히로, 오니타 세 도깨비는 설마 지금 눈앞에 있는 시신이 조금 전에 본 것과 같은 시신이라고는 생각지 못했겠지. 게다가 지금껏 의심하던 오니마쓰가 죽은 것과 오니시게마저 죽었다는 사실에 절망하고 극도의 혼란에 빠졌을 거다.

모든 일이 오니겐이 계획한 대로 술술 잘 풀렸다고 해야 할 거야. 시신 한 구를 오니겐 자신과 오니마쓰의 시신 두 구로 연출해 시신의 숫자를 맞춘 것으로 모자라 *파란 도깨비가 가짜 시신이 아니라는 걸 깜짝 공개해서 젊은 세 도깨비의 시선을 전에 본 검은 도깨비 시신이 가짜였다는 사실로부터 다른 데로 돌릴 수 있었으니까.*

너희 중에는 오니겐이 왜 이렇게 다급히 도깨비들을 연이어 죽였는지 의아한 원숭이도 있을 거다. 그건 다 오니마쓰의 시신을 최대한 활용하기 위해서였지. 도깨비란 녀석들은 죽으면 몸이 곧장 썩어버리거든. 하루만 지나도 시든 밀감처럼 몸이 쭈글쭈글해지고 기존 피부색과는 상관없이 온몸이 갈색으로 변해버린다. 그러면 그 자신 즉, 오니겐의 대역으로 활용하지 못하거니와 원래의 오니마쓰가 돼 살아 있는 도깨비들 앞에 나타나 혼란을 선사하지도 못하게 되지.

오니겐의 신속한 계획은 잘 먹혀들어서 젊은 세 도깨비

의 공포와 혼란은 정점에 달했다. 우선 오니히로가 혼자 오니미하라시로 도망쳐 버렸지. 오니겐은 그를 독 바른 화살로 손쉽게 죽이고 바다로 떨어뜨렸어. 뒤이어 오니로가 공포에 질린 나머지 착란을 일으켜 오니타를 쫓아 오니미하라시로 갔다. 두 도깨비가 몸싸움을 벌이다가 뜻밖에도 오니로 쪽이 밀려서 벼랑에서 떨어졌어.

살아남은 건 어린 도깨비 오니타뿐. 오니겐은 처음부터 마지막 도깨비를 죽일 때는 아버지가 섬에 남긴 검을 쓰겠다고 마음먹었던 것 같다. 그는 옛날이야기에서 들은 머리띠 같은 것을 머리에 두르고 오니타 앞에 나타났어. 오니타는 아마 소스라치게 놀랐을 거다. 이미 죽었을 촌장이 눈앞에 나타나 검을 휘둘렀으니까.

……아니, 아닐 수도 있겠군. 오랫동안 빗속에 있었던 오니겐은 몸에 묻은 그을음이 다 씻겨 나갔겠지. 그리고 그 밑에서 하얀 인간의 피부가 드러났을 거다.

오니타의 눈에는 그 모습이, 그 하얀 피부의 오니겐이 어린 시절부터 무시무시한 존재로 일컬어진 모모타로로 비치지 않았을까?

오니겐은 마지막으로 오니타를 베어 쓰러뜨리고 그 자리에 주저앉아 말없이 검을 내려다봤다고 한다. 그 광경까지 보고서야 늙은 갈매기는 유유히 섬을 떠났지. 오니겐이 그 뒤로 어떻게 됐는지는 그 누구도 모른다.

어쨌든 이로써 모모타로의 도깨비 토벌 계획은 수십 년의 세월을 거쳐 마침내 종지부를 찍은 셈이다. 원숭이 일족이 도깨비에게 잡아먹힐 일은 앞으로도 영원히 없겠지.

경사로세, 경사로구나.

– 번외 단편 특별 수록: 꿩은 도깨비섬으로 향한다 –

(표지 후면을 읽어주세요.)

역자 후기

하늘 아래 새로울 게 없는 시대라고들 합니다. 언제 어디서든 마우스 클릭 한 번이면 무한한 콘텐츠를 즐길 수 있는 콘텐츠 범람의 시대이니 그렇습니다. 추리 소설도 마찬가지입니다. 수 세기에 걸쳐 나올 설정과 트릭이 이미 다 나와서 새로운 것을 쓰기가 어렵다는 창작자들의 농담 섞인 한탄을 종종 듣고는 합니다. 결국 이제는 기존에 있는 것들을 누가 얼마나 잘 비틀어서 독자에게 참신함을 선사하느냐의 승부이고, 그런 의미에서 최근 몇 년간 일본 미스터리계는 수많은 시도와 도전을 하며 그만한 성과를 차곡차곡 쌓아 왔습니다. 2019년에도 역시 젊은 작가들의 실험 정신 넘치는 도전작들이(나쁘게 말하면 괴작) 쏟아져 나왔고 번역자로서 여러 작품의 검토를 맡기도 했습니다. 실험적인 작품은 무릇 작품 질의 편차가 꽤 있는 편이고 읽는 이의 취향도 더 타기에 평가나 소개를 할 때도 조심스럽기 마련입니다. 그중 제 눈길을 확 잡아끈 기발하고도 참신한 작품을 만났습니다. 전래 동화와 본격 미스터리의 만남. 아오야기 아이토의 『옛날 옛적 어느 마을에 시체가 있었습니다』입니다.

작품에 대한 상세한 평가 이전에 참신성과 톡톡 튀는 재미에 감탄하던 저는 책등에 적힌 작가 이름을 보고서 고개를 끄덕였습니다. 『옛날 옛적 어느 마을에 시체가 있었습니다』를 쓴 아오야기 아이토는 1980년 일본 지바현 출신으로 데뷔작부터 꾸준히 '참신한 설정'으로 주목받아 온 젊은 작가이기 때문입니다. 그의 데뷔작은 국내에도 출간된 『하마무라 나기사의 계산 노트』라는 작품인데 무려 수학을 소재로 한 '수학 미스터리'입니다. 수학 미스터리라고 하면 왠지 어렵고 따분하게 느껴지기 마련이지만, 그는 학원 강사로 근무하던 시절 아이들이 수학에 쉽게 다가가게 할 목적으로 책을 썼습니다. 그 결과 캐릭터성과 기발한 설정, 추리 소설로서의 재미까지 삼박자를 갖춘 훌륭한 작품이 탄생했습니다. 동료 미스터리 작가 기타야마 다케쿠니가 '절묘한 균형감을 지닌 작품'이라고 평가하기도 한 『하마무라 나기사의 계산 노트』는 이후 폭발적인 입소문과 인기로 시리즈화가 돼 2020년 현재까지 일본에서 총 11권이 출간됐고 젊은 작가의 데뷔작으로서는 이

례적인 시리즈 누계 60만 부의 대기록을 세웠습니다. 그 밖에 기이한 건축물을 소재로 한 미스터리『이상한 건물』 시리즈, 세계의 지리를 소재로 한『니시카와 마코는 지리를 좋아한다』시리즈 등등, 기발하고 참신한 작품을 속속 발표하면서 아오야기 아이토는 향후 일본 미스터리계를 끌고 갈 젊은 작가군에 늘 포함되고 있습니다.

『옛날 옛적 어느 마을에 시체가 있었습니다』에는 일본의 전래 동화를 본격 미스터리로 비튼 다섯 가지의 주옥같은 단편이 실려 있습니다. 고전 동화를 소재로 한 미스터리는 그전에도 많았고 국내에도『앨리스 죽이기』나『금요일 밤의 미스터리 클럽』등 외국 동화를 소재로 한 미스터리가 출간된 바 있지만, 일본의 전래 동화를 미스터리로 비튼 작품은 지금껏 보기 드물었습니다. 각 단편의 기원인 다섯 편의 전래 동화『엄지 동자』,『꽃 피우는 할아버지』,『은혜 갚은 두루미』,『우라시마 다로』,『모모타로』는 일본에서는 누구나 다 아는 유명한 옛날이야기들이지만 서양 동화만큼의 세계적 인지도는 낮기 때문이겠지요. 국내에서도 일본 전래 동화에 지식이 있는 분은 아실 테고 처음 들어보는 분도 계실 겁니다. 그러나 책을 끝까지 읽어보면 느끼시겠지만, 원전을 모르더라도 작품을 즐기시는 데 큰 문제는 없으리라 생각합니다. 모든 전래 동화에는 원래 보편적으로 공통된 정서가 있기 때문입니다. 권

선징악, 과유불급, 소탐대실 등 교훈적 메시지가 담긴 이야기를 읽다 보면 무심코 '어? 이런 이야기는 우리나라에도 있지 않아?'라고 느끼실지도 모르겠네요. 『옛날 옛적 어느 마을에 시체가 있었습니다』는 그런 보편성에 본격 미스터리의 재미도 곁들였습니다. 아니, 곁들였다고 하기에는 아쉬울 만큼 책장을 펼치기 전에 예상한 것보다 더욱 '본격' 부분을 강조했습니다. 알리바이 트릭, 다잉 메시지, 도서倒敍 추리, 밀실 트릭, 클로즈드 서클 등 미스터리 애독자라면 누구든 가슴 두근거릴 소재가 듬뿍 담겼습니다. 남녀노소를 가리지 않고 누구나 즐길 수 있는 이야기에 미스터리 핵심 독자들도 만족할 만한 추리적 재미도 놓치지 않은, 모든 독자층이 두루 즐길 수 있는 작품이라 할 수 있습니다.

『옛날 옛적 어느 마을에 시체가 있었습니다』는 일본에서 출간 이후 큰 관심과 인기를 불러 모아 2019년 '서점대상' 후보를 비롯한 각종 연말 미스터리 랭킹 상위권에 올랐습니다. 출간 1년 만에 판매 부수 15만 부, 24쇄의 대기록을 달성했고, 독자들로부터 '작가가 서양 전래 동화를 소재로도 이런 작품을 써 줬으면 좋겠다'라는 요청이 출판사에 쇄도해 2020년에는 마침내 서양 전래 동화를 소재로 한 『빨간 망토, 여행길에서 시체를 만나다赤ずきん、旅の途中で死体と出会う。』라는 속편도 출간되었습니다. 이번

작품을 계기로 작품의 속편을 비롯하여 참신함과 기발함을 무기로 도전을 거듭하는 젊은 작가 아오야기 아이토의 다른 작품도 조만간 국내에서 만나볼 수 있게 되기를 기원합니다.

2020년 겨울
이연승

옛날 옛적 어느 마을에 시체가 있었습니다

1판 1쇄 인쇄 2020년 11월 12일
1판 1쇄 발행 2020년 11월 20일

지은이 아오야기 아이토
옮긴이 이연승
펴낸이 김기옥

문학팀 김세화, 제갈은영 | **마케팅** 김주현
경영지원 고광현, 김형식, 임민진

표지디자인 형태와내용사이 | **본문디자인** 고은주
인쇄·제본 (주)민언프린텍

펴낸곳 한스미디어(한즈미디어(주))
주소 (04037) 서울시 마포구 양화로 11길 13(서교동, 강원빌딩 5층)
전화 02-707-0337 | **팩스** 02-707-0198 | **홈페이지** www.hansmedia.com
출판신고번호 제313-2003-227호 | **신고일자** 2003년 6월 25일

ISBN 979-11-6007-542-7 (03830)

한스미디어 소설 카페 http://cafe.naver.com/ragno | 트위터 @hans_media
페이스북 www.facebook.com/hansmediabooks | 인스타그램 @hansmystery